英語英米文学研究の現在

Facets of English

成蹊大学人文叢書16

成蹊大学文学部学会 編
責任編集　日比野 啓

風間書房

Facets of English ―英語英米文学研究の現在― 目次

序にかえて

二〇一九年四月より、成蹊大学文学部英米文学科は英語英米文学科と名称を変更する。同時に英語名をDepartment of American and British LiteratureからDepartment of Englishとする。本論集はこの名称変更を記念して学科専任教員によって編まれたものである。

一　学科名変更の理由

一九六五年の創設以来、英米文学科では学生の英語運用能力を高めつつ、英語圏の文学・文化に対する深い理解を育む教育カリキュラムを展開してきた。しかしながら近年、いわゆるグローバリゼーションへの対応が各方面から大学に求められる状況下、英語運用力の向上がカリキュラム内で占める割合が相対的に高まりつつある。

英語を学ぶ必要のある「外国語」という意識で捉えるのではなく、もっと身近なことば、日常的に使用する言語の一つとして慣れ親しんでほしいとは、私たち学科教員が日々願っていることである。そこで現在は、英米文学科の学生全員が夏期集中講義期間に英語ネイティヴ・スピーカーによる講義を履修し、英語で思考し英語で応答する訓練を五日間にわたって集中的に受けることになっている。その後、九月半ばからはじまる後期授業期間には、英語ネイティヴ・スピーカーによる二〇人程度の少人数ゼミに全員が所属し、クリティカル・シンキングについてその概念と応用を一五週間かけて学ぶ。二年生前期には、やはり英語ネイティヴ・スピーカーによる少人数ゼミで、ホメロスからはじまる西欧文芸を歴史的に概観する。

このような実態をより的確に反映した学科名称にするため、二〇一九年度から「英米文学科」に「英語」を付加し、「英語英米文学科」とすることになった。また学術分野としての"English"が、"Language"と"Literature"の両方の意味を包含していることから、英語名称をDepartment of Englishとした。実際、ハーヴァード大学、イェール大学、ケンブリッジ大学、オックスフォード大学など、英米の著名大学の多くが、言語と文学の両方（英語英米文学）の教育研究を行う組織として"English"を用いている。

また、二〇二〇年度からはカリキュラムを大きく変えて、フォーカス（科目群）制を取り入れる。専門教育は学問分野ごとに「積み上げ」式に行うべきであって、多くの大学でそうなっているようにアラカルト方式で学生が好きな科目をとっていく結果、四年間かけてある分野を深く追求することなく卒業する、ということがないようにしたいと私たちは考えている。他方、自分の将来を見据えて高校卒業時までに大学での専攻分野を決めておくことを日本の社会に要求するのは現実的ではない。そこで私たちは「言葉と社会」「文化とコンテクスト」「芸術と思想」という三つのフォーカスを設定し、二年次に自分が探求すべきフォーカスを決めて、緩やかに関連する科目群を履修していく、というカリキュラムを編み出した。フォーカスは学問分野ほど厳密に境界が定まったものではなく、またあるフォーカスに所属していても、別のフォーカスの科目を履修することもできる。それでもフォーカス内で提供されている基本科目と発展科目を順番にとっていくことで、ある主題についての自分の知識が深まっていくという体験をすることができる。

それはまた、伝統的な学問分野の境界が曖昧になり、分野融合的ないしは分野横断的な知が必要とされるようになってきた現状に対応するためでもある。これまで私たちはイギリス文学・文化、アメリカ文学・文化、英語学、英語教育という四本の柱を立てて学科教育にあたってきた。だがグローバリゼーションの進展によって、イギリスとアメリカの文学・文化だけについて学ぶのではなく、英語を公用語（または準公用語）として話す国々や地域の文学や文化を歴史や経済・社会とともに学んでいくことの重要性が増してきたし、統計学、情報科学や認知科学をはじめとする「理数系」とされてきた学問の成果や方法論を取り入れるようになった結果、英語学や英語教育も従来の姿から大きく変わりつつある。かつて「英文科」は文学と言語学の寄り合い所帯だ、学科としての専門性に欠ける、と悪口を言われることもあったが、最近の傾向はむしろ、そうした分野混淆が生み出すダイナミズムがこれまでにない発想を生み出すことを期待する方向に向かっている。それゆえ英語英米文学科教員は、それぞれが分属するフォーカスを決めるにあたって従来の学問分野の枠組みを意識しないことが求められたし、数年ごとに異なるフォーカスに移籍することも予定している。

二　英語英米文学科が描く将来像

予測のつかない社会や経済の変動もさることながら、科学技術の発展、とりわけ人工知能（AI）の発達はこれからの世界を大きく変えていく可能性を秘めているし、従来の社会保障にかわるベーシック・インカム（BI）の議論を通じて、人間にとって必須の条件であった労働も今後は必要でなくなる可能性が出てきた。このような時代にあって大学とその教育は変わることを期待されているという認識のもと、成蹊大学文学部英語英米文学科は学科名を変更し、カリキュラム改革を行なった。だが変革を生じさせるためには具体的な手段とともにヴィジョンを持たなければならない。私たちは学科の目的として二つの目標を学生に示している。

Explore English. Explore the world. ——英語を通じて世界を知ろう。

Unlock your creativity. Make a difference. ——真に創造的な人間になろう。

「英語ができるようになりたい」という学生の切実な願いは、「英語を話せるようになればいいってものではない」「社会に出て日常的に英語を使う必要がある人は限られている」という冷笑的な——しかし必ずしも誤っているとはいえない——「識者」の反応に出会うことがある。ましてや、コンピュータによる自動翻訳がある程度実用的になってきた昨今では、努力して「語学」を究めることにかつてほど明るい見通しが得られないのも事実だ。

だが教える者は、「英語ができるようになりたい」という素朴な思いの裏に、英語を学んで世界をもっと知りたいという秘められた願望があることを忘れてはならない。英語英米文学科の教員はみな、外国語の習得がきっかけで自分の認識が広がり、外国人をはじめとするそれまで接触のなかった人々と触れ合い、人間として成長した、という経験をしており、それがかけ甲斐のないものであることを知っている。私たちの義務は、この貴重な体験を次の世代に伝えていくことである。ものを学ぶことは一般に、見聞を広め他者をよりよく理解することに繋がるからこそ、人類ははるか昔から学問を保護育成し、図書館や大学を設置運営してきたのだろうが、外国語を学ぶことはとりわけ、その国・地域の文化や社会、歴史を、ときには人という生きた実例を通して知ることになり、人間形成に大きな影響を与える。私たちは英語を教えることを通じて、学生に真の意味の教養を身につけることを働きかけていく。

とはいえ、英語を通じて世界を知りたいというだけであれば、英語圏の国々や地域に行って暮らせばできることでもある。大学をはじめとする高等教育機関に期待されているのは、そこ以外では手に入らない「付加価値」を与えることだ。そしてそのような付加価値がもはやたんなる知識ではないことは、インターネットが巨大な百科事典と化し、検索すればどんなことでも答えがわかってしまう現在、明らかだろう。私たちがするべきことなのは、各人の創造性を伸ばすことだ。もっと正確にいえば、アーティストなどごく一部の人々だけが「クリエイティヴ」だという思い込みを払拭し、新しく何かを思いつき、実現するという誰もが持っている能力を解き放つことである。

「クリエイティヴィティ」は現在魔法の呪文のように社会のあちこちで唱えられ、ＡＩが大半の仕事をやってしまう未来においては、創造性が発揮できなければ人間として扱ってもらえない、という脅迫めいた予言すらされている。他方、「クリエイティヴ」であるとはどういうことなのか、あるいはどんなことをすれば「クリエイティヴ」になれるのかについて具体的な説明がされることはあまりない。頭を働かせ、感覚を鋭敏にし、未知のものに対処する創造力を持つことは、じつはそう難しいことではないのに、「クリエイティヴ」であれ、という強迫観念だけが取り憑き、かえって創造力を発揮できなくなる、という事態が生じている。

大学という高等教育機関は、自分が知らなかったことを学び、知ったことを整理して身につけていくことを通じて、創造性を解放する手助けをする。それは大学教員がもっとも得意とする仕事だ。なぜなら大学教員は研究者だからだ。研究者は日々自らの営為の卑小さを思い知らされている。自分が新たに発見した、考案したと思ったことの大半は、すでに先人が見出したことであり、先人たちのなした膨大な量の業績に少しでも寄与できれば無上の喜びを感じる。そのような体験を数え切れないほど重ねることで、自分に特別な才能や資質が与えられているわけではないこと、それでも正しい方向に努力すれば、それまで知られていなかった事実を発掘したり、誰も考えつかなかったような原理や解決を導くことができたりすることを学んでいる。

殆どの大学教員は「天才」でないがゆえに、創造的に頭を働かせるためにはどうしたらよいかを常に考え、時間を費やしてきている。少人数制のゼミは、そういう「凡人」が学生に自分の創造性の秘訣を教える場である。ゼミ発表にコメントをし、卒業論文を指導するなかで、教員はあるときは言葉を尽くして、またあるときは学問に向かう姿勢や心構えを無言で示してみせることで、ほんの僅かなことが違いを生み出す（make a difference）ことを学生に理解させる。創造性は誰にも備わっているものだが、創造性を呼び覚まし、つねに使えるようにしておくにはコツがいることを、身をもって解き明かす。

英語英米文学科では、将来社会に出て創造力を働かせることが求められたときの訓練として学問を捉えている。英語英米文学科で学んだ知識をそのまま自分の職業に役立てることができることができる人はそう多くないだろうが、知らなかったことを学び、知ったことを整理して身につけていくなかで、未知のものに対処していくようになっているはずだ。

三　英語英米文学の現在

英語英米文学科では、学生の教育に力を入れるとともに、専任教員が専門分野の研究に邁進することを促している。すでに述べたことでわかるように、いかに創造性を発揮するかを学生に身をもって教えるためには、自らの研究において創造性を発揮していなければならない。先行研究を踏まえつつ、先進的かつ独創的な研究を行うこと。本論集は、そのような学科教員の実践を示すために編まれた。以下、各論文の内容を紹介していく。

権田建二（アメリカ文学、アメリカ研究）「人種、あるいはレイシズムの子供――ウィリアム・ウエルズ・ブラウン『クローテル、あるいは大統領の娘』における人種・レイシズム・奴隷制――」では、ウィリアム・ウェルズ・ブラウンの『クローテル、あるいは大統領の娘』という文学作品が、奴隷制の廃止を訴えるために書かれた作品であるにも関わらず、そこで描かれる奴隷たちが、奴隷としては典型的な黒い肌をした黒人ではなく、白人と黒人の混血であるのはなぜなのかが論じられている。作者ブラウンが白い奴隷をとおして、人種分類の曖昧さを明らかにし、さらに、そうすることで、奴隷制の本質は人種分類に基づいた階層的な秩序ではなく、主人と奴隷の支配者／被支配者の権力関係であることを強調していたことが述べられる。

下河辺美知子（文学批評理論、アメリカ文学・文化）「ドボルザークのアメリカ――新大陸へ渡った音楽家――」では、クラシック音楽で最も人気のある作品の一つ『新世界から』を作曲したアントン・ドボルザークの二年七か月のアメリカ滞在が、アメリカ文化研究の中で論じられている。五感を通してアメリカの空気に触れたドボルザークが、アメリカ国家の推進力である前進・解放そして哀愁といった情緒を交響曲に込めた様子が、楽譜を使って分析されており、この作品は、聴衆と演奏者が共に「アメリカ的なるものを体感するための装置」であるという結論が述べられている。

日比野啓（アメリカ演劇、演劇理論・批評）「起源への回帰と使い回し（リサイクル）――『雨に唄えば』（一九五二）における寓話的リアリティ――」では、ミュージカル映画の傑作『雨に唄えば』に「起源への回帰」と「リサイクル」という二つの主題が繰り返し出てくることを示し、それらの主題が台本を担当したベティ・カムデンとアドルフ・グリーンが執筆時に置かれていた状況を反映した「リアル」なものであること、それがゆえに『雨に唄えば』は観客に現実を忘れさせる夢物語を語りつつ、リアリティの重みを伝えてくると結論づける。

庄司宏子（アメリカ文学・文化）「「芸術で戦え!」：コルソン・ホワイトヘッド『地下鉄道』論——トランプ時代の人種なき地下鉄道ブームのなかで——」は、南北戦争以前、逃亡奴隷を援助する地下活動であった「地下鉄道」を論じる。実像が謎に包まれた「地下鉄道」は、奴隷制度というアメリカの負の歴史のなかで、黒人・白人双方が心地よい着地点を見いだせる歴史のひとこまとして神話化されてきた。トランプ時代の人種の議論を奇妙に欠く「地下鉄道」ブームのなかで出版されたコルソン・ホワイトヘッドの小説『地下鉄道』に、「アメリカ」という国家を鋭く批判する著者のまなざしを追う。

正岡和恵（イギリス文学）「フローリオのモンテーニュ」は、シェイクスピアの同時代人で、辞書編纂や翻訳をつうじて異言語間の媒介者として活躍したジョン・フローリオを取り上げる。演劇黄金期として知られるこの時代はまた翻訳爆発期でもあり、思想と言語の遭遇および形成において汎ヨーロッパ的な異種混淆的活力が渦巻いていた。本稿はフローリオによるモンテーニュの『エセー』英訳（一六〇三）を中心にして、ルネサンス期イングランドの言語文化の洗練に、翻訳がいかなる役割を果たしたかを考察する。

バーナビー・ラルフ（英語圏文学、音楽学）「トマス・シャドウェルの戯曲『ランカシャーの魔女たち』——歴史、上演、そして王政復古という文脈——」（堀祐子訳）は、トマス・シャドウェルの戯曲『ランカシャーの魔女たちとアイルランド人司祭テグ・オ・ディヴァリー』（一六八一）の多面性を論じる。魔女を登場させたのは舞台効果を用いた魔術を示して観客の目を惹くという実利的理由もあったが、作者シャドウェルによる時代の諷刺でもあった。魔女たちは無知だからこそ力を持ち、愚かだからこそ自分の内なる悪魔を呼び起こすことができる。チャールズ二世の治世末期に初演されたこの作品は、当時のカトリックとプロテスタントの対立、トーリー党とホイッグ党の対立といった複雑な情勢を織り込んだものだった。

遠藤不比人（イギリス文学・文化、文化理論）「物語と死の欲動をめぐる断章——反復、クイア、転移——」は、精神分析理論を用いてイギリスの小説家ジョゼフ・コンラッドの作品を読み解き、その政治言語としての可能性、ヘテロノーマティヴな言語への介入性についても論じる。批評家ピーター・ブルックスはフロイトの「死の欲動」の概念を物語理論に援用し、物語の目標はその始まり以前の時間であるというパラドクスだと述べた。この洞察は、外傷という物語以前の過剰な空虚から物語が遠心的に反復するのと同時に、その外傷に求心的に物語が吸収されもするコンラッドの小説の本質に関わっている。

小林英里（英語圏文学、ポストコロニアル・フェミズム批評）「ポストアウシュヴィッツ文学の可能性——修辞がつなぐホロコースト、植民地主義、ヨーロッパの日本人留学生——」では、ブラック・ブリティッシュ作家キャリル・フィリップスの小説『血の性質』（一九九七）と日本人カトリック作家遠藤周作の小説『留学』（一九六五）を「ポストアウシュヴィッツの文学」のなかに位置づける。二作品に支配的な「血」のイメージが「換喩的な連想」という文学修辞によってつながりうることを指摘し、フィリップスが描くホロコーストと植民地主義のからみあった歴史と、遠藤が叙述する戦後ヨーロッパの日本人留学生が抱く劣等感やアイデンティティの危機が、複層的に重なり合うさまを提示する。

田辺春美（英語学）「評言節の歴史語用論的考察――イギリス一五世紀書簡から一九世紀小説まで――」では、近年注目を集めている歴史語用論や歴史社会言語学とはどのような研究分野なのか概観し、一五世紀のパストン家書簡集やヘルシンキ大学で編纂された一五世紀から一七世紀の初期英語書簡集において一人称代名詞と現在形の動詞からなる評言節の発達や男女別の使用状況を明らかにし、さらに一九世紀初頭のオースティンによる『自負と偏見』では男女の登場人物が場面によって評言節を使い分けて主観的な態度や対人関係を調節していることを論じる。

平山真奈美（音声学、音韻論）「派生語と非派生語に見られる完全中和と不完全中和」では、*missed* と *mist* など、「同じ」発音だと慣習的に考えられている語が、音声的に異なることがあるという現象を言語学的に論じた。この現象について英語などの先行研究を概観した上で、日本語のデータを実験的手法により調査したところ、日本語の事例では音声的に同じことも異なることもあるという結果だった。この音声事実の説明として、音韻表示の異同が発音の異同に反映されている、という分析を提案した。

森住史（社会言語学）「社会人に「売れる」英語と英語学習をめぐるディスコース――ビジネス雑誌の特集記事から――」では、日本の四大ビジネス雑誌が二〇一二年以降に英語あるいは英語学習に関して特集を組んだ際の表紙に使われた言語表現を分析し、政府・文科省の文書を対象にした、より一般的な英語教育に関する政治的ディスコース分析と比較した。ビジネス誌では、英語はサバイバルに必須であるという脅しのディスコースとTOEIC重視の姿勢とが、大衆に「売れる」イデオロギーを形成しており、英語教育関係者には無視できない現実的背景を提示している。

以上の一一本の「論文」で本書は構成されている。寄稿を依頼するにあたっては、専門家の読む研究論文としてではなく、自分の研究内容の一端を一般読者に紹介するつもりで書くことを専任教員に求めた。内容をやさしく噛み砕く必要はないが、晦渋な表現を避け、註や書誌情報をなるべく省いて読みやすいものを提供することで、研究と教育という二つの現場を日々往還する私たち大学教員の現実を反映したものにしたかったからである。編者のこの願いがどこまで各論文において実現されているかは、読者のみなさんのご判断を待ちたいと思う。

なお論文のうち、庄司「「芸術で戦え！」：コルソン・ホワイトヘッド『地下鉄道』論――トランプ時代の人種なき地下鉄道ブームのなかで――」は、当学科の改称記念をはじめとする成蹊大学文学部の複数の改革を学内外に示すために二〇一八年度に実施された連続公開講義「文学部スペシャル・レクチャーズ」の一つとして講師をつとめた際の講義内容をもとにしている。この

「文学部スペシャル・レクチャーズ」については専用ウェブサイト（https://www.seikei.ac.jp/university/bungaku/lectures/）があるので、内容など詳細はそちらを参照していただきたい。実施された七回のスペシャル・レクチャーズのうち、英語英米文学科関連のもの四回の題名と講演者名のみ、以下に掲げる。

二〇一八年七月七日（土）「いま、あらためて考える英語教育」
阿部公彦、東京大学文学部教授「なぜ私たちの英語は「失敗」するのか？」
靜哲人、大東文化大学外国語学部教授・教職課程センター所長「英語の歌で発音が良くなるって本当ですか？――グルグル・メソッドで歌わせる授業の理念と実践――」

二〇一八年八月四日（土）
遠藤不比人、成蹊大学文学部教授「イギリス文学と精神分析、あるいはトラウマと戦争」

二〇一八年八月五日（土）
庄司宏子、成蹊大学文学部教授「アメリカ文学研究をトランスアメリカにひらく」

二〇一八年一一月三日（土・祝日）

バーナビー・ラルフ、成蹊大学文学部准教授／サマンサ・ランダオ、昭和女子大学国際学部専任講師「〈レクチャー・コンサート〉ミュージカルからジャズのスタンダードへ～舞台芸術がジャズの形成に及ぼした影響～」

いずれも盛況であり、聴衆からは「このような機会をもっともうけてほしい」「一度きりで終わらせるのではなく、一人の講師が複数回にわたって掘り下げる形式をのぞむ」等々、嬉しい声を多数頂戴した。こちらも「一般向け」に内容をやさしくしたとは言い難く、企画者の一人として少しくハラハラしながら舞台袖で各講演を聞いていた私は、意外な好評に驚き、巷間よく聞かれる「大学は社会にもっと貢献する必要がある」というかけ声の意味を再度吟味する必要を強く感じた。学生を相手にして講義をしているときも常に感じていることだが、「程度を下げる」ことがより良い理解につながるとは限らない。学問上難解な概念や高度に抽象的な議論であっても、丁寧にかつ明快に説明すれば多くの聴き手は理解してくれる。むしろ相手の知性を低く見積もり、それに「合わせてやろう」と傲慢にも考えることで失われるものがたくさんある。研究者が教育者であるという大学の特質は欠点などではなく、利点として積極的に活用しなければならないと私たちは考えている。

結ぶにあたって謝辞を記したい。まず、いつものことながら、（私を含めた）一部の教員が大幅に原稿提出を遅らせたにもかかわらず、辛抱強く待ってくださった風間書房の風間敬子社長には大変お世話になった。また、もとになった英語論文を日本語に翻訳してくださった堀裕子・星薬科大学専任講師（バーナビー・ラルフ「トマス・シャドウェルの戯曲『ランカシャーの魔女たち』―歴史、上演、そして王政復古という文脈―」）は、執筆者の研究上の同僚であり、かつ親しい友人であるという理由でお忙しいなか無理をお願いした。最後に、出版費用の一部は成蹊大学文学部学会からの助成によるものである。森雄一・文学部学部長／文学部学会会長をはじめとする、構成員のみなさんのご厚意にも謝意を表するものである。

二〇一九年二月

文責：日比野　啓（成蹊大学文学部教授・英米文学科学科主任）

人種、あるいはレイシズムの子供

——ウィリアム・ウェルズ・ブラウン『クローテル、あるいは大統領の娘』における人種・レイシズム・奴隷制——

権田建二

はじめに

一八五三年にロンドンで出版されたウィリアム・ウェルズ・ブラウン（William Wells Brown）の『クローテル、あるいは大統領の娘』（*Clotel; or, The President's Daughter*）は、出版されたものとしては、アフリカ系アメリカ人の手による初の小説作品として知られている。奴隷の身から逃亡して自由になり、奴隷制廃止論者と活躍するようになった作者ブラウンは、奴隷制の悪を描くためにこの作品を書き上げた。

しかし、そのような目的にもかかわらず、この小説の主要な登場人物である奴隷たちは、純粋な黒人ではなく、白人と黒人の混血である。主人公であるクローテルは、アメリカ合衆国の第三代大統領であり、独立宣言の起草者として知られるトマス・ジェファソンが混血の女性奴隷に産ませた娘で、四分の一黒人の血を引く女性とされる。オークションにかけられるクローテルが競りの台に乗せられたとき、「群衆の間に深い驚嘆の声が上がる」（49）。というのも、彼女は、「彼女の購入者となりたいと願っている者たちのほとんどと同じくらい白い肌」（49）をしていたからだ。「純粋なアングロ・サクソンの女性と同じくらい顔立ちが整っていて、その黒く長い波打った髪はきれいに結い上げられており、背が高く気品に満ちた立ち姿、そして彼女の外見全体は、彼女の立場よりも上のものにふさわしいものだった」（49）と形容されるクローテルは、「南部の女性の多くよりも肌の色が白く、奴隷ではない自由な白人女性だと言っても簡単に通用する」（142）ほど白人に近い存在である。

このクローテルをはじめ、母親のカラーは「明るい肌をした混血」（47）だし、妹のアルシーサは「南部の白人女性の大半と変わらないほど白い」（173）。クローテルが白人男性ホレイショー・グリーンとの間に産んだ娘メアリーは、「母親よりもさらに白く、実際、白人の子供にひけをとらないほど肌に浅黒いところなどなかった」（65）とされ、その恋人であるジョージは、「ほとんどの白人と変わらないほど白く」、「アフリカの血がその血管に流れているとは誰も思わないだろう」（189）と語られる。

もし、奴隷の悲惨な姿を通して奴隷制の悪を訴えようと思うのであれば、なぜ作者は、奴隷としてはより典型的であるはずの黒い肌をした奴隷を描かず、白人とほとんど見分けがつかないほど白い肌をした奴隷のような例外的な存在を描くのだろうか。一八六〇年の国勢調査によると、一八五〇年の奴隷州における混血以外の黒人の人口は、三〇九万三六〇五人で、それに対して混血は三四万八八九五人となり、黒人人口全体の一〇・一四パーセントでしかなかった。一八六〇年においても、混血以外の黒人の人口三六九万七二七四人に対して、混血人口は五一万八三六〇人であり、黒人人口全体の一二・三〇パーセントであった。[1]

本稿では、作者ブラウンが、特異な存在である白い奴隷に焦点を当てることで、合衆国の奴隷制全般の性質を明らかにしようとしていることを確認したい。ブラウンは、白い奴隷を、人種分類が奴隷制の生み出す虚構であることを明らかにする存在として捉えていたし、そのような白い奴隷を描くことで合衆国の奴隷制の本質は人種分類にではなく、主人と奴隷の絶対的な権力関係にあることを強調したのである。

一　白い奴隷

作者ブラウンが、小説作品の主人公に白い奴隷を選んだ理由は、いくつか考えられるだろう。一つには、合衆国大統領（なおかつ独立宣言の起草者）が自分の奴隷との間に子供をもうけていたという噂を利用し、主人公を大統領の娘とすることで作品にセンセーショナルな価値を与えたかったということだ（Farrison 217）。作者ブラウンに、独立宣言で自由と平等を高らかに謳いつつも、奴隷制を存続させるアメリカ合衆国の矛盾を明瞭に浮き彫りにする狙いがあったであろうことは想像に難くない。

図　ジョージ・H・バンクス大佐によってルイジアナから連れられてきた解放された奴隷たち
（メトロポリタン美術館のウェブサイトより <https://www.metmuseum.org/art/collection/search/283194>）

また、白い肌をしている奴隷を描くことで、白人読者の共感を得ることを狙ったのだとも考えられる。白い肌の奴隷が黒い肌をした奴隷よりも白人の同情を得やすいという事実を奴隷制に反対する人々が利用していたことはよく知られた事実である。例えば、「ジョージ・H・バンクス大佐によってルイジアナから連れられてきた解放された奴隷たち」という見出しがついた写真はこのことを物語っている。[2]（図参照）１８６３年に撮られた、白人と見間違う外見の子供を含んだ奴隷たちを写したこの有名な写真は、北軍の大佐ジョージ・H・バンクスが、ルイジアナ州ニューオリンズから数人の奴隷を連れてペンシルヴァニアとニューヨークの写真館を回ったときに、ニューヨークで撮影されたものだ。占領によって解放した奴隷たちを教育する必要に迫られた北軍は、その資金を寄付金として調達することにするのだが、そのために宣伝材料として使う奴隷の写真を北部の写真館で撮影したのである。このとき、わざわざ白い肌をした奴隷たち（特に子供）が選ばれたのは、黒人の投票権および社会的平等の獲得に無関心、または反対する人が多かった北部の白人の同情心に訴えるための戦略であったことは、このような奴隷たちの写真を研究したマーガレット・コリンズやメアリー・ナイル・ミッチェルが述べるとおりである（Collins 189, Mitchell 373）。また、写真ではなく、新聞や奴隷の手記といった活字メディアにおいて、奴隷制廃止論者が白い奴隷の存在について語るのも、カーラ・ウィルソンとカルヴィン・ウィルソンが論じるように、自分たちにより近い存在が奴隷になっている事実をつきつけることで、白人たちに奴隷制を人ごとではなく、自分たちの問題として捉えさせるためだった（Wilson 13）。

例えば、『アンクル・トムの小屋』を書いたストウ夫人は、北部人の彼女が奴隷制について小説を書くきっかけとなった出来事の一つとして、混血の逃亡奴隷親子と出会ったことをあげている。この親子を紹介するとき、ストウは、白人と変わらない外見の人々が奴隷になるということは、純粋な白人でさえも奴隷にされてしまうことだと説いて、白人読者の恐怖感を煽る。

筆者は、二人の子供——一〇ヶ月の男の子と三歳の女の子——と逃亡する、四分の一黒人の血が入った混血の奴隷の母親に出会ったことがある。子供達は二人とも肌の色が極めて白く、類を見ないほど整った外見をしていた。女の子は青い瞳で金色の髪をしていた。母親と子供達は、遺産の分割のために売られるところだった。このため彼女は逃亡したのだった。最初は黒人からはじまり、それからインディアン、二分の一の混血、四分の一の混血を隷属させていき、さらには青い瞳と金色の髪が奴隷の性質として宣伝されるまでになるという、奴隷制の進行過程に一度、頭が慣れてしまえば、貧しい白人の人々にとって安全だという保証はどこにあるだろうか。（Stowe 364）

奴隷制廃止論者にとって、白い奴隷の存在は奴隷制が他人事ではないと北部の白人に理解させる手段として有効だったのである。

したがって、ブラウンの『クローテル』が、白人読者層の共感と同情を獲得すること目指して、混血の奴隷を多く登場させたと見ることは可能だろう。しかし、このような戦略が大きな問題を孕んでいることは、これまで指摘されてきたとおりだ。黒人作家が、白人の同情を得るために、なるべく肌の色が白い人物を描くのであれば、それは肌の色によって優劣を決めるレイシズムではないか、という批判である。このような指摘を行った最初期の一人スターリング・ブラウンによれば、混血の登場人物は、作者の「人種的スノビズム」――つまり「鎖に繋がれた白人の方が同じ状態にいるアフリカ人よりも、憐れみを誘う」という考え――を反映しているということとだ（Brown, "Negro Character Seen" 193）。

ブラウンの『クローテル』に関していえば、この手の批判としては、アリス・ウォーカーによるものが有名だ。「一九世紀の黒人作家による小説に白い肌をした登場人物が多い理由の一つは、一九世紀の読者のほとんどが白人だったからだ」（Walker 301）とウォーカーは言う。そして、黒人作家が、白人読者のために白い肌をした黒人を描くのは、「白人が、当時は今以上に、白い、あるいはほとんど白い身体をした人間に対してしか、人としての感情や人間性を認めることができなかった」（Walker 301）からだと彼女は結論づける。

さらにその上で、ウォーカーは、ブラウンをレイシストでセクシストであると主張する。ブラウンが、「女性奴隷のほとんどは、綺麗に着飾った白人男性の愛人となる以上の望みを持たない」（46）と混血の女性奴隷をもとに女性の奴隷を一般化することに対してウォーカーは、「一生『綺麗に着飾る』ことなどなく、『愛人』の立場になることさえ望むべくもない何百万人にものぼる、レイプされ、乱暴されたアフリカ系の女性たちのことをブラウンは全く考えていない」（Walker 298）と痛烈に批判する。ウォーカーのことばを使えば、ブラウンは、「カラリズム」――「同じ人種の人々に向けられた、肌の色のみに根ざした差別的、優遇的な扱い」（Walker 290）――に陥っているのである。

ブラウンがレイシストでセクシストであるという議論は確かに説得力がある。しかし、ブラウン自身、ウォーカーがいうところのカラリズムをきちんと認識していたことは間違いない。作中でブラウンは、肌の色が白い黒人に対する偏見は、「南部白人の間でも見られるのと同様に、黒人の間にもある」（128）と述べ、黒人の間での肌の色に対する偏見を批判的に見る。そのような視線はまた、「最も黒い黒人の一人」（106）であるにも関わらず、自分の母親が混血であると言い張る黒人奴隷サムの戯画的な描かれ方にも表れている。黒い肌をしているにも関わらず、あるいはそれゆえに白い肌に憧れもつサムを、「彼ほど黒人に対して偏見を持っている人はいない」（107）とブラウンは批判し、白い肌を黒い肌よりも上位に置く黒人の価値観・偏見は「無知からくる」（108）と断言する。

本稿では、この作品が女性蔑視的であるか、または作品に肌の色による差別意識があらわれているのかといった議論からは少し角度を変えて、ブラウンが、白人に近い奴隷を描くのは、人種分類がレイシズムによって作り出された虚構であることを指摘していることに焦点を当てたい。

二　人種分類の虚構性

『クローテル』でブラウンは、黒人と白人という人種分類は一般的にそう思われているほど、整然としたものではないことを、服装の交換による異性への変身（クロス・ドレッシング）を描くことによって明らかにする。クロス・ドレッシングは全部で三度描かれる。まずクローテルは、男装し白人の紳士になりすまし、さらには仲間の黒人奴隷のウィリアムを自分の召使いのふりをさせて主人のもとから逃亡するのに成功する。そうして首尾よく北部に逃げおおせたクローテルだが、南部に置き去りにしてきた娘のメアリーを救出しようとして、再び南部に舞い戻る。このとき、「自分のことがよく知られている街に戻るのは、まったく安全でないことを確信」していたクローテルは、「再び男性の衣装を身にまとう」(161)。さらには、奴隷の反乱に加わった罪で牢屋に閉じ込められたジョージも、面会にきたメアリーと服装を交換し、逃亡する。

奴隷の逃亡を可能にするクロス・ドレッシングは、この作品では人種の交換を意味する。というのも、クローテルもジョージも、肌の色が白く、そのままで白人として通用するほどだが、二人とも、服装を変え異性に変装し、アイデンティティを偽ることで、白人への変身を完璧なものにするからだ。ここでは、服装を交換することで、黒人から白人への人種の交換がなされる。白人になりすますために用いられる異性の服装は人種と同義である。

このことは、二度目にクローテルがクロス・ドレッシングをし、潜伏した南部で逮捕される経緯により明らかだ。最近起きた奴隷の反乱に関係がある者がいないかを調べるため、市の役人が、クローテルが宿泊していた宿屋にやってくる。不審者を調べる権限を持った役人たちは、クローテルのトランクを開けたところ、「驚いたことに中に女性の服装のみを発見する」(181)。このことが、「逃亡奴隷としてクローテルを逮捕する結果となる」(181)と小説は語る。女性が男性に扮することが、逃亡奴隷であることを必ずしも意味するわけではないはずだ。しかし、なぜかここでは、男装が暴露されることは、隠している人種と身分が明るみになることとしてある。

もちろん、これが小説的仕掛けであることは言うまでもない。白人としか見えないクローテルであれば、外見上不信を抱かせるところはないので、彼女が逃亡中の黒人奴隷として逮捕される可能性は低い。それにも関わらず、プロットの展開上彼女が捕らえられるためには、彼女の人種と身分が明らかにならなければならない。その装置として、服装の交換が使われているのは間違いない。しかし、ここで重要なのは、服装の交換が人種の交換として機能していることの意味である。つまり、服装の変更によって、人種を変えることが可能なのであれば、人種も服装のように容易に交換可能だということだ。ワーナー・ソラーズは、白人になりすます黒人を描くパッシングの物語では、クロス・ドレッシングがしばしば描かれることを指摘したが（Sollers 260–62）、それは、人種が服装と同じように可変的であるということのあらわれに他ならないからだ。

あるいは、また別の見方をすれば、ジェンダーと人種の撹乱が同期するのは必然であるのかもしれない。クリスティン・ホーガンソンは、奴隷制廃止論において奴隷制の害悪がジェンダーのレトリックで語られると指摘した（559）。ホーガンソンによると、ギャリソン派の奴隷制解放論者たちは、奴隷制を「脱ジェンダー化」（561）するものとして非難した。つまり、「主人は、奴隷がそのジェンダー的権利を行使したり、ジェンダー的役割を担ったりすることを阻害することで、奴隷の人間としてのアイデンティティに攻撃を加えた」（561）というのである。ギャリソン派の奴隷制解放論者は、「男らしさ」や「女らしさ」という伝統的なジェンダー観には批判的だったわけだが、それでも大衆に訴えることを優先し、奴隷制においては、男性奴隷は「男らしくある」ことを、女性奴隷は「女性らしく」あることを許されない存在なのだと主張したのである。主人に性的に暴行されたり、奴隷として売るために子供を取り上げられたりする女性奴隷は真の女性ではないし、自分の意思を否定され、主人への服従を強いられる男性奴隷は真の男性ではない。女性らしさ、男性らしさ、というジェンダーのレトリックは、奴隷の人間らしさへの言及なのである。

こうして見た場合、逃亡奴隷が男性に扮装することで、白人となることができるのは、「女性らしくない」女性奴隷という概念を逆手に取った戦略であると考えることができるだろう。それは、奴隷制がいかに奴隷を非人間的に扱うものであるかを改めて強調する。娘を救出しに、白人男性に変装して南部に戻ったクローテルが二人の若い娘に好意を抱かれるエピソードはこのような文脈で読むことが可能だ。男装し「イタリア人かスペイン人のような外見」(161)になったクローテルが駅馬車に乗車した際に、居合わせた二人の若い娘は、この混血女性を南ヨーロッパ出身の白人男性と思い込み好意を抱く。「アメリカのレディたちは、外国人に対して少なからず好意的で、クローテルは、きちんとしたイタリア人の身なりをしていた」(170)からだ。ここで、女性奴隷のクローテルが、その美しい外見と肌の色の白さによって、アメリカのレディである農園の女主人からは嫉妬を買っていたことを思い起こせば、男性でなおかつ外国人であれば、レディの恋心の対象となることに皮肉が込められていることが理解できるだろう。女性奴隷であれば、嫉妬の対象としていじめられ、黒人男性であれば、蔑まれるが、白人(外国人)男性であれば、異性愛の対象にさえなることが可能なのである。

こうしてこの作品におけるクロス・ドレッシングは、ジェンダーと同時に人種も撹乱する。ジェンダーは人種のアナロジーであるからだ。そしてそのことが意味するのは、人種はジェンダー同様、生物学的で不変なものではないということだ。

三　パフォーマンスとしての人種

人種が可変的であるということは、誰しもが黒人に、したがって奴隷になりうることを意味する。ブラウンは、その実例として『クローテル』の中で、「奴隷制に閉じ込められた自由人女性」という一章を使って、サロメという、もともとはドイツ生まれで移民としてやってきたものの、アメリカ南部で奴隷として売られてしまった白人女性を描く(3)。この女性は、サロメ・ミュラーという実在の人物をモデルとしている。ミュラー自身の説明によると、彼女は、家族でドイツからアメリカに移住しようとした無賃渡航移住者で、オランダから出発した船で家族と離れ離れになり、アメリカに到着後に奴隷商人に売られる羽目になったというのである。その後、彼女は奴隷制から逃亡し、自分は白人であり奴隷ではないとして、自由を求めて自分の所有者を相手に、一八四五年ルイジアナで訴訟を起こし、勝訴する(4)。

ミュラーのものをはじめとした、個人の人種分類が争点となる裁判を研究している法歴史学者のアリエラ・グロスは、法廷では、人種分類は生物学的・科学的問題としてだけではなく、パフォーマンスの問題として扱われてきたと論じる。ジェンダーのパフォーマティヴィティを理論化した文学研究者のジュディス・バトラーはその理論を発展させて、ネラ・ラーセンの『白い黒人』を題材に、「人種がパフォーマティヴとして解釈されうる」(Butler 275) ことを示しているが、グロスはこういったバトラーの議論に影響を受けながら、歴史上の具体例を挙げて議論する。(5)

個人が白人であることが、見た目や家系で判断できない場合、重視されるのが、その人が白人らしい振る舞いをしてきたのかどうかである、とグロスは主張する。ここでグロスがいう、白人らしい振る舞いとは、男性にとっては白人男性としての権利や特権を行使してきたか(例えば、陪審員を務めたことがあるか、投票したことがあるか)、あるいは女性に関しては白人女性にふさわしい道徳的美質や貞操観念を持っているかを指す。

サロメ・ミュラーの裁判では彼女の弁護士は、彼女が白人であることを証明するために、ドイツの親戚などを証人として呼ぶのだが、弁護人の議論の中心にあったのは、彼女が道徳的な美質を備えていることが、彼女が白人であることの証拠というものだった。彼女には「忍耐力があり、いつも行儀良く振る舞い、物静かで常に勤勉である」という性質があり、「これらの性質が彼女の白人性を証明する」(*Miller v. Bemonti* qtd. in Gross167) と主張したのである。

歴史学者のウォルター・ジョンソンも同様に、人種分類の裁判を調査し、法廷が人種をパフォーマンスとして扱ってきたことを論じる。彼は、アレクシーナ・モリソンという、やはり見た目は白人にしか見えない奴隷が、自分は、誘拐されて奴隷にされた白人であると主張し、自分の主人を相手に自由を求めて起こした裁判を例にあげる。法廷では彼女の白人性が争われるとき、医者が証人として呼ばれ、肌や瞳の色、髪の毛の質やその他の黒人としての身体的な特徴から彼女が黒人であるという専門的な観察の結果が述べる一方、モリソンの弁護側の証人から、彼女が、「控えめで、おっとりして上品に振る舞い、自分の感情に素直」(Johnson 24) であった様子が語られる。つまり、モリソンはどう見ても白人女性のように振舞っていたので、白人女性でしかありえないという主張がここでもなされる。ジョンソンによると、弁護側は、このような「白人女性に期待されるイメージの一群」(Johnson 24) を提示してアレクシーナ・モリソンの白人性を証明しようとしていたのである。

こういった人種の分類の裁判は、人種がパフォーマンスであり、したがって生物学的な人種分類が虚構であることを明らかにする。それと同時に、それは、多くの研究者が指摘する通り、白人と黒人をきっちりと分ける人種分類、そしてその延長にある奴隷制の秩序を根底から揺さぶるものでもあった。アレクシーナ・モリソンは、最終的には白人と判断され奴隷制から解放されることになるが、そのような法廷の判断の背後にあるのは、「もしアレクシーナ・モリンンが黒人であると判断されるのであれば、他の人が同じように黒人と判断されない保証はあるだろうか」(Johnson 25) という白人の恐怖であったことをジョンソンは指摘する。モリソンのような一見どう見ても白人でしかいない人が、本人の主張に反して黒人とみなされ、合法的に奴隷にされるのであれば、白人であっても奴隷になることはないと安心はできない。前掲したストウの引用で彼女が述べていた懸念はまさにこのことを指していた。そして、さらに重要なことは、白い奴隷の存在は、自分も奴隷にされてしまうかもしれないという恐怖を個人的なレベルで掻き立てるだけでなく、奴隷制という制度そのものを根底から揺るがすということだ。白人が奴隷になるのであるならば、少なくとも表面的には黒人と白人を厳密に分類し、黒人のみに奴隷という身分を与えることで成立しているはずの奴隷制も安泰ではない。

ブラウンが、「白人であると主張するものは、自由であるという権利を自分が持っていることを証明しなければならない」(117) と述べているのは、このことを説明するものだ。奴隷が白人になるためには、ミュラーやモリソンがそうであったように、裁判所に訴えて、自らの自由を証明しなければならない。これに対して、奴隷商人が、白人を奴隷として売るためには、裁判所に訴える必要はない。奴隷が白人になることよりも、白人を奴隷にすることは比較的容易だ。白人が簡単に奴隷になることができるのは、奴隷になってしまえば白人ではなくなるからだ。その反対に奴隷が白人になることが難しいのは、黒人は白人にはなれないからだ。白人と黒人の関係は一方通行である。白人性を放棄することは、白人性の獲得より簡単である。これは、白人と黒人を区別し、白人を相対的に少なく、黒人を相対的に多く保つことが奴隷制の維持にとって必要である以上、当然だろう。

四　人種のマーカー

こうして白い奴隷は、人種がパフォーマンスであってしたがって、人種分類が一見そう思われているほど強固で安定したものではないことを明らかにするだけでなく、奴隷制を根幹から揺さぶる。白い奴隷は、白人＝主人、黒人＝奴隷という公式を逸脱する存在だからだ。そうであるならば、白い奴隷を奴隷として改めて位置づける必要が生じる。こうして白人を上位に、黒人を下位に置く奴隷制のレイシズムは、白い奴隷を奴隷＝黒人として再定位する。いわば、レイシズムが人種を作り出すのである。

『クローテル』で北部に逃亡した奴隷ウィリアムは、列車に乗車しようとした際に、白人と同じ客車に乗車することを車掌に拒否され、荷物車に乗車させられる。この時ブラウンは、「自由州で、有色人種に対する肌の色に基づいた偏見が存在するのは、奴隷制の影響以外のなにものでもないし、それはまさに奴隷制の別の形なのである」（146）と述べるが、北部の人種差別の原因を奴隷制に求めるのは、人種差別が人種を生み出すという認識に立っているからに他ならない。奴隷制のない北部においても黒人に対する偏見があるということは、奴隷制という人種間のヒエラルキーが、白人の下位に位置付けられる〈黒人〉という存在を作り出しているということだからだ。

ブラウンは、クローテルが新しい女主人のフレンチ夫人によって髪を切られるという出来事を通して、レイシズムによって維持される奴隷制が人種を作り出す瞬間を描く。クローテルは、当初ホレイショー・グリーンという男性に買われ、その愛人となる。しかし、クローテルがホレイショーとの間の子供を産んだ後に、ホレイショーは政治家の道を目指し、地元の名士の娘と結婚する。邪魔になったクローテルは、ホレイショーの妻の希望どおりに売り払われてしまう。新しく主人となったジェイムズ・フレンチの妻は、奴隷の主人が美しい混血女性奴隷と性的関係を結ぶという南部の農園で習慣化しているのをよく知っているため、美しいクローテルの「肌の色の白さ」に嫉妬し、彼女を「ライバル」とみなすようになる（121）。そうしてフレンチ夫人は、「農園の他の純血の黒人と同じくらい短くなるように」クローテルの「長い髪を短く切るように命じる」（121）。「あんな長い髪をしてここに来るなんて、あの女は自分のことを白人だと思っているに違いない」（121）とフレンチ家の奴隷がクローテルの悪口をいうように、長い髪が白人性を象徴するのであれば、短い髪は黒人であり奴隷であることの印である。

クローテルの娘メアリーも、ホレイショーの妻によって、無理やり、黒人奴隷らしくなるように肌を日焼けさせられる。クローテルが売り払われた後も娘のメアリーは、ホレイショーの奴隷としてグリーン家に残るが、ホレイショーの妻は、夫の愛を受けていた奴隷を思い出させるメアリーを嫌悪する。メアリーを召使いとしてこき使うだけでは飽き足らず、彼女を「他の黒人と同じように見せるため」に、ホレイショーの妻は、家の裏庭で「白い奴隷少女を、頭にボンネットもハンカチもつけさせずに働かせる」（127）。そうして「二週間も経たずに、メアリーの白い肌は消え失せ、庭を走り回っている他のどの混血の子供たちとほとんど変わらない程度の白さになる」（128）のである。こうしてホレイショーの妻は、憎い夫の愛人の子供を黒人奴隷に近づけるという「望んでいた結果」（128）を得る。

白い奴隷の存在は、人種がもはや肌の色によって定義され得ないことを物語っている。しかし、そもそもは肌の色によって分類されてきたはずの黒人が、それによって定義されないとすれば、何を持って黒人とすれば良いのか。もちろんそれは、家系であり、血の総量ということになるだろう。しかし、それらは視覚的に明白ではない。肌の色のような一見してそれとわかる差異はこの点において好都合なのである。しかし白い奴隷のように、目に見える差異が存在しないのであれば、人為的になんらかの差異の作り出ししてしまえば良い。それは、髪を短くするという程度のことであっても構わない。もちろん、差異が生物学的・身体的なものである方が望ましいことは言うまでもない。それは自然のものであり、不可変であると主張することが可能だからだ。しかし、重要なのは、差異が不変であることではなく、視覚的に明らかなことである。差異の印は、白人とは違うことを明示すれば良いのである。作品内でブラウンが述べているように「短く切られた髪は」、クローテルに「召使いであるという自分の立場を分からせるため」（141）のものなのである。白い奴隷を白人から区別する肌の色にとって変わるマーカーは差異を表す何らかの記号であれば十分なのである。重要なのは肌の色ではなく、差異を作り出すことなのだから。そして、こうして作り出された差異こそが、人種に他ならない。ブラウンが、女主人によるクローテルやメアリーの扱いをとおして描いているのは、奴隷制のレイシズムが人種を生み出しているということだ。

五　レイシズムが生み出す人種

ここで、レイシズムが人種を生産するという逆説について考えてみたい。一般的に、レイシズムは人種が作り出すと、つまり、人種という生物学的な差異の認識から発生すると考えられているだろう。

その実例をルイ・アガシに見ることができる。アガシはスイス生まれで、後にハーバード大学の教授となった生物学者で、魚類学をはじめとした生物学の諸分野で多大な貢献をしたが、現在では、多元起源説を唱えていたことで知られている人物だ。多元起源説とは、人間の起源は人種に関わらず同じであるとする単一起源説とは異なり、人種の起源はそれぞれ別個にあるとする説で、黒人と白人は起源を異にするとした点で、黒人の劣等性を説明するものとして、科学的人種主義と非常に親和性が高い学説だった(6)。

スティーヴン・ジェイ・グールドは、アガシが多元起源言説を唱えていた理由は、彼のレイシスト的な偏見によるものだと主張する。アガシは、黒人と白人が同じ起源から派生し発展していったのだと信じられなかったのは、両者が平等・対等であるとは決して思っていなかったからだというのである。そして黒人を白人と同じであるとアガシが考えることができなかったのは、黒人に対する生理的嫌悪感をもっていたからだとグールドは述べ、スイスで生まれ育ち、黒人を見たこともなかったアガシが、アメリカに来て初めて黒人に接した時の感想を綴った手紙を引用する。

私が黒人と初めて長時間接触をもったのはフィラデルフィアでのことで、ホテルの使用人はみな有色人だったのです。私がそのとき受けた印象を書き表わすのはたいへんむずかしいことですが、それはとりわけ、彼らのために私に起こった感情が、人間のタイプというものに対する同胞感や、われわれ人類の起原はただ一つだという私たちみんながもっている観念に反するものだからです。けれども真理はすべてに優先します。にもかかわらず、私はこの堕落し退化した人種を見て哀れみを感じますし、彼らも実際に人間であることを考えて、その運命に同情を覚えました。それでも私は、彼らは私たちと同じ血統のものではないという感じを禁じえません。厚い唇や歯をむき出した真黒の顔、頭のちぢれ毛、曲がった膝、長い手、曲がった大きな爪、そして特に土気色をした掌などを見ると、彼らを見つめながら遠くに離れていてくれと言わざるをえませんでした。そして、彼らが給仕をしようとして皿のほうへぞっとするような手を伸ばしてきたとき、私はこんな給仕で食事をするよりむしろどこか他所で一切れのパンでも食べるべく出て行くことができたら、と思ったくらいです。いくつかの国々で、白人の生活と黒人の生活とをこれほど密接に結びつけてしまったのは、白人

にとって何と不幸なことでしょう。神よ、かかる接触からわれらを守り給え![7] (qtd. in Gould 173)

グールドが「本能的な反応」(Gould 173) と呼ぶ、アガシの態度は、人が自分と異なる他者に対して持つ生理的な嫌悪感の分かりやすい例だろう。グールドは、このような「本能的な反応」がアガシの多元起源説の根底にあるのだとすれば、アガシのレイシスト的な学説は、生理的嫌悪感を伴った人種の差異に対する認識の産物であると考える。ここでは、人種がレイシズムに先立つ。

しかし、一方で、人種分類とレイシズムの関係を逆転させ、人種がレイシズムを生み出すのではなく、レイシズムが人種を生み出すと捉えることも可能だ。例えば、W・E・B・デュボイスは、奴隷制の時代においては「黒人にありとあらゆる獣性を付与することで奴隷制を熱心に擁護する議論」や、現代における「黒人を貶めることで得られる利益」などが、「何百万人もの正直な現代の人々を黒人は人間以下の存在だという通念に無意識のうちに慣れ親しませている」と、レイシズムが〈黒人〉という劣等人種を作り出していることを語った (Du Bois, "The Hands of Ethiopia" 950)。また、デュボイスが『黒人の魂』で、自分が黒人であることを認識するようになったきっかけとして語る幼少期の逸話は、まさにレイシズムが個人のレベルにおいては〈黒人〉という人種を作り出す瞬間を捉えているだろう。

何がきっかけだったかはわからないが、小さい校舎で学ぶ男の子と女の子たちの間で、一束一〇セントのきれいな名刺を買ってお互いに交換しようということになった。そうして楽しくみんなで名刺を交換し合った。一人の少女、背が高く最近引っ越して来たばかりの子が、私の名刺を拒否するまでは。彼女は私の名刺を一瞥してそれを受け取ることを断固として拒否したのだった。その時である。突然、自分が他の子たちと違うのだという認識が私に訪れたのは。それは、自分は、精神、生活、目標といった点においては、あるいは彼らと似ているのかもしれないが、彼らの世界からは広いヴェールによって完全に遮られているのだという認識だった。(Du Bois, *The Souls of Black Folk* 10)

白人の女の子が偏見から、黒人であるデュボイスのカードを受け取ることを拒否するという行為を受けて、初めてデュボイスは自分が〈黒人〉であること—つまり生物学的な分類としての〈黒人〉ではなく、白人の世界からはヴェールによって排除されている存在である〈黒人〉—を認識するのである。

しかし、〈黒人〉という人種がレイシズムによって作り出されているとしても、それはなぜなのか。二〇一五年の『世界とぼくの間』で、合衆国の歴史は〈黒人〉という劣等人種を作り出すことで繁栄してきた歴史なのだと論じたタナハシ・コーツは、その答えを、白人を上位に、黒人を下位に置くヒエラルキーを白人が維持しようとしたことに求める。

レイシズムは、アメリカ人に「『人種』が自然界の明確で疑う余地のない特徴であり、現実のものであること」(Coates 6) を信じこませてきたとコーツは言う。そしてこのような自然なものとして人種を見ることの問題点は、一度人種が自然の摂理とみなされるや、そこから発生するレイシズムも、自然現象の一部として認識されてしまうということだ。レイシズムにたいして、人は、あたかも「地震や竜巻やそれら以外の、人の手を離れて生じるものとして捉えるしかない現象に対してと同じように嘆く」(Coates 6) ほかない。これが根本的に間違っているのは、人種がレイシズムを生み出していると考えているからであり、そもそもそう考えることが可能なのは、人種が自然の一部と捉えられているからだ。そのような人種観こそ、レイシズムが作り出したものであるにも関わらず。

そして、コーツによると、レイシズムが自然なる人種という見方を生み出すのは、自らを上位に、黒人を下位に位置付けるヒエラルキーを白人が維持するためなのである。憲法がうたう「アメリカの人民」から黒人が排除されたのは、「系譜や身体的特徴の問題であったことは決してなく、単にヒエラルキーの問題であった」(Coates 7) とコーツは語る。「肌の色や髪の質の違いは古くから存在」していたのだが、そういった「特徴が正しく社会を秩序立てることができ、さらにはより深い、動かしがたい人の特徴を表している」ものとして「重視する考え」は、自分たちは優秀な人種であると「白人の心に植え付けられた新しい考え」(Coates 7) でしかないというのだ。「人種はレイシズムの子供であって、その父親ではない」(Coates 7) というコーツのメタファーに則るならば、父親であるレイシズムは、権力関係を維持するために子供たる人種を育てるのである。

六　権力関係としての奴隷制

白い奴隷の存在は、こうした権力関係こそが奴隷制の本質であることを明らかにする。よく知られているように、古代や中世ヨーロッパの奴隷制と異なった新大陸アメリカの奴隷制の特徴の一つは、（ヨーロッパ人がアフリカから人々を奴隷として連れてきたことの必然的な結果であるわけだが）、主人と奴隷が白人と黒人という人種によって区別される点だ（Kolchin 6）。したがって、合衆国の奴隷制を思い浮かべる時、われわれは、主人を白人、奴隷を黒人と同義として捉え、主人と奴隷の階層的関係を白人と黒人の間の優劣関係に重ねあわせる。白人が黒人より優れているということが、白人が主人に、黒人が奴隷になる奴隷制を正当化する根拠であると考えられている。しかし、すでに見てきたように、白人に近い外見の黒人の存在は、白人と黒人という人種分類そのものを根底から否定するし、そうであるからこそ、それと同時に、奴隷制が人種の差異によって正当化されるという議論そのものも成り立たせなくする。奴隷制から人種を剥ぎ取ってしまえば、後に残るのは、むき出しの権力関係でしかない。一八五〇年代に顕著になった、奴隷擁護論者たちの人種の差異に依拠しない奴隷制正当化の主張は、このことを物語っている。

人種の混交が進み混血が増える事態は、人種分類を無意味なものにするという点で、奴隷制にとって好ましいものではないはずだ。しかし、これは、一部の奴隷制擁護論者にとっては、さほど困る事態ではなかった。というのも、論理的には、奴隷制の正当性は必ずしも黒人の劣等性によって保証されなければならないわけではないが、奴隷制擁護論者たちはこのことに気づいていたからだ。実際、奴隷制擁護論者の中には、人種分離と奴隷制を切り離して奴隷制を擁護する者がいた。例えば、ヴァージニアの新聞『リッチモンド・エンクワイラー』紙の社説は次のように述べている。

> 最近まで、奴隷制を擁護することは大変困難だった。というのも、それを弁解する者たち——彼らは正しく弁解者であったわけだが——は中途半端な議論に終始していたからだ。彼らは、黒人奴隷制のみを対象として、奴隷制を擁護してきた。そうすることで、奴隷制の原理そのものを肯定することを拒絶し、黒人奴隷制以外の奴隷制は間違っていると認めていたのである。しかし、このような議論は今や変わってしまった。今では南部は、奴隷制は正しく、必然的で、必要なものだと主張するようになったのである。確かに白人よりも黒人が奴隷であるべきなのはあまりにも明らかだ。というのも黒人は労働することのみに適しており、指導することには適さないからだ。しかし、奴隷制は原理的に正しいのであって、肌の色の差異に依拠しているわけではないのだ。(qtd. in Chambers 2)

また別の例は、一八五〇年代に奴隷制擁護論者として活躍したジョージ・フィッツヒューの議論である。「国内の奴隷制は、抽象的かつ全般的に普通で、自然なものとして擁護されなければならない。つまり、人種や肌の色に関係なく、一般的に文明社会にとって必要な要素として擁護されなければならないのである」(Fitzhugh, 285) とフィッツヒューは述べる。彼がそう語るのは、白い奴隷が増えている現状を前にして、人種による擁護論では奴隷制を正当化するには限界があると感じていたからに他ならない。

黒人奴隷制のみを擁護し、正当化し、それ以外の奴隷制を非難するのは、南部が奴隷制を維持する根拠をわざわざ投げ捨てることだ。なぜならば、二分の一や四分の一の混血、われわれと同じくらい肌の色が白い男性たちが、南部の全ての州では合法的に奴隷になることができるし、実際にそうなっているのだから。奴隷制廃止論者はこのような事実をよく知っている。ストウ夫人の『アンクル・トム』は、白い肌をした男性や女性が奴隷として囚われている事実に対する関心から生まれたものだ。(Fitzhugh, 285–86)

こういった主張が出てきた背景には、一八五〇年代に奴隷制をめぐる北部と南部の対立が、自由労働と奴隷制の対立として激化していった時代に、奴隷制の経済制度としての優位性を主張する必要が南部にはあったことが挙げられるだろう。しかしここで注目したいのは、フィッツヒューの主張に明らかなように、人種の混交が進み、人種分類が最早維持しにくくなったために、それを根拠に奴隷制を正当化することはできなくなったという認識があったという事実である。一八五〇年代に南部の奴隷制を観察したスコットランド人のウィリアム・チェンバースは、人種の混交が進めば、当然人種の差異のみに基づいて奴隷制を擁護することができなくなるのは、「誰でも予見できること」で、したがって「あらゆる人種、あらゆる肌の色の人を奴隷とする奴隷制」が「当然かつ望ましいもの」として捉える見方が「ついに提起されるようになった」と述べる（Chambers 1）。白い肌の混血奴隷や白人奴隷で存在する以上、このような考えに行き着くのは論理的に必然である。

白い肌の奴隷の存在は、奴隷が黒い肌を持つ人に限定されていたわけではないし、その必要もないということを物語っている。そうであるならば、主人と奴隷の間にあるのは、白人と黒人という人種の優劣ではなく、支配―非支配の権力関係でしかない。ブラウンは、奴隷制をそのようなものと認識しているからこそ、『クローテル』の冒頭で、自分の意思を持たず、主人の意思に絶対服従する存在として奴隷を定義する。

「奴隷とは、自分を所有している主人の権力に囚われた存在である。主人は、奴隷を売ることもできるし、彼の人格、勤勉、労働を好きにすることができる。奴隷は何もすることができない。何も所有することができないし、主人の所有に帰するもの以外の何かを手に入れる

こともできない。奴隷は全面的に主人の意思に従うだけである。…」(43)

この引用は、ブラウンと同時代の奴隷制廃止論の文献を参考にしたコラージュなのだが、参考にしたものの中には、ストウも、『アンクル・トムの小屋』執筆のインスピレーションの一つとして挙げている『ノース・カロライナ州対ジョン・マン』という判決があるかもしれない。先の引用にある、主人と奴隷の絶対的な支配と服従の関係が奴隷制の根幹をなすというブラウンの考えは、ブラウンより前に、トマス・ラフィン判事による判決文が雄弁に語っているからだ。一八二九年のこの判決で問題になったのは、主人は奴隷に対してどれほどの権限があるのかというものだ。事件のあらましはこうだ。ノース・カロライナのエリザベス・ジョーンズという女性が、自分が所有するリディアという女性奴隷を、ジョン・マンという男に一年の期限で貸し出す。ある時、マンからは鞭打ちの罰を与えられそうになったリディアは逃げ出すが、業を煮やしたマンに銃で撃たれてしまう。自分の奴隷を傷つけられたジョーンズは、自分の所有物に対する損害賠償を訴えるのではなく、マンを刑事告発する。裁判にかけられたマンは、白人の陪審員によって暴行の罪で有罪となる。しかし、これを不服としたマンが控訴した結果、ノース・カロライナ最高裁判所は、一審の判決を覆し、マンに無罪を言い渡す。

奴隷の身体を毀損した主人が無罪であるのは、主人は奴隷の「身体に対して無制限に支配する力」を持っているからだ。他人のために働くことを強制されている奴隷は原理的に自分の意思を持たない。そうでなければ、自分の労働の成果がすべて他人のものになるということが分かっていて働くことなどない。奴隷はただ主人の利益のために働く。ここにあるのは、主人の側の支配と奴隷の側の服従という絶対的な支配と被支配の関係である。そうであるからこそ、主人が奴隷に服従させるために罰を与えるのは、「主人と奴隷の関係に本質的に内在する」主人の権利でしかない。「奴隷を完全に服従させるためには、主人の権力は絶対でなければならない」のだから。(8)

ラフィン判事のこのことばは、ブラウンが『クローテル』で引用するジェファソンの次のことばと共鳴する。「主人と奴隷の交際は全体として、一方の側の荒々しい情念の発露、絶え間ない独裁制を永続的に許し、もう片方の側に、自尊心を踏みにじる服従を永遠に強いるものなのである」(130)。このことばを引用することでブラウンは、主人と奴隷の絶対的な支配/被支配の関係が奴隷制の本質であることを強調するのである。

おわりに

ここまで見てきたように、主人と奴隷の支配者/被支配者の関係に焦点を当てるブラウンは、そうすることで、奴隷制がレイシズムを作り、レイシズムが人種を作り出すことを明らかにする。それでは、なぜ、主人と奴隷という権力関係が維持されなければならないのか。南部史の研究家チャールズ・R・デュウは、なぜ一九世紀の人が、奴隷制のもと、人を売り買いするという今日のわれわれの感性には冷酷極まりないと感じられる行為を、恐らくは一片の良心の呵責を感じずにいとも簡単に行うことができたのか、と問う。デュウは奴隷売買の記録を調査した上で次のように結論づける。「答えの一部は、間違いなく強欲である。純粋で単純で混じり気のない貪欲である」(Dew 158)と。奴隷を所有者する農園主、奴隷の売買を仲介する奴隷商人、奴隷を購入する奴隷主は、そうすることが自分たちの経済的利益になるからこそ、奴隷を所有し、売買したのである。奴隷制もレイシズムも経済的な欲望によって支えられていたのだ。

『クローテル』でブラウンがあげるバディントンという白人男性が財産目当てで黒人女性と結婚した話は、これを裏付けるものだろう。異人種間の結婚は禁止されているため、一見黒人に見えない人が黒人と結婚するには、自分の身体には黒人の血が流れていることを誓わなければならない。そこで、バディントンは自分の腕に傷をつけ、傷口に結婚相手の黒人女性の血を垂らすことで、自分の身体に黒人の血が入っているのは嘘ではないと主張するのである。ブラウンが作中に引用したこのニュースを伝える新聞記事が述べているように、女性の財産は「『黒人女性の肌を完全に覆い、黒人と白人の結婚を禁じた法はひとまず脇に追いやられるのである』」(154)。経済的な利益のためであれば、白人は黒人にだってなれる。白人と黒人という人種分類もレイシズムも、お金に対する欲望はいとも簡単に乗り越えることができる。ブラウンがあげるこの例は、強欲こそが、レイシズムの中心に位置する原理であったことを物語っている。

しかし、このような説明で、レイシズムのメカニズムを全て理解することはできない。トーマス・C・ホルトは、人種差別のような「人種的な現象」には「表面的な非合理性」、または「過剰」がつきものであることを指摘する（Holt 5）。例えば、白人男性が商売敵である黒人をリンチするのは、経済的な競争相手を排除する行為として合理的に理解できる。しかし、リンチの末、身体を焼いたり毀損したり、身体の一部を記念品として保存するといった行為は、経済的な動機だけでは合理的な説明のつかない過剰部分である。

レイシズムを経済的動機に導かれていると捉えることは、本質的に非合理的なレイシズムを合理的に理解しようとする試みだと言えるだろう。しかし、それは、レイシズムの一面を説明するものでしかないことは留意すべきだ。差別的な行為をする個人は、必ずしも経済的な利益を求めてそうするわけではない。黒人に給仕されることを嫌悪したアガシや、デュボイスの名刺を受け取ることを拒否したよう女の子のように、「本能的な反応」としてレイシズムが存在するという事実を忘れてはならないだろう。

注

（1）数字は、アメリカ合衆国国勢調査局の調査結果 *Population of the United States in 1860* の Introduction, p. X から引用。次のＵＲＬからダウンロード可能である。<https://www.census.gov/library/publications/1864/dec/1860a.html>もっとも、混血の人口に関しては、このような統計調査の数字はあまり信用できないとロバート・ブレント・トプリンは述べている（187）。

（2）この写真が撮られるようになった経緯については、キャスリーン・コリンズとメアリー・ニール・ミッチェルの論文を参照。

(3) また、一八四七年の『筆者自身によって語られる、逃亡奴隷ウィリアム・ウェルズ・ブラウンの物語』という自叙伝においても、ウェルズはかつて奴隷商人の手伝いをしていた時に、奴隷として売られた白人である少年ブリルに出会ったことを回想している (Brown, *Narrative* 32)。

(4) サロメ・ミュラーに関しては、ジョージ・W・ケイブルズの記事を参照。また、夫婦で奴隷制から逃亡したウィリアムとエレン・クラフト夫妻もその手記で、「アメリカの奴隷制は、特定の肌の色に限定されているわけではなく」、「白い肌をした奴隷が数多く存在」していた例としてミュラーに言及している (Craft 682)。

(5) 人種のパフォーマティヴィティに関するジュディス・バトラーの議論は、『白い黒人』を論じた、*Bodies That Matter* 第六章 "Passing, Queering: Nella Larsen's Psychoanalytic Challenge," pp. 167-85を参照。

(6) 一九世紀アメリカの科学的人種主義および多元起源説をはじめとした人種理論の発展・流行に関しては、ゴセットの著作 *Race*、とりわけ第四章 "Nineteenth-Century Anthropology," pp. 54-83を参照。

(7) この引用は、グールド『パンダの親指』上巻第一六章「ヴィクトリア風のヴェールのほころび」の二五一頁から二五二頁にかけての訳を一部変更した。

(8) 『ノース・カロライナ州対ジョン・マン』判決の判決文に関しては、コロンビア大学法学部のウェブサイトを参照。<http://moglen.law.columbia.edu/twiki/pub/AmLegalHist/TedProject/Mann.pdf>

引用文献

Brown, Sterling A. "Negro Character as Seen by White Authors." *The Journal of Negro Education*, vol. 2, no. 2, 1933, pp. 179-203. *JSTOR*, www.jstor.org/stable/2292236.

Brown, William Wells. *Clotel; or The President's Daughter.* 1853. Penguin, 2004.

——. *Narrative of William Wells Brown, A Fugitive Slave. Written by Himself.* 1847. Clotel *and Other Writings*, edited by Ezra Greenspan. Library of America, 2014, pp. 1–54.

Butler, Judith. *Bodies That Matter: On the Discursive Limits of "Sex."* Routledge, 1993.

Cables, George W. "Salome Muller: Strange True Story of Louisiana." *The Century Illustrated Monthly Magazine*, vol. 37, no. 1, May 1889, pp. 56–69. *HaThiTrust Digital Library*, babel.hathitrust.org/cgi/pt?id=mdp.39015034603707;view=1up;seq=17.

Chambers, William. *American Slavery and Colour.* W. & R. Chambers, 1857. *The Internet Archive*, archive.org/details/americanslaveryc00cham/page/n8.

Coates, Ta-Nehisi. *Between the World and Me.* Spiegel & Grau, 2015.

Collins, Kathleen. "Portraits of Slave Children." *History of Photography*, vol. 9, no. 3, 1985, pp. 187–210.

Craft, William and Ellen. *Running a Thousand Miles for Freedom or the Escape of William and Ellen Craft from Slavery.* 1860. *Slave Narratives*, edited by William L. Andrews and Henry Louis Gates, Jr. Library of America, 2000, pp. 677–742.

Dew, Charles R. *The Making of a Racist: A Southerner Reflects on Family, History, and the Slave Trade.* U of Virginia P, 2016.

Du Bois, W. E. B. "The Hands of Ethiopia." *W. E. B. Du Bois: Writings*, edited by Nathan Huggins. Library of America, 1986. pp. 939–51.

——. *The Souls of Black Folk.* Edited by Henry Louis Gates, Jr. and Terri Hume Oliver. Norton, 1999.

Farrison, W. Edward. *William Wells Brown: Author and Reformer.* U of Chicago P, 1969.

Fitzhugh, George. “Social Thought.” *The Ideology of Slavery: Proslavery Thought in the Antebellum South, 1830-1860*, edited by Drew Gilpin Faust. Louisiana State UP, 1981, pp. 272–99.

Gossett, Thomas F. *Race: The History of an Idea in America*. New Edition. Oxford UP, 1997.

Gould, Stephen Jay. “Flaws in in a Victorian Veil.” *The Panda’s Thumb*. Norton, 1980, pp. 169–76.（邦訳：スティーヴン・ジェイ・グールド「ヴィクトリア風ヴェールのほころび」『パンダの親指―進化論再考』上巻、早川書房、一九九六年、二四五―五六頁。）

Gross, Ariela J. “Litigating Whiteness: Trials of Racial Determination in the Nineteenth-Century South.” *The Yale Law Journal*, vol. 108, no. 1, 1998, pp. 109–188. *HeinOnline*, heinonline.org/HOL/P?h=hein.journals/ylr108&i=135.

Hoganson, Kristin. “Garrisonian Abolitionists and the Rhetoric of Gender, 1850–1860.” *American Quarterly*, vol. 45, no. 4, 1993, pp. 558–595. *JSTOR*, www.jstor.org/stable/2713309.

Holt, Thomas C. “Marking: Race, Race-making, and the Writing of History.” *The American Historical Review*, vol. 100, no. 1, 1995, pp. 1–20. *JSTOR*, www.jstor.org/stable/2167981.

Johnson, Walter. “The Slave Trader, the White Slave, and the Politics of Racial Determination in the 1850s.” *The Journal of American History*, Vol. 87, No. 1, 2000, pp. 13–38. *JSTOR*, www.jstor.org/stable/2567914.

Kolchin, Peter. *American Slavery 1619-1877.* Hill and Wang, 2003.

Mitchell, Mary Niall. “‘Rosebloom and Pure White,’ or So It Seemed.” *American Quarterly*, vol. 54, no. 3, 2000, pp. 369–410. *JSTOR*, www.jstor.org/stable/30042226.

Sollers, Werner. *Neither Black nor White yet Both: Thematic Explorations of Interracial Literature*. Oxford UP, 1997.

Stowe, Harriet Beecher. *The Key to Uncle Tom's Cabin; Presenting the Original Facts and Documents upon which the Story Is Founded*. John P. Jewett and Company, 1854. Uncle Tom's Cabin and *American Culture*, utc.iath.virginia.edu/uncletom/key/kyhp.html.

Toplin, Robert Brent. "Between Black and White: Attitudes Toward Southern Mulattoes, 1830–1861." *The Journal of Southern History*, vol. 45, no. 2, 1979, pp. 185–200. *JSTOR*, www.jstor.org/stable/2208151.

Walker, Alice. *In Search of My Mothers' Gardens: Womanist Prose*. Harcourt Brace Jovanovich, 1983.

Wilson, Carol, and Calvin D. Wilson. "White Slavery: An American Paradox." *Slavery and Abolition*, vol. 19, 1998, pp. 1–23.

ドボルザークのアメリカ
――新大陸へ渡った音楽家――

下河辺美知子

はじめに：旧大陸から新大陸へ

北米植民地および独立後のアメリカ合衆国は、ヨーロッパから新大陸にやってきた人が作った共同体である。わざわざ大西洋という広漠たる空間を渡ってくるには、人それぞれの動機があったはずであるが、その動機が重なり合うところに、各時代の宗教的・社会的・政治的・経済的要因が浮き上がってくる。文学・文化研究においては、初期ピューリタンのジャーナルのように旧大陸から来た人間がアメリカで書いたものを研究することもある。しかし、〈アメリカ文学史〉のレトリックにのせられるのは、アメリカで生まれ育った作家たちがテクストに表現した世界や価値が、いかにアメリカ的なるものを生成したかということである。

これに対して、ヨーロッパが発祥の地であるクラシック音楽については、二十一世紀の今になっても、音楽家たちはヨーロッパからアメリカに渡ってくるという視点で語られるのである。もちろん、〈アメリカ音楽〉の形成・発展についてはアメリカ文化の中で独自の流れもある。しかし、カーネギーホールでは、ウィーンフィルがベートーベンやブラームスを演奏し、メトロポリタン歌劇場では『フィガロの結婚』（モーツァルト）『アイーダ』（ヴェルディ）『タンホイザー』（ワグナー）などヨーロッパで生まれた作品が上演されている。

そんな中、ヨーロッパの音楽家たちが、人生のいずれかの時期に大西洋を越えてアメリカへ赴くことの意味は何であるのか？ 地続きで国境を接しているヨーロッパで生まれ育った彼らは、地面の上にいる安定感を一時放棄して汽船の客となり、数日とはいえ海上という不安定な空間に身を置くのだ。この空間体験は、彼らにとって心理的に大きな断絶だったはずだ。

十九世紀後半から二十世紀前半にかけて、幾多のヨーロッパの音楽家たちが新大陸へ渡ったが、彼らのアメリカ滞在は大きく二つの形にわけられる。一つは、数週間から数か月アメリカにとどまって演奏会を行い、経済的にも名声的にも得るものを得た後ヨーロッパに帰ったケース。もう一つは何らかの理由でヨーロッパにはもどらずにアメリカで骨をうずめたケースである。前者の例としては、一八九一年、カーネギーホールのこけら落としに招待されて二五日間アメリカに滞在したチャイコフスキー、ニューヨークフィルの立て直しのために全権を委任され一九〇九年秋冬と一九一〇年秋冬の二つのシーズンをニューヨークで過ごしたマーラーがある。後者の例としては、ナチの迫害をのがれ一九三三年ごろアメリカに渡ったユダヤ系音楽家たち――ボストンからカリフォルニアに移ったシェーンベルク、ウィーンからやってきてハリウッドにとどまり映画音楽作曲家としても活動したコルンゴルト――がいる。
さて、ここで取り上げる音楽家は二つのケースのどちらにも入っていない。ボヘミア出身の作曲家アントン・ドボルザークは、高額の収入でアメリカの音楽院に招かれたという意味では、出稼ぎ組の第一のグループに入るのかもしれない。しかし、彼は二年七か月の間アメリカに滞在し、旅行者としてではなく、アメリカ生活を体験している。骨をうずめることはなかったにしても、ヨーロッパ文化を背負った音楽家として、彼はアメリカ文化のどのような面と出会ったのか。新大陸の文化とどのように交流し、その逆に、アメリカ文化はこの人の音楽からどのようなインパクトを受けたのか。

アメリカ入国

「新大陸」(1)という用語を持ち出すと、クラシック音楽にかかわりを持つ者は、それを自動的に一人の音楽家につなげてしまう。『新世界から』の作曲者、アントン・ドボルザークである。十九世紀末、チェコ(当時はボヘミヤ)の作曲家としてアメリカにやってきたこの作曲家のアメリカ到着について伝記的情報を簡潔にまとめると以下の通りである。

一八九二年九月二七日　ブレーメンより出港したザール号はホーボーケンの岸壁に横づけになり、ドボルザーク夫妻と二人の子供はアメリカの地に降り立った(2)。

【図版1】

ここに示されているいくつかの固有名詞から、われわれは十九世紀末の旅行事情をうかがい知ることができる。ホーボーケンというのはマンハッタン島の対岸にあるニュージャージー州の街であるが、当時は大手汽船会社の船の到着港となっていた。ザール号とは一八八六年にイギリスのグラスゴーで建造された五、二一七トンの汽船である。乗客定員一、二四〇名、北ドイツロイド商船会社の客船としてブレーメン－ニューヨーク間を就航していた。【図版1】ドボルザークとその家族は九日間の船旅の後、アメリカに到着したのである。

さて、アメリカ入国とはどのようなものなのか。現在、われわれがアメリカの空港で入国するとき並ぶのは"immigration"と記された列である。この言葉は「出入国審査」を意味しているが、一方、「移民」という集合名詞でもある。自由の国として世界中からの移民を受け入れてきたアメリカは、数日の観光旅行で入国する人間も、アメリカに住むかもしれない「移民」として扱うのである。

十九世紀末にアメリカにやってきたドボルザーク一家も「入国審査」を通って入国したはずである[3]。彼らが新天地アメリカへ足を踏み入れた記録を突き止めることができた。"The Statue of Liberty and Ellis Island Foundation Inc."（自由の女神・エリス島協会）というサイトにアクセスして"Ellis Island Passenger Search"というタグを開くと、エリス島（入国審査場）を通ってアメリカに入国した六、五〇〇万人の入国記録を検索することができる。ドボルザーク一家の入国記録もそこに残されていた[4]。

一八九二年九月二七日入港のザール号の乗客リスト【図版2】には、几帳面な手書き文字で乗客の名前と情報が書きこまれている。ドボルザーク一家の部分を拡大したのが【図版3】である。三一番から三四番に、本人、妻、二人の子供の名前が並んでおり、ドボルザークについては、Dr. Antonius Dvorak 五一歳、男性、作曲家（music composer）、ボヘミア在住という情報が記されている[5]。こうしてドボルザークはアメリカの地を踏み、そのままマンハッタンに住むことになった[6]。

American School of Music

二〇一三年八月二三日の『ニューヨークタイムズ』に「ドボルザークをニューヨーク送りこん

【図版 2】

District of the City of New York, Port of New York

【図版 3】

【図版４】

Prague 1892.
Antonín Dvořák

だ取引」という記事がのった。「契約（contract）」でなく、交渉、駆け引きを意味する「取引（deal）」が使われているところに注目したい。ドボルザークをアメリカへ招聘するための契約書【図版４】が見つかり、アメリカ・ドボルザーク保存協会[7]が買い取り、二〇一三年九月八日より七三丁目のボヘミア・ナショナル会館[8]で展示されているという記事であった。

アメリカ招聘の申し出をドボルザークに送ったのは、アメリカ人富豪、ジャネット・サーバー夫人。彼女は自分の財産をつぎこんでニューヨーク・ナショナル音楽院を創設し、ドボルザークにそこの院長の職をオファーしたのである。実質八か月の勤務にたいしての一五、〇〇〇ドルという年俸は、プラハでの彼の年俸の二五倍であったという[9]。しかし、このあまりに魅力的な条件にも、ドボルザークはすぐには応じようとはしなかった。最終的に彼がその申し出を受けたわけは、誰にもわからない。「神から与えられた自分の使命だと考えたから」（黒沼二五四頁）という物語もあるし、「母が家族会議を開催し、ペンをさしだして父に署名するようにせまった」と語る息子オタカーの証言もある。[10]

大西洋を越えて幾度も送られてきた手紙に込められたサーバー夫人の熱意が実り、ドボルザークが二年間の契約にサインをしたのは、最初に手紙が届いてから数か月あまりが経ってからだった。サーバー夫人はなぜこれほどにまでドボルザークをアメリカによぶことに熱心だったのか？「ヨーロッパから権威ある音楽家を招いて音楽院の知名度を上げたかった」（ホノルカ一二九頁）という言い方もされている。つまり自分の創設する「新しい音楽学校」のためである。しかし、はたしてそれだけだったのだろうか？

歴史の短いアメリカでは、アメリカの国民文学の創設を意識して、十九世紀半ばの文学を「アメリカン・ルネサンス」と名付けている。[11] 同様に、音楽においても、「新しいアメリカの国民音楽」の創設が期待されていた。サーバー夫人は、「新しいアメリカの音楽学校」（a new American music school）を創設してドボルザークを院長にむかえることで、「新しいアメリカ国民音楽学派」（a new American school of music）の創造を夢見たのである。

アメリカの中でアメリカを表現すること

アメリカの大学では五月末に春学期がおわると長い夏休みに入り、学生も教授も故郷に帰ったり旅行に出たりする。アメリカに来て最初の夏休みは当然プラハに帰るつもりであったドボルザークの予定を変えさせたのは、ある情報であった。アイオワ州というところにチェコ人移住者の町があると聞いてそこを訪ねることにしたのである。

プラハから呼び寄せた四人の子供たちと妻アンナの姉を含む十一人は、西に向かう汽車で三日間かけてスピルヴィルという当時人口三五〇人の町に到着した。この町で過ごした夏の四か月がアメリカ滞在中のドボルザークにどのような意味をもつのかを、短い文章で語るのは難しい。一つだけ想像できるのは、彼がチェコ人のコミュニティの中で感じた五感の感触である。チェコ語で会話をするときの声とリズム、故郷の村にいるような音、香、光。これらがドボルザークという作曲家の感性にしみいっていった様子は想像に難くない。

そんな中で生まれたのが『弦楽四重奏曲第十二番ヘ長調《アメリカ》』である。スピルヴィル到着三日後に書き始められ、二週間あまりで完成させている。ドボルザークの心と体を何かが突き動かしたのだろう。全曲からかもしだされる幸福感、わくわく感、はつらつ、のびのびなど、いくつもの形容詞を持ってきたくなるような魅力的な曲である。

では、この曲で鳴り響く音たちは、なぜそのような効果を与えてくれるのか?楽譜をながめて音符を一つ一つ調査してみたくなる。そこで手にとったのが『ドボルザークの音符たち』（池辺晋一郎）である。池辺は、音符と休符を一つ一つ指摘しながら、なぜそこにそのような音が鳴り響くのかを解説している。ここでは、第一楽章冒頭の六小節分【楽譜1】と、第四楽章の主題が出てくる33小節あたり【楽譜2】の二か所を見てみよう。以下「　」は池辺が著書の中で使った

【楽譜１】

表現である。

※

第一楽章冒頭で提示される主題（3小節〜6小節、ヴィオラ）の旋律について、池辺は「五小節目の二拍目、四拍目の一六分音符の〈ファレ〉という動きは強烈で、流れを断ち切り、停めようとするか、という感じ」（八八頁）だと言う。「もしこれが【楽譜1a】だったら、何ともつまらないです。ドボルザークの生き生き感が完全に消滅してしまう」（同）と池辺は言う。

そしてここにはさらなるマジックがかくされている。1小節目の第一ヴァイオリンが八分休符を置いて、

【楽譜１a】

【楽譜１b】

一拍目のウラから、第二ヴァイオリンは三拍目のウラから、チェロは四拍目のウラ（2小節目のアウフタクト）から出る。もしこれが【楽譜1b】のように、一拍目から普通にはじまっていたら「のんびりしてしまう。演奏する身としては（ウラからでることで）一、二、三、四という拍節を感じなければ弾けない」（九〇頁）と池辺は述べている。ウラ拍から出るときの体の揺れを感じることができる者なら、演奏者でなくても池辺のこの言葉にそのとおり！と答えるであろう。

第四楽章は「喜びに満ちた、極めて快活な音楽」（九八頁）である。池辺は、主題の旋律が出てくるまでの三二小節の間に、ドボルザークがいかに周到に準備しているかを解き明かす。リズムの提示【楽譜2a】によって「躍動感」（九八頁）を出し、次に第一ヴァイオリンがペンタトニック風の旋律【楽譜2b】をもちこみ、二拍目の〈ファレ〉が独立変化して〈ファドシソ〉という「分散和音形」（九九頁）【楽譜2c】になる。その〈ファドシソ〉という下降旋律が〈ドラファド〉という下降旋律に入れかわり、そこに〈ラド〉という「メロディの断片風」

【楽譜2】

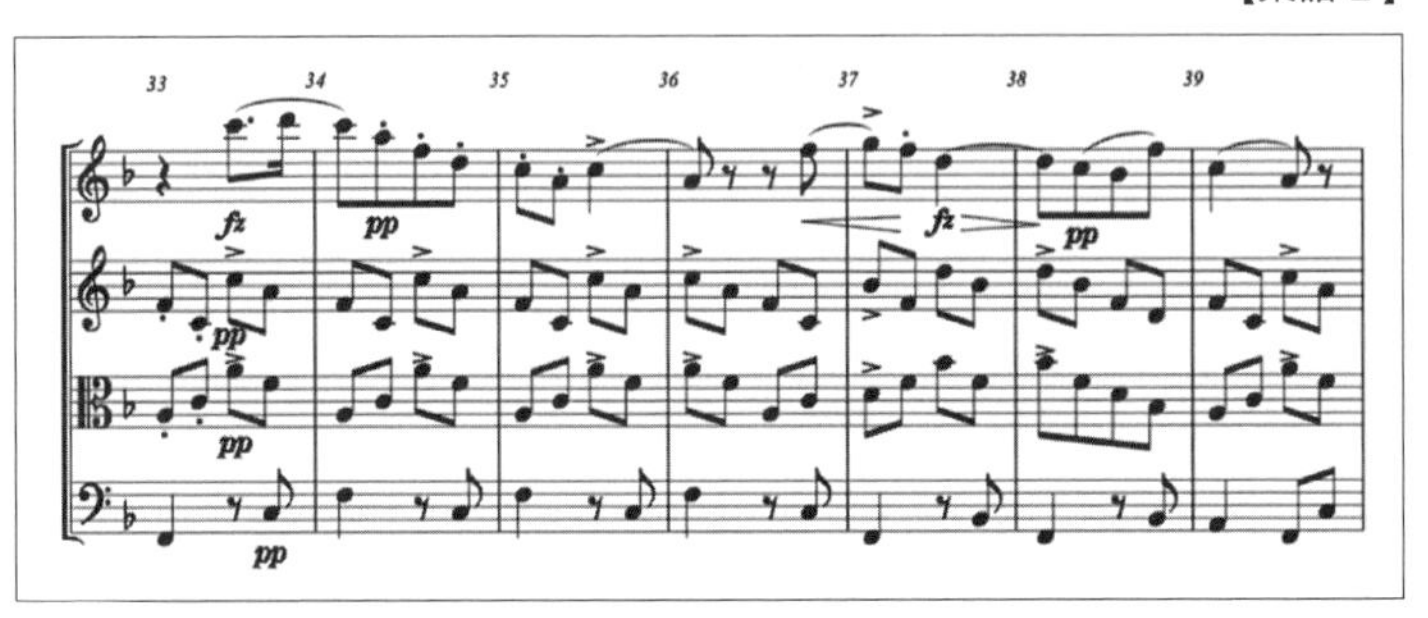

【楽譜2a】

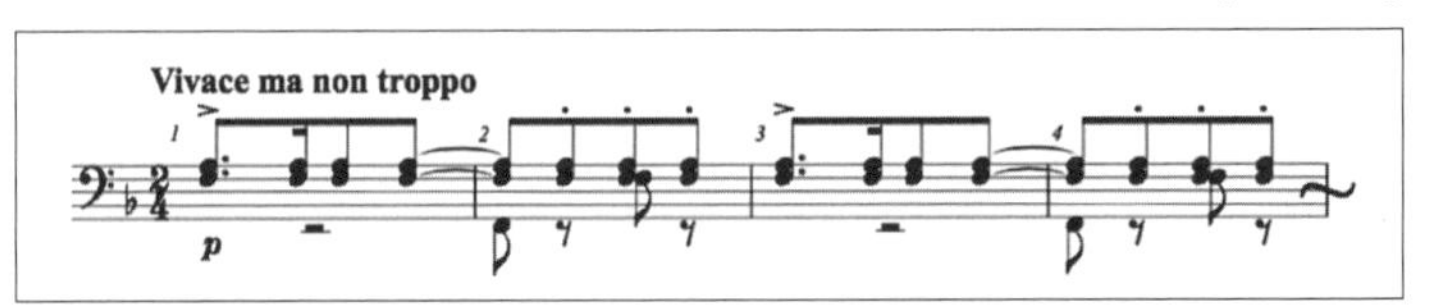

【楽譜2b】

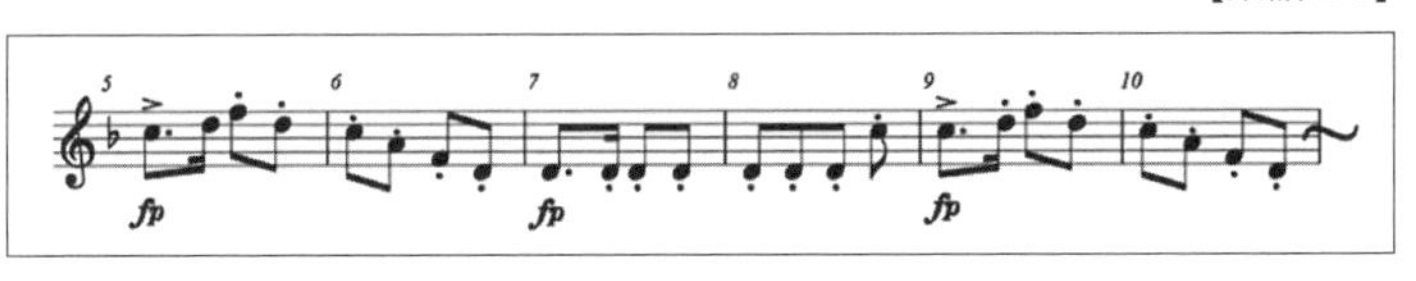

（九九頁）【楽譜2d】がまぎれこみ、ちらっと登場して消える。

池辺は言う。「この〈ラド〉のために、すでにかなりの準備をしてきたが…この〈ラド〉こそが、いよいよ登場の主題のために、周到な準備の頂点なのである」（九九頁）。

そして、33小節目で主題登場!!【楽譜2】32小節もの時間をかけて準備された後の「この歓び！快活さ！弾けるようにはつらつ、のびのびしていいます！」（九九頁）

しかし、待て。こうした効果を出す最大理由は何か？そ

【楽譜２c】

【楽譜２d】

れは、33小節の一拍目を四分休符にしてウラ拍から出ていることだと池辺はあかす。聞いている者は、それまでの旋律にうながされ、その休符のところに「ラ」を幻聴し、その衝撃が、われわれを体ごとこの旋律にのめり込ませるのである。

※

池辺の解説は演奏家でない者には専門的にすぎるかもしれない。しかし、楽譜が演奏されたときに届けられる音がもたらす効果を彼が表現する言葉をひろってみるのは興味深い。「心地よさ」「到達感」「エネルギーの蠕動」「喜び」「はつらつ」「快感」そして「聴くものの歓び！」等々。我々の心に《アメリカ》という曲が浮き上がらせる感覚がこうした言葉に変換されているのである。

文学研究をする者は、視覚や聴覚でとらえたものを言葉にすることに意識的である。そのような立場で池辺の言葉を口に出してみると、気付くことがある。われわれは、快感にうながされて歓びを感じて未来への期待が膨らむ気持ちを味わうのだ。そして、アメリカの歴史をふり返れば、こうした思いは、新大陸へやってきた旧大陸の人々が「アメリカの夢」を心にやどしたときの心理そのものであることに思い至るのだ。今という時間を未来にむけて進んでいく高揚感。弦楽四重奏《アメリカ》がもたらす体感と心理的効果は、アメリカの歴史・文化に内在する心のいぶきそのものであった。

作曲者ドボルザークの心と体にも、アメリカという空間がこうした効果を与えたと言うことができるだろう。ヨーロッパ古典音楽の均衡の外へ出る快感、前のめりに進んでいくアメリカの躍動感、常に違った形で旋律が反復されていくわくわく感。異質なるものを吸収し続けて展開していくアメリカ文化の神髄を、ドボルザークは心と体をつかって音に変換したのである。スピルヴィルの地で、故郷ボヘミヤの空気にひたり、自分の故郷の言葉が行き交う空間にもどったからこそ、彼はアメリカに来て八か月間で吸収した〝アメリカ的なるもの〟を音に翻訳し、その体感を楽譜に置き替えることができたのだ。

新世界で作曲された『新世界から』

日本のオーケストラの演奏会で演奏回数が多い曲と言えば、「第九」の次に「新世界から」が入るのではないだろうか[12]。暮れの「第九」が恒例となって久しいが、最近では新年に「新世界から」が演奏される傾向がある。日本人には、新しい年に新しい息吹という脈絡は受け入れやすい

【図版５】

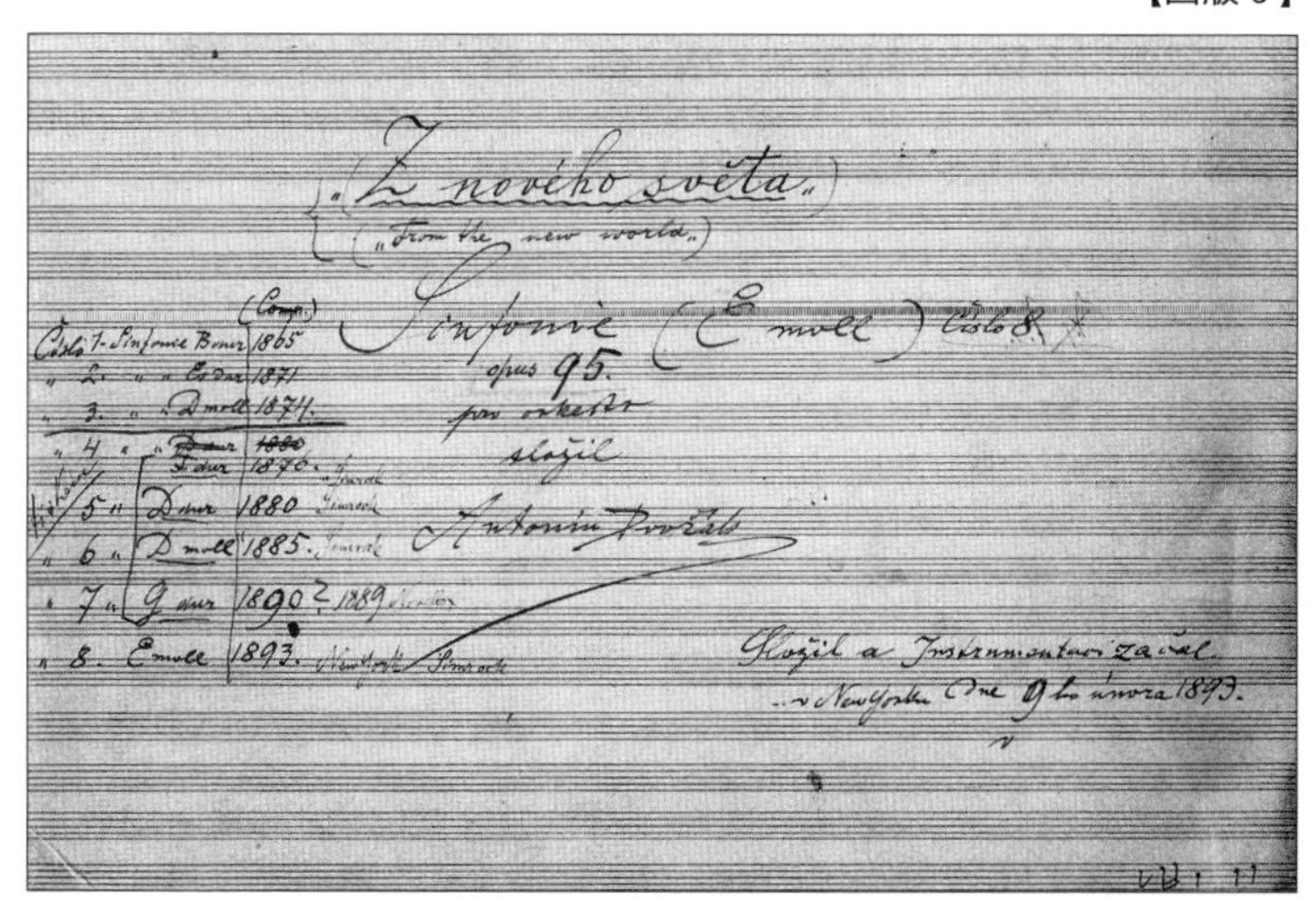

ものであるが、アメリカ人、ヨーロッパ人にとって、「新世界」という言葉の持つ響きはそれほど単純なものではない。

コロンブスが「新大陸を発見」したとき、ヨーロッパ人にとってそこは未知の空間であった。以後、大西洋を渡って新大陸に赴く人たちにとって、アメリカ大陸は、旧大陸を見捨てて、あるいは追われて新しい国を作るために乗り込む空間であり、夢をかなえる場所であった。ヨーロッパ大陸側にいるのか、新大陸側にいるのか。大西洋という広大な海をはさんでどちらに立ち位置を取るかによって、「新大陸」はさまざまな意味を持つのである。

すでに述べたように、ドボルザークは「アメリカの夢」を求め、一旗揚げようと新大陸にやってきたわけではない。高額の報酬を約束され、作曲家としての評価が確立しているアメリカへやってきた彼が、交響曲第九番『新世界から』を書いたとき、彼はどちら側の大陸に自分を置いていたのだろうか？出版直前のスコアに「新世界から」（"From the New World"）と書きつけたというが、"From" という前置詞には、出先から故郷にむけて送った便りという意味が込められていた【図版5】。

交響曲第九番のアメリカ性とは

一八九二年九月に新大陸に渡ったドボルザークは、アメリカの中でも特異な空間であるマンハッタンに居をかまえ、そこの音楽院で教鞭をとった。彼は五感のすべてを通してアメリカ的なものを感じ取ったに違いない。音楽の面でいえば、アメリカ独自の音楽としてネイティヴ・アメリカンと黒人の音楽の二つに強く反応したと言われている。そんな中、交響曲第九番は一八九三年一月から五月にかけてニューヨークで作曲された。

その秋カーネギーホールで行われた初演は空前の成功をおさめたと言われているが、その理由はアメリカ人聴衆が、心と体で「アメリカ的な響き」を感じ取ったからだと思われる。アメリカ的響きとしてドボルザークが体感したものとしては、ネイティヴ・アメリカンの詩に感情移入したという事実に加え、黒人霊歌の響きに深く感動したという伝記的事実が確認されている[13]。確かにこの曲にはアメリカ的な音の色彩が響いているように聞こえる。しかし、だからと言って「交響曲第九番はドボルザークがアメリカ的素材を使って書きあげたアメリカを表象する曲である」

と言ってしまってよいのだろうか？ここで確認しておくが、ドボルザーク自身、こうした憶測を否定して、初演に先立って「私は現存する（アメリカの）旋律を一つも使ってはいない」（ホノルカ一三八頁）と言っている。

『新世界から』のアメリカ性について、日本ではどのように言われているのだろうか。日本のオーケストラのプログラムに記されたこの曲の解説の中から言葉をつないでみた。交響曲第九番は、「アメリカ的な素材を用い」「ボヘミアへの熱い思いをこめて」作曲され、「新世界アメリカの印象と母国への郷愁が融合した」作品であると言った具合になる。一見うまく表現されているのだが、今一つはっきりしない[14]。アメリカ的だと言っているのか、ボヘミア的な要素を強調したいのか？ならば、ここで、ボルザークの言葉も批評家たちの言葉も無視し、聴き手としての自分の五感があの曲に接したとき何を体験したのかを検証してみよう。

われわれが聴き取るアメリカ黒人音楽の魂

全曲にちりばめられた魅惑的な旋律。その中で一つの十六分音符F♮をとりあげたい。第一楽章第二主題第四小節、その一拍目に並んだ十六分音符の四つ目、フルートとオーボエのパートにその音は現れる【楽譜3】。調性はト短調。西洋古典音楽では導音F♯としてGへ流れ込むべき音である。それが、なぜ上へむかうべき♯をはずしてまでこのFは半音下げたままにされているのか？

【楽譜3】

【図版6】

七つの音で構成される音階の中で、三度と七度の二つは、主和音と属和音の構成要素の中心となるため特別な役割を負っている。その三度と七度が半音上の一つ上の音に流れ込もうとする流れ。これが西洋音楽のダイナミズムを作っているとすれば、その流れに抵抗するかのような音が存在するジャンルがある。黒人たちが歌うブルースである[15]。音階の三度と七度の音程を下向きにずらし、導音へ流れ込むことを躊躇する響き。ブルー・ノートと呼ばれるものである【図版6】。

三度と七度の二つの音は、半音上の音に移行してハーモニーの解決をもたらそうとする緊張したエネルギーを内包させている。三井徹はその緊張を、「前進し、変化する可能性」と見なし、音程の取り方の中に西洋文化の下にある心理的側面を指摘する。いわく、三度と七度を上の音程に移行させようとする推進力が、西洋文化を推進してきた挑戦・発展のエネルギー源であるというのである。

その一方で、三井が探り当てた黒人文化の心理的局面は、三度七度を下げておこうとする音程にある。三井は「アフリカ人はそれ（西洋文化を推進するもの）を避けるべく、三度と七度をさげたがる」（三四頁）と言っている。そこには、黒人たちがブルースにこめた「容認、諦め」(三五頁)が響いてくると言うのである。*Slave Songs of the United States* は一八六七年に編纂されたもので、奴隷たちの歌を楽譜におこして歌詞をつけて記録した一三七曲が収録されている。序文には以下のような言葉が記されている。

奴隷たちが歌う歌は、その大部分が、解放前に黒人奴隷たちが耐え忍ばなくてはならなかった苦悩と剥奪の反映である。…奴隷たちは歌うことによって、現実の人生ではかなえられなかったことを達成したのである。それは、白人奴隷主の手のもとで耐え忍んだ日常的かつ非人道的虐待の苦痛からの救済と解放である。

半音低く設定されたたった一つの十六分音符から、自由を抑圧された黒人の声を聞きとることは可能なのだ。

われわれが体感するアメリカのいぶき

第一楽章冒頭のスコアを見てほしい。アダージョの八分の四拍子である。池辺晋一郎はこれを四分の四拍子に書きかえて、こう問いかける。「四分の四拍子のようが読みやすいんじゃないか…?演奏すれば同じだし」(一七二頁) しかし、いざ二つの楽譜を演奏してみるとどうだろう。

【楽譜４a】

【楽譜４b】

【楽譜５】

「【楽譜４a】ではアダージョの雰囲気だが【楽譜４b】ではモデラートになってしまう」（一七三頁）と池辺は言うのである。

演奏家であれば、池辺の言うことを実感として納得するであろう。ここでは二つの違いをさらにさぐってみたい。そこには拍子のもたらす身体的効果の差があるのではないか。二つの拍子ではどちらも一小節で四つのビートを刻むものだ。しかし、四分音符が四つ並ぶ規則正しい速度感と、八分音符が四つ並んだときの脈拍のような速度感とは大いに違う。生きている感じ、進んでいる感じ。それが八分の四拍子である。そんな中でこそ、四小節目の三拍四拍

【楽譜６】

【楽譜６a】

【楽譜６b】

目のスタカートで（しかもｐｐで）「音楽全体が浮いた感じになって」（一七四頁）、四小節目の三拍裏の二本のホルンのするどい突っ込み（短いEからEのfzへ）が衝撃を与えるのだ。聞いている者は、こうして神秘的な新世界の空間に、少し不安な面持ちで入っていくのである。

次に、一度聞いたら忘れないあの第一主題【楽譜5】と口ずさみたくなるコーダの旋律。どちらにも特徴あるリズムができている。短い八分音符のあとに三倍の長さの付点四分音符が続いている。これは、古典音楽では禁じられているリズムである。ドボルザークが意識してこの不自然なリズムを使っていることは明らかだが、作曲家池辺は【楽譜6】の旋律にたいして別ヴァージョンを作ってみせる。

E、Dの二音の長さを同じにしたもの【楽譜6a】、EをDの三倍にしたもの【楽譜6b】

【楽譜７】

【楽譜８】

である。どちらも平凡である。池辺は、この二つと比べるとき、【楽譜６】のリズムの「輝きが判明する」（一七六頁）と言っている。

では、その「輝き」を、われわれはどのように聴き取り、どのように体感するのであろうか。再び三井の言葉を借りてみたい。リズムと時間感覚において、西洋音楽とアフリカ的音楽は対極的な位置にあると三井は指摘する。アフリカ的リズムとは「オフ・ビートや、アクセントを弱拍にずらす」【楽譜７】形であらわれて、「時間から逃れようとする」（四〇頁）ものだという。この第一主題の旋律は、黒人霊歌"Swing Low, Sweet Chariot"から来ていると言われている【楽譜８】。

確かに、第二小節二拍目に一：三の長さの音の組み合わせを見ることができる。ブルースの特徴であるこうしたリズムが『新世界から』の第一主題として高らかに響くのを聞くとき、われわれは規則正しい西洋の時間から逃れ、アフリカ的時間に招き入れられるのである。

新世界で生きる体感

アメリカ文学の中に、新世界で生きる体感を語った作品がある。スコット・フィッツジェラルドの『グレート・ギャッツビー』(一九二五)である。失った女性デイジーをとりもどそうと果てしない夢を追いかけたギャッツビーは、濡れ衣を着せられて射殺される。その一部始終を見ていた語り手ニックは、葬式が終わった夜、主の消えたギャッツビーの邸宅を訪れる。そこで彼が見た幻は、昔、初めて新大陸にやってきたオランダ人たちが見た「新世界のういういしい緑の胸」としてのマンハッタン島の姿であった。

驚異に満ちたこの大陸は、やってくる人々の欲望を刺激し、未来という時間に駆り立てる。「あすは、もっと早く走り、両腕をもっと先までのばしてやろう」(二四四頁)。アメリカの夢という概念の根底にあるのは、未来を信じ、前のめりに進んでいく行動への強迫観念であった。この小説の最後の言葉を見てほしい。

こうしてぼくたちは、絶えず過去へ過去へと運び去られながらも、流れにさからう舟のように、力のかぎり漕ぎ進んでいく。(二四四頁　強調下河辺)

【楽譜9】

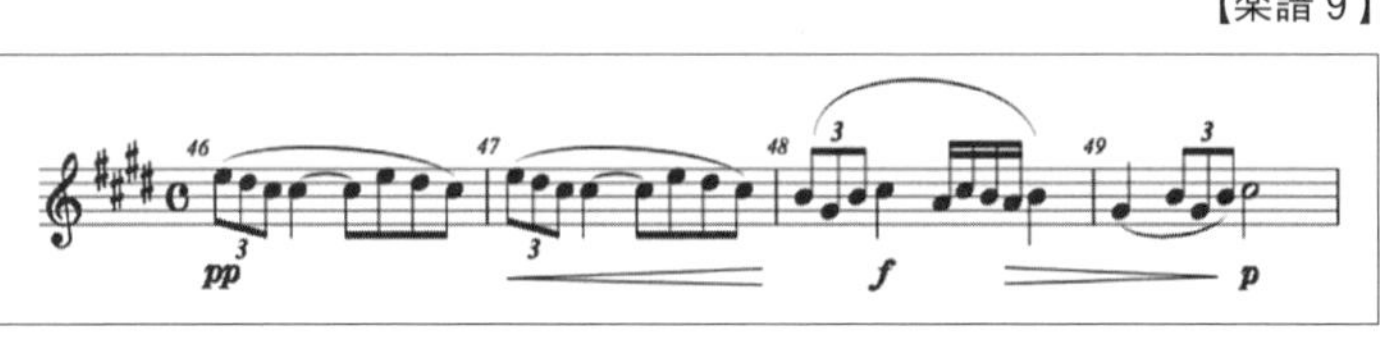

アメリカという空間に生きる限り、未来へのオブセッションから逃れることはできない。われわれは一瞬一瞬過去へと追いやられつつ、そんな中でも前進することをやめられない。アメリカ的体感とは、漕ぎ進むこと、つまり、身体を使った反復運動の中で実感されるものなのだ。

『新世界から』にもどりたい。聞いている者が、身体を使った運動にさそわれる箇所がいくつかある。例えば【楽譜6】で見たように、第一楽章第一主題の七小節目にでてくる三連符二つからなる六つの音たちの連なり。体がほどけてスイングしそうにはならないだろうか。そして第二楽章。「遠き山に日は落ちて」として歌われるあの有名な旋律が奏でられている間、われわれはゆったりした四拍子の中で、二分するリズムに体を預けている。そこへ、突然、フルートとオーボエが三連符で侵入してくる【楽譜9】。

46、47、48の各小節のあたまでは、三連符が三度にわたって繰り返される。そのリズムはわれわれの運動神経を刺激して、一人ひとりの心にさざ波をたてる。一方、旋律は嬰ハ短調の主音のまわりの狭い音域を移動した後、49小節の三拍目で主音（C♯）に立ち返って、われわれに安堵感をもたらすのだ。

しかし、ここにもドボルザークによる小さな細工を見ることができる。旋律が主音に回帰して一旦終止する49小節を見てほしい。それまで一拍目に置かれていた三連符が二拍目に移動しているのだ。池辺は、三連符音型が予測をうらぎって二拍目に置かれていることを「柔らかな書法」（一七八頁）であると言っている。これを別の表現にすればこんな風になるだろう。二拍目の三連符は、一拍目の四分音符で溜めておいたものを身体運動として解き放つ仕掛けであり、主音に帰りつくための足音のような響きであると。

さて、三連符の中に、身体的動きへの誘導を見る私の議論には裏付けがある。三井はそのブルース論で、アフリカ音楽は拍を三分する伝統があり、その特徴的なリズムは  であると指摘する。そして、黒人音楽に出てくる三連符は、「肉体を駆りたて、活動させる」（四三頁）力をもっていると言うのである。

『新世界から』にちりばめられた三連符たちは、身体の活動をいざなう黒人音楽の効果を発揮したものとも聞こえてくる。そうであるとすれば、『新世界から』という曲には、「船を漕ぎ続ける」というアメリカ的体験が身体の反復運動として内在していると言えるであろう。

ドボルザークがアメリカにもたらしたもの

アメリカ滞在も二年目に入った一八九四年夏、ドボルザークは故郷プラハへ帰って過ごしたのち、秋にはニューヨークへもどってくる。しかし、その頃になると故郷への思いは抑えきれないものとなり、次の年の春学期終了を待たずに彼はヨーロッパへもどっていくのである。一八九五年四月一六日、ドボルザークは二年七か月滞在したアメリカを離れチェコへ帰国した。

アメリカ滞在中に作られた作品は『新世界から』『弦楽四重奏《アメリカ》』『チェロ協奏曲』など、作曲家ドボルザークが後世に残した遺産の大きな部分をしめている。アメリカという新大陸が、彼の音楽家としての想像力と創造力に限りないバイタリティを注入したことは、このことが証明するだろう。ドボルザークにとって、新大陸アメリカが未来にむけて突き進む息吹は、ボヘミヤ人としての感性を限りなく刺激する活性剤(activator)だった。

The Oxford Companion to Music では、『新世界から』における黒人音楽の要素について「実際の黒人霊歌の旋律は使われていないが、黒人的語法(Negro idioms)を示唆する旋律は数多く見出せる」(三〇九頁)と言っている。確かにドボルザークは、『新世界から』の作曲にあたり、黒人音楽のフレーズをそのまま使ったりはしなかった。だから、アメリカに国民音楽を創設したいというニューヨーク音楽アカデミーの創設者サーバー夫人の思惑は、音楽史に記述できるような形では成果を残しはしなかった。

とは言え、『新世界から』がこれほど人々に愛されるには何か理由があるはずだ。ドボルザークはアメリカに何をもたらしたというのか?私なりの結論を提示しておきたい。

『新世界から』が演奏される空間に鳴り響く音たちは、われわれの聴覚だけでなく運動神経を刺激する。そして、その体感は、その場に居合わせた者たちすべて—演奏者も聴き手も—を参加させる儀式的な力をもっている。[16] 演奏されるたびに一回限りの体験としてホール全体の人たちが

「アメリカ的なるもの」を共有するための仕掛け。ドボルザークがアメリカに贈ったのは、言葉や楽譜の中に表現された「アメリカ的なるもの」ではなく、「アメリカ的なるものを体感する装置」だったのだ。

注

（1）「新大陸」をアメリカ文化の中で表すときは、new continent ではなく new world であるところも興味深い。
（2）黒沼はドボルザークの伝記の中で、ニューヨーク到着のことを「九日間、彼らと運命をともにした船に別れを告げ」と言っている。大西洋横断がいかに危険をともなうものと思われていたかがわかる。
（3）エリス島の移民局ができたのはドボルザーク入国の八か月前一八九二年一月であった。
（4）ファーストネームとラストネームを入れて検索すると、名前、到着年月日、住んでいた国、乗船してきた船名が出てくるようになっている。アメリカ人の多くは、アメリカに移住してきた人たちの子孫である。彼らはこのサイトを使って、自分たちの祖先がいつ、どのような船に乗ってこの地へやってきたのかを調べることができるのだ。
（5）ドボルザークの検索には少し手間取った。ファーストネームが Antonin ではなく Antonius で登録されていたからである。
（6）彼らが住んだ家の住所は、327 East, 17th Street, New York, New York である。マンハッタン島の南、いわゆるロウアー・マンハッタンという地域である。
（7）Dvorak American Heritage Association（DAHA） http://www.dvoraknyc.org/

（8）Bohemian National Hall: Dvorak Room 321 East 73rd Street, New York, NY 10021
（9）契約書に書かれた内容は「年俸一五、〇〇〇ドル。年に四か月の休暇。週六時間の作曲の授業と四時間の学生オーケストラの指導。アメリカ国内で十回の自作コンサートの指揮」というものであった。
（10）*NYT* Aug. 23, 2013
（11）*American Renaissance*（1950）F. O. Matthiessen 著はアメリカ文学史の古典として専門家の必読書となっている。六〇〇頁あまりの大著で、ナサニエル・ホーソーン、ハーマン・メルヴィル、ラルフ・ワルド・エマソン、ヘンリー・ソローといった一八五〇年代前後に活躍した作家の作品を真にアメリカ的として論じている。
（12）以前は『新世界』と言っていたのが、最近ではクラシック音楽業界では『新世界から』に統一されているようである。ちなみに英語での表記は、アメリカでの表記を見る限り“From the New World”“The New World Symphony”の二種類が同じくらいの頻度で用いられている。
（13）アメリカ詩人ロングフェローの詩『ハイワサ』を読んで感動していたと言われており、一方では黒人声楽家ハーリー・バーリーの歌う黒人霊歌の中に深い感情表現を見出していたことも証言として残っている。
（14）われわれが混乱する理由の一つは、アメリカ性として聞くように促されていながら、それがチェコの感性でもあるとされている点である。確かに「（第三楽章では）なつかしいチェコの田舎で、たのしそうにギャザースカートをまるく広げながらおどる乙女たちが目にうかぶようです」（黒沼三〇〇頁）という指摘もある。
（15）このF♮については学者の中で様々な見解がある。「原始的旋律」「アメリカインディアンの旋律」「黒人霊歌の旋律」「チェコ風の旋律」といった説があることを門馬直衛は紹介している。『新世界から』（全音楽譜出版スコア解説五頁）

（16）三井が黒人ブルースの効果として挙げたものがここに現れている。リズムとは「アフリカ人にとって聴覚現象ではなく運動神経の活動」（四一頁）であり、ブルースは「儀式的に聴き手を参加させる」（四一頁）と言っている。

参考文献・資料

池辺晋一郎『ドボルザークの音符たち』（二〇一二年、音楽之友社）
黒沼ユリ子『ドボルジャーク：「わが祖国チェコの大地よ」』（一九九〇年、リブリオ出版）
クルト・ホノルカ『ドヴォルザーク』（岡本和子訳、一九九四年、音楽之友社）
『自由の女神・エリス島協会』（The Statue of Liberty and Ellis Island Foundation Inc.） https://libertyellisfoundation.org/
三井徹『黒人ブルースの現代』（音楽之友社、一九七七年、一九九〇年）
ドボルジャーク『交響曲第九番　新世界から』（全音楽譜出版スコア一九五六年解説門馬直衛）
Fitzgerald, Scott F. *The Great Gatsby*, 1925.
スコット・フィッツジェラルド『華麗なるギャッツビー』（村上春樹訳、中央公論新社、二〇〇六年）
Cooper, Michael, "The Deal That Brought Dvorak to New York," *The New York Times* (Aug.23, 2013) https://nyti.ms/16WQLX4
Francis, Allen William, Ware, Charles Pickard, Garrison, Lucy Mckim eds. *Slave Songs of the United*

States: The Complete Original Collection. (1867)

Scholes, Percy A. *The Oxford Companion to Music*, tenth edition, Oxford University Press, 1938, 1955, 1970.

起源への回帰と使い回し（リサイクル）
——『雨に唄えば』（一九五二）における寓話的リアリティ——

日比野　啓

一　はじめに

ジーン・ケリー、ドナルド・オコナー、デビー・レイノルズの三人が出演した『雨に唄えば』は、一九五二年にMGMが製作・公開したミュージカル映画だ。制作者のアーサー・フリードは、当時のMGMきっての辣腕プロデューサーとしてミュージカル映画、とくに「歌もの」ミュージカルの制作をもっぱら担当していた。ただし『雨に唄えば』では、フリードはプロデューサーだけでなく、作詞家としてもクレジットされている。というのも『雨に唄えば』では、一九二〇年代から三〇年代にかけてフリードが作詞家として活躍していた若かりし頃に作曲家ナシオ・ハーブ・ブラウンと組んで世に送り出した曲を使い回しているからだ。

流行歌としてすでに人々の耳に馴染んでいた楽曲、いわゆる「アリもの」を使ってショーを構成する、ということは、たとえば『ジーグフェルド・フォーリーズ』や『ジョージ・ホワイトのスキャンダルズ』のようなレヴューでは普通だった。これらのレヴューには一貫した筋といえるようなものはなかったから、使いたい流行歌に合わせて場面を構成すればよかったからだ。だが大劇場レヴューが衰退した一九三〇年代以降は、映画でも舞台でも、物語と楽曲の統合が意識されるようになったこともあって、新作ミュージカルにはそのために書き下ろしたナンバーが使われることが多くなっていた。

もっとも、映画ミュージカルでは、作曲家・作詞家の名前を冠した「ソングブック」と称して、一人の作曲家・作詞家の既存のヒット曲を物語のなかにうまくはめ込んでいくタイプの作品も四〇年代から五〇年代にかけて少なからず作られた。たとえば『スイング・ホテル』(一九四二)『ブルー・スカイ』(一九四六)『ショウほど素敵な商売はない』(一九五四)などは作詞家・作曲家アーヴィング・バーリンのソングブックとして喧伝されたし、『雲流るるはてに』(一九四六)のように、作曲家ジェローム・カーンの生涯を虚実交えて語り、かつカーンの楽曲を全篇にあしらったような伝記映画(biopic)もあった。日本未公開の『ワーズ・アンド・ミュージック』(一九四八)は作曲家リチャード・ロジャースと作詞家ロレンツ・ハートの伝記映画である。『雨に唄えば』公開の前年には『巴里のアメリカ人』(一九五一)が封切られたが、これは一九三七年に若死にしたジョージ・ガーシュウィンが作曲し、その兄アイラが作詞した楽曲を使ったガーシュウィン兄弟のソングブックだった。

この伝でいけば、『雨に唄えば』はフリード&ブラウン・ソングブックということになるが、事情はいささか異なる。一つには、もちろん、アーサー・フリードが現役の作詞家としてはもはや認知されていなかったことがある。(1) なるほど、『ハリウッド・レヴィユー』(一九二九)で用いられて以来、三作の映画で使用されてきた表題曲「雨に唄えば」や、『踊るブロードウェイ』(一九三五)の表題曲で、それ以降計三作の映画で使用されてきた「ブロードウェイ・リズム」をはじめ、使い回された多くの曲は昔の懐メロというにはまだ十分「現役感」がある。だが実質上のプロデューサーだった『オズの魔法使い』(一九三九)や、筆頭プロデューサーとしてのデビュー作『青春一座』(一九三九)――ミッキー・ルーニーとジュディ・ガーランドの「パピー・ミュージカル」第一作であり、フリードはその後もこの二人のミュージカルを制作し続ける――など、すでに戦前からはプロデューサーとして活躍していたフリードは、人々にもっぱらMGMの重役として知られていた。

もっと重要なのは、『雨に唄えば』にはフリード&ブラウンの昔のヒット曲だけが使われているわけではないことだ。早口言葉から歌になっていく「モーゼズ・サポーゼズ」は、製作途中でロジャー・エデンスが作曲し、脚本を書いたベティ・カムデンとアドルフ・グリーンが歌詞を提供したものだし、「メイク・エム・ラフ」はフリード&ブラウンが『雨に唄えば』のために「新たに」――コール・ポーターがフリード制作のミュージカル映画『海賊』(一九四八)のために書き下ろしたナンバー「ビー・ア・クラウン」のメロディを臆面もなく盗用して――作ったものだ。物語の展開に沿うようにこの二つのナンバーが加わったことは、フリード&ブラウン・ソングブックとしての体裁よりも、ミュージカル映画としての完成度をプロデューサーのフリードが重視したことを示している。

そういう事情があるとはいえ、全十四曲のうち十二曲がアリものであることは変わらない。だからこそ、ソングブック・ミュージカルにありがちな苦しい設定や強引な解決が『雨に唄えば』には見られず、楽曲は自然に物語と統合されて場面にふさわしいものになっていることには驚く。アリものを継ぎ合わせて作ったどころか、全曲が書き下ろしのようにすら思えるのは、カムデン&グリーンの紡ぎ出す物語が観客の現実感覚に訴えかけてくる、通常とは異なる次元での強烈なリアリティを持っているからだ、と本章は主張する。以下では、この特殊なリアリティが『雨に唄えば』においてどうやって生み出されているか、そのメカニズムを見ていく。そのためにまず、本作品には「起源への回帰」と「使い回し（リサイクル）」という二つの主題が繰り返し出てくることを示し、これらの主題によって作品全体に統一感が与えられていることを示す。

次に、これらの主題はカムデン&グリーンが執筆時に置かれていた状況から抽象された原理であり、その意味において現実と密接な関係があると論じる。換言すれば、『雨に唄えば』で語られるのはたんなる夢物語ではなく、観客が自らをとりまく現実を省みたときに一定の普遍性をもって妥当すると考える、一種の寓話であることを示したい。「『雨に唄えば』が際立っているのは、映画史上最高傑作の一つであると同時に、魔法を使って、観客に現実を忘れさせ、ただ「いい気持ち」にさせてくれる昔ながらの映画だと思える点だ」と指摘するとき、スティーヴン・コーハンは真実の半分だけ言い当てている。「映画史上最高傑作」であるという評価をもう少し曖昧ではない表現にすれば、それは「リアリティ」——この言葉も論者の数だけ定義があるだろうが——を持っているということだろう。リアリティの重みを観客に感じさせつつ、「現実」を忘れさせてくれるという離れ業が『雨に唄えば』の特徴なのだ。

二　捏造された「起源」

トーキーの誕生。ドン・ロックウッド／ジーン・ケリーの俳優人生の出発点。ベティ・カムデンとアドルフ・グリーンの脚本家としての（そしてアーサー・フリードの作詞家としての）原点。『雨に唄えば』は、半ば捏造された「起源」へ回帰しようという衝動に貫かれた映画である。その衝動を生み出すのは、長く仕事をしているうちに自らの立ち位置が「ズレて」しまったという認識であり、そのズレをなんとかして正そうという後悔に似た思いだ。無言劇（マイム）によって物語が語られる「ブロードウェイ・メロディ・バレエ」では、功成り名遂げた俳優が「踊らずにはいられない」という駆け出しの頃に抱いていた衝動を思い出すまでが描かれる。一九二七年のハリウッドでの映画製作の現場を描いたこの作品では、声とイメージが一体となって表現される演劇が架空の始原として設定され、技術革新上の変化に過ぎないサイレントからトーキーへの移行が、映画が声を取り戻して演劇へと回帰するという、神話的次元を付与される。

起源に立ち戻ろうとする衝動は、声とイメージのズレ、不一致を観客に繰り返し確認させるかたちでまず現れる。作品冒頭では、リムジンに乗ってチャイニーズ・シアターに現れたスター俳優ドン・ロックウッドが、待ち構えていた映画コラムニストに問われて、居並ぶ何千人というファンたちの前でそれまでの半生について語る。ところがドンの声が語る内容と、観客が見る映像は一致していない。「常に威厳を」をモットーにして生きてきたとドンが語る一方で映されるのは、幼い時分の彼が、現在までの相棒コズモとともにビリヤード場に入っていき小銭を拾う姿だ。ドンは両親に連れられて劇場に行き、バーナード・ショーやモリエールのような古典の精髄を見たと語るが、観客が目にするのはB級映画が上映される安映画館に忍び込んでいる様子である。成長してからも現実には辛酸を嘗める日々が続くドンだが、現在の映画スターとしての地位を築くようになった経緯を語る際にも、「ついに陽光溢れるカルフォルニアにやってきた」「映画会社からのオファーは山ほど来たが、モニュメンタル・ピクチャーズを選ぶことにした」と口から出まかせを語る。

『雨に唄えば』は、ワーナー・ブラザーズが一九二七年に製作・公開した『ジャズ・シンガー』が初の長篇トーキーと喧伝されて大ヒットしたという史実を取り入れている(2)。MGMをモデルにしたと思しき大手映画会社モニュメンタル・ピクチャーズが、ワーナーの成功に続けとトーキーへと移行しようとした際に生まれた、虚実取り混ぜた面白おかしいハプニングが数多く語られるが、それはおもに声と映像のズレから生じる。偶然出会ったキャシーに恋をするドンは、リサがキャシーからアルバイトの仕事を奪ったことを知って『決闘する騎士』の撮影中にリサを非難する。彼らは悲運に見舞われた恋人同士として甘く切ない思いをたっぷり演技で見せつつ、激しい言葉の応酬をするが、『決闘する騎士』はサイレントとして撮影されているので、彼らの会話が観客に伝わることはない、という設定になっている。その後、『決闘する騎士』は二人の声を録音し、リサ・ラモントとドン・ロックウッド主演初のトーキー映画として公開されることが決定するが、そのプレミア上映では、リサの甲高く訛りのある発声に観客は笑い、上映中に録音と映像の同期が失われてドンの仕草にリサの声がかぶさって聞こえ、リサの声に合わせてドンが演技をしているように見えるようになって観客席は爆笑と怒号に包まれる。

これらのエピソードが興味深いのは、エピソードごとに声とイメージのどちらが真実でどちらが虚偽かが変わっている、という点だろう。『グラマトロジーについて』においてジャック・デリダは、西欧の形而上学における「音声中心主義」を批判したが、それは声が文字すなわち視覚表象に先立っている分、より真実に近いものだという広く共有された前提のことを指していた。ところが冒頭のエピソードでは、サイレントの後にトーキーが登場するという映画の歴史を反映してか、イメージが正しく、声は虚偽やズレを含むものとなっている。対照的に、甘い恋人同士の場面を撮影しながらリサが自分の地位を利用してキャシーから職を奪ったことにドンが怒る場面では、イメージ／表象／外見と声／存在／内面という、デリダが批判した古典的二項対立が描かれている。最後に、プレミア上映の場面では、イメージと声のどちらが真実でどちらかが虚偽と決めることは難しいが、サイレントに慣れている観客にとっては先立つ映像がつねに基準で、ズレているのは音であるように思える。

これは脚本を担当したベティ・カムデンとアドルフ・グリーンが一貫した原則を持っておらず、声とイメージそれぞれに真実と虚偽をその時々で行き当たりばったりに割り当てているからなのだろうか。そうではないことを示すために、補助線を引こう。ドンがキャシーに恋することになるきっかけは、彼が追いかけて来るファンから逃れるためにキャシーの運転する車に強引に乗り込んだことだった。キャシーは密かにファンだったドンがスターの自分を印象づけようとするのに反発し、また自分が舞台俳優志望だということもあって[3]「映画スターには魅力を感じない、演じないし台詞を話さないから」(26)とドンに言ってしまう。続けて「あなたはフィルム上の影に過ぎない。影よ。生身の肉体ではない」(27)とキャシーが言うとき、それは存在と表象との関係を示している。演劇の映画に対する優位は、前者では俳優の身体が提示されるが、後者ではその表象だけが示されるところにある、とキャシー(と彼女をはじめとする舞台俳優たち)は思っており、ミュージカル映画よりも舞台ミュージカルで多くの傑作を残したカムデン&グリーンの脚本家コンビも合意しているように見える。

初期には舞台にも出演したが、そのキャリアの大半を映画作品に傾注したジーン・ケリーがどう思っていたかはわからないが、ケリーが演じたドンは(のちに告白するように)キャシーの言葉に動揺し、自分が表象でしかないと思い込む。あるいは、キャリーのことを考えるとドンは自分が映画俳優であることに自信が持てなくなるのかもしれない。ドンの生活がキャシーの生活と関わるようになるとき、声が真実を、イメージが見せかけを表すようになるからだ。

そして『雨に唄えば』の物語は、ドンがキャシーとの恋に落ちることで展開していくのだから、冒頭で示されたような声＝虚偽、イメージ＝真実という組み合わせは、すぐに声＝真実、イメージ＝虚偽という組み合わせに変わるのは当然だろう。プレミア上映の場面で再び声＝虚偽、イメージ＝真実という組み合わせという組み合わせに戻ってしまうのは、ドンがリサ・ラモントに関わっている場だからだ。ドンはまた、キャシーの低く落ち着いた歌声――実際にキャシー役のデビー・レイノルズの声を吹き替えたのは、リサ役のジーン・ハーゲンだったという皮肉な裏話は有名である――に惹かれているので、声が真の感情と結びつくことは観客にとって自然なことのように思えてくる。

たしかに、一九二〇年代になると、各地を巡業したヴォードヴィル劇団の経路（サーキット）に組み込まれなかった小さな町にも映画館は作られ、芝居を見る機会がそれまでなかった人々も熱心に足を運んだことを考えれば、映画の「起源」として演劇を措定するという系譜学的発想は、本作の舞台となっている一九二〇年代後半においてすら（大都会の知識人を除けば）馴染みのないものだったことは想像がつく。ましてや、映画が演劇に比べて圧倒的なお手軽な娯楽となった『雨に唄えば』公開当時であれば、もっと奇異に感じられたことだろう。それでも、本作では本来聞こえるはずの声が聞こえないサイレントから、「現実」をより忠実に反映したトーキーへ移行するという史実とともに声とイメージを一致させることの必要性が語られるので、一定の説得力があるし、さらにそれが起源への遡行であることを示唆されれば観客は抵抗なく受け入れるはずだ。

映画＝イメージは贋物で、真の感情を表現するには生身の身体が必要である、というキャシーの主張は、「君は僕のために生まれてきた」（You Are Meant For Me）が歌われ、踊られる場面でさらに補強される。モニュメンタル・ピクチャーズの社長シンプソンに見出されて契約することになったキャシーと再会したドンは、使われていないスタジオを見つけて愛の告白をする。「自分はヘボ役者だからきちんとした舞台装置が必要だ」（44）とキャシーに説明するドンは、スポットライトをつけ、スモークマシンで霧を作り出し、送風機で風を送り、梯子にのぼらせたキャシーを見上げて、告白に相応しい雰囲気を作り出す。しかしそれがたんなる見かけ上のまやかしにすぎないことは、そのまやかしを作り出す過程そのものを映し出すことによって明らかだ。そしてドンがキャシーに真の愛情を抱いていることを最終的に証明するのは、こうした舞台装置ではなく、そこでキャシーに向かって「君は僕のために生まれてきた」を歌うドンの声であり、またダンスを踊る二人の身体である。

『雨に唄えば』のクライマックスは、『決闘する騎士』のリナの訛りのある、甲高い声をキャシーが吹き替え、ミュージカル仕立てにして『踊る騎士』としてプレミア公開した際に、リナがシンプソンを脅してまで隠し通そうとしていた吹き替えの事実を目に見えるかたちで明らかにしてしまうところだ。悪声がトーキーに相応しくないと判断したシンプソンたちが黙ってキャシーの声に吹き替えたことに激怒したリナは、自分がドル箱女優であることを盾にキャシーが今後ずっと自分の声を吹き替えるようにシンプソンに迫る。自分が代わって会社を経営するとまで言うその勢いにシンプソンは気圧されるものの、コズモと目配せを交わしたドンが「リナには観客に話す資格がある」と言い出すと、二人の考えに同調して、リナの悪声を敢えて観客に聞かせることにする。

はたして三人が目論んだとおり、自分たちに直接話しかけるリナの声が映画で耳にしたキャシーの吹き替えた声と異なり、鼻にかかった平坦なものであることを知った観客は戸惑い、リナに歌を歌うように要求する。ドンはコズモとともにシンプソンに計略を授ける。その意図するところを瞬時に理解したシンプソンは、観客の要求に応えていいか迷っているリナに、カーテンの裏にキャシーを配して声を吹替えさせるから口パクするようにと指示する一方で、キャシーには吹き替えをするように命じる。信頼していたドンにも冷たくやるんだと強いられたキャシーは怒り傷つき「やるわ。でも二度とあなたに会わない」（74）と言う。だがリナが「雨に唄えば」を歌い出す（ふりをする）と、あらかじめ打ち合わせていた手筈通り、ドン、コズモ、シンプソンの三人はカーテンを引き上げていき、歌っているキャシーの姿を観客に見せてしまう。

ここではこれまで説明してきた状況より少し複雑なことが起きている。なるほど、キャシーの声が「真実」を表象しており、（リナが歌っているという）イメージが観客を騙していたことを考えれば、真実は声の側にあり、虚偽はイメージの側にあるという構図に変化はないようにも思える。しかし、イメージが虚偽であることを示すのは、カーテンの裏でキャシーが歌っているという別のイメージなのだ。すなわち、この場面においてイメージは虚偽の表象であり、真実の表象でもある。視覚表象が（最後には）真実を表すという点において、この作品の結末は冒頭と共通しており、映画が虚偽を、舞台が真実を表すという中間部の枠組みを両側から挟んで一種の円環構造を成している、とも見ることができる。

とはいえ、もっと重要なのは、この結末において声とイメージの一致／統合というトーキー＝演劇の理想が実現していることだ。リナは声とイメージの不一致／分離という状態を維持しようとしたが、その奸計は阻止される。リナは悪役であり、否定的形象であるから、声とイメージの不一致／分離は克服されるべき現状として観客に理解され、声とイメージの一致／統合こそが望ましいことが示されるのだ。言うまでもなく、トーキーになったからといって声とイメージの一致／統合が必ずしもなされたわけではなく、実際にはこの作品が皮肉にも示すように、吹き替えという新たな不一致／分離の慣行が導入されたわけだが、説話上ではリナは自らの声で話し歌うことを余儀なくされ、キャシーはリナから奪われた声を取り戻し、ドンとも結ばれてハッピー・エンディングとなる。『雨に唄えば』の最後の場面では、ドンがキャシーを腕に抱きながら「ユー・アー・マイ・ラッキー・スター」を歌う前の場面が静止画像となってモニュメンタル・ピクチャーズ映画『雨に唄えば』の巨大なビルボードへと変わり、そのビルボードを二人が見上げている様子が映し出される。映画スターであるドンを「フィルム上の影」だと言い放ち、舞台の素晴らしさを説いたキャシーは今や、ドンとの共演が大きな宣伝材料になるような映画スターになった、と示唆して終わることで、トーキーの普及によって声とイメージを一致させることができるようになった映画が、その始原である演劇と同じ地位を獲得したことが強調される。

原点に戻って初心を思い出すという主題はまた、「ブロードウェイ・メロディ・バレエ」でも語られる。全体にテンポよく進む物語のなかで、例外的にこの場面はその長さに必然性が感じられず、台詞がないこともあって退屈を覚える観客もいるかもしれない。シンプソンは『決闘する騎士』をトーキーのミュージカル『踊る騎士』にリメイクし、さらにリナの声をキャシーに吹き替えさせる、というコズモとドンのアイデアを気に入り、実際にキャシーがフィルムを見ながら声を録音していくのを見て喜ぶ。そして「他にすることはどのくらい残っている？」とドンに尋ねると、ドンは「場面をもう一つ。一つだけナンバーが残っています」(64)という。『決闘する騎士』はフランス革命期を舞台にしているため、このままでは現代風のナンバーが入れられない。そこで主人公を現代のダンサーということにして、彼が幕間に『二都物語』に読んでいたところ、砂袋が頭の上に落ちてきて気絶し、フランス革命期の夢を見るという設定にすることで、『決闘する騎士』のために撮影した場面を使い回す。

一方で、現代の設定は新たに撮り足す必要がある（ちなみにこの設定は、ジーン・ケリーがレッド・スケルトンらと主演したMGMミュージカル映画『デュバリイは貴婦人』［一九四三］を借りたものである）。そこで付け加えるのはブロードウェイにやってきた若いダンサーの物語だ、と言ってドンはその内容をシンプソンに語り始めるのだが、それはドンが主人公のダンサーを演じる劇中劇として観客に提示される。劇中劇の中でドンは台詞を言わずに表情と身振りだけで内面を表現するので、クラシック・バレエのマイムを思い起こさせるが、声とイメージの分離という主題を観客がこの場面では意識することはない。というのも、ドンには台詞こそ与えられていないものの、劇中劇の中で「ブロードウェイ・メロディ」と「ブロードウェイ・リズム」を歌うし、また数度繰り返して「踊らずにはいられない」と歌うように叫ぶからだ。この叫びについては後述することにして、まず劇中劇の内容を見ていこう。

小さなスーツケース一つだけ抱えてブロードウェイにやってきた若者が「踊らずにはいられない」と歌い踊りながら、雇ってもらおうとエージェント回りをする。当初はなかなか相手にされないが、ようやく密造酒を提供する地下クラブでの職を紹介されてそこで踊り始める。ギャングの大物が客としてやってくる。彼はいかにも運命の女（ファム・ファタール）然とした愛人を連れている。ダンサーの若者は、シド・チャリースが演じるこの妖婦と踊って親密な雰囲気になるが、ギャングの情夫がダイアモンドのブレスレットを差し出すと彼女はあっさり彼を見捨てる。呆然としている若者をエージェントが「コロンビア・バーレスク」という看板のかかっている劇場に連れて行く。そこで彼は赤毛のカツラをつけ、チャップリン演じる浮浪者のような扮装をして、肌も露わな衣裳を身につけホットパンツ姿のコーラスガールたちの前で滑稽なダンスを踊る。次に「パレス・ヴォードヴィル」の看板が映し出されると、肌を覆う面積は多いものの同様に露出度の高い格好をした踊るコーラスガールたちの前で、星条旗をモチーフにした派手な出で立ちでカンカン帽をかぶって男は踊る。最後に男は芸人にとって最高峰であるジーグフェルド・フォーリーズに出演し、巨大な羽根飾りのついた帽子をかぶり、金のスパンコールで縁取りされたオーガンジーのドレスで着飾ったジーグフェルド・ガールズの前で燕尾服を着こなしシルクハットを片手に持ちポーズを決める。

観客の大半が男性労働者階級だったバーレスクから、十九世紀末頃までには中産階級の娯楽となっていたヴォードヴィルへ、そして二十世紀初頭に富裕層の流行として隆盛を誇ったレヴューへ(4)。危険な匂いのするギャングの情婦への想いを絶ち、芸に精進したダンサーはこうして出世の階段を登りつめる。だがカジノでのパーティに招待された彼はそこで彼女と再会する。次の場面では、何もない広大な空間に二人だけが佇んでおり、チュチュを着て、身長の何倍もある長い薄手の織物を首に巻いて風にたなびかせた妖婦と彼はロマンティック・バレエのデュエットよろしく踊る。だがこれはどうやら彼の妄想の中の出来事だったようだ。気がつくと二人は元のクラブに立っており、以前と同様に女はダンサーを無視してギャングの情夫とともに立ち去る。名声を手にした今であれば女は振り向くはず、と考えていたと思しきダンサーはプライドをすっかり傷つけられ、自分の気持ちに折り合いをつけられないまま、カジノを後にする。とその時、かつての自分と同じ、垢抜けない格好をした若者が「踊らずにはいられない」と叫んで飛び出してくる。啓示を受けたように顔を明るく輝かせたダンサーは、自分もまた「踊らずにはいられない」と叫ぶと、先ほどのカジノの客たちが皆飛び出してきて、「ブロードウェイ・メロディ」に合わせて群舞が展開される。その中でひときわ目立って踊るダンサー。

一三分近くにわたって繰り広げられる劇中劇の梗概をこうやって説明しても、それが『踊る騎士』の筋立てにどう関わってくるのかよくわからない。なるほど、ミュージカルにおいてマイムを取り入れ、登場人物の意識下の葛藤や抑圧を表現する「夢のバレエ」の手法は、一九三六年初演の『オン・ユア・トゥ』や一九四三年初演の『オクラホマ！』などで用いられて以降、舞台でも映画でも半ば慣行化していた。だから公開当時の観客が現在の観客ほど違和感を感じなかった可能性はある。「ブロードウェイ・メロディ・バレエ」が『踊る騎士』の現代の設定に必要な場面だ、というのはあくまでも口実であって、「夢のバレエ」同様、演じ手のダンス（とくにクラシック・バレエ）の技量を見せるのが真の目的だ、という主張は一定の説得力を持つ。

とはいえ、カムデンとグリーンによる公刊台本にはない「踊らずにはいられない」というダンサーの叫びを付け加えたことで、「名声を得て増上慢になったダンサーがその半生を省みて、ただ踊りたいと思っていただけの初心に立ち返る」という劇中劇の主題はいっそう強調されることになる。それはまた、舞台女優志望のキャシーに「フィルム上の影に過ぎない」と指摘されて、のちには「自分は俳優なんかではないし、そうであったことはない」（58）と自嘲するようになったドンの将来に対する不安や希望が投影された（つまり、フロイト的な）夢でもある。こうして、言葉がほとんど発せられることはない「ブロードウェイ・メロディ・バレエ」は起源への回帰という映画全体の主題を反復することになる。本編には顔を出さないシド・チャリースやギャング役のロバート・フォーティアを登場させ、美術や装置も劇中劇にしては贅を凝らして一二分五七秒の長いマイムを挿入したのは、それだけこの主題が作り手たちにとって切実なものだったからだ。(5)

ただし、この「起源」は正しくドンの経験を反映しているわけではないことも忘れてはならない。ドンの半生はすでに冒頭でイメージと声のズレを利用して面白おかしく語られており、劇中劇のダンサーのように「踊らずにはいられない」という思いを若い頃のドンが抱いていたかどうかは定かではない。冒頭で語られるエピソードから想像するに、ドンは歌って踊れるヴォードヴィリアンとしてそのキャリアをはじめたようであり、むしろ若きダンサーとは、ピッツバーグからダンサーとして一旗あげるためニューヨークにやってきた、ジーン・ケリーのようにも見える。ヘスとダブホルカーによれば「ブロードウェイ・メロディ・バレエ」の場面は撮影以前に完成していたカムデンとグリーンの台本にはなく、撮影に入ってからジーン・ケリーが組み立てたので、ケリーが自分の半生を顧みて「踊らずにはいられない」と考えていたのは若き日のケリーだったかもしれない（155）。いずれにせよ、イメージと声の一致／統合という観点から映画の起源に演劇をおくのが捏造であったように、ドンのダンサーとしての出発点は捏造されている。

三　一から(リ)の(セ)やり(ッ)直し(ト)ではなく、使い回し(リサイクル)

起源への回帰という主題は、一から(リ)の(セ)やり(ッ)直し(ト)というモチーフと結びつくように思える。だが

『雨に唄えば』では、現在未完成のものが廃棄されて新しい何かがはじめから作り直されるのではなく、すでに使い古されてあるものが使い回し(リサイクル)される。サイレントとして撮影されていた時代劇映画『決闘する騎士』をトーキーにし、さらにプレヴューでこのままでは観客に受け入れられないと見てとるや、ミュージカル映画『踊る騎士』に作り変える、というのはその最たる例だ。カムデンとグリーンが脚本を書き、『雨に唄えば』の翌年公開された『バンド・ワゴン』(一九五三)でも、「現代版『ファウスト』」として喧伝された台詞劇は失敗を経てミュージカルとしてリメイクされる。

アメリカの商業演劇では、地方で行われる試演(トライアウト)での観客や批評家の反応を見ながらブロードウェイでの初日まで手を入れていき、場合によっては原形をとどめなくなるまで作り直しをすることが慣習になっている。『雨に唄えば』や『バンドワゴン』は「演劇界の裏話」を語るバックステージもののミュージカルなのだから、リメイクとそれにまつわる騒動を描くのはとりたてて珍しいことではないとも言える。ただしカムデンとグリーンは『雨に唄えば』の脚本を執筆するまでの数年間、実際に同様の経験をしてきていた。二人の初のブロードウェイ進出作は一九四四年の『オン・ザ・タウン』で、これはジェローム・ロビンズが振付し、レナード・バーンスタインが作曲したバレエ『ファンシー・フリー』(一九四四)を舞台ミュージカルに作り変えたものだ。さらに、この作品をもとにミュージカル映画『踊る大紐育』(一九四九)が作られ、二人は脚本として参加している。

第二作『ビリオン・ダラー・ベイビー』(*Billion Dollar Baby*)はニューヘイヴンとボストンでの上演を経てブロードウェイで十二月に開幕したが、二人の評伝を書いたプロプストによれば、途中での大きな変更は第一幕にバレエをつけ加えただけだった。だが第三作『ボナンザ・バウンド』(*Bonanza Bound*)で二人は苦い目にあう。一九四七年十二月フィラデルフィアで幕を開けたこの作品は当初から酷評され、「手を入れ、キャストも見直す」ために翌春までの上演延期が告知された。カムデンとグリーンが作り直しをしているという報道は何度かなされたが、翌一九四八年末までにはこの作品がお蔵入りになったことは明らかになった。

リサイクルという主題は主筋で語られるだけではない。この作品そのものが、一九二〇年代から三〇年代にかけて作られたフリード&ブラウンの楽曲という「既にあるもの」を使った再生品であるとも言えるし、サイレントからトーキーへと移行するにあたって廃業する俳優たちが多くいる——物語の中でも、発音矯正をいくら受けても直すことができないリナはいずれ使われなくなるだろうということは暗示されている——なかで、ドンは滑舌の特訓を受けてトーキー俳優として再生する。[6] ピアニスト兼作曲家から脚本家へと転身を遂げるコズモもまた、リサイクルされたと言えるし、舞台俳優を目指しながらもショーのアルバイトで食いつないでいたと思しきキャシーは、ドンと出会うことで映画の世界で生き直すことになる。

今までのことはなかったことにして、はじめからやり直す、ということが禁じられている世界。どんなに苦しくとも現実に踏みとどまって、原点に立ち返り、現在の間違っている自分を軌道修正せよという要請が絶対的な重みを持っている世界。ドンやコズモがどんなに能天気に見えようとも、ドンとキャシーの恋の顛末がどんなに御都合主義的に処理されていようと、フリード&ブラウンのナンバーがどんなにロマンティックに二人の恋を歌おうと、『雨に唄えば』の基底をなしている世界はカムデンとグリーンが対峙していたハリウッドやブロードウェイでの過酷な現実を反映したものになっている。

　映画が公開されたずっと後（一九七二年）に公刊された台本に付された序文においてカムデンとグリーンは、サイレント映画時代に活躍した二枚目俳優、ジョン・ギルバートがトーキー撮影時に「愛している」と何度も繰り返すだけでまともな台詞を話さなかったため観客の嘲笑を買い、結果として没落したことを引き合いに出して、「手品の仕掛けは、もちろん、こんな悲劇の題材を軽妙な諷刺喜劇にはめ込むことだった」(5)とだけ書いている。数十年前に起きた、直接自分の身に降りかかったわけでもない「悲劇」が『雨に唄えば』の題材であって、自分たちが経験した「悲劇」、『オン・ザ・タウン』や『ボナンザ・バウンド』、そして『雨に唄えば』も含めた、現場での終わりのない作り直しは作品の成立とは無関係だと主張したいようにも思える。

　だがこう書きつけたときカムデンとグリーンは、少なくとも一つのことは意識していた。悲劇的題材を喜劇的枠組みに組み入れることによって、作品が二重構造を持つようになること。プロプストは同じことをその評伝で二人の「軽妙なミュージカル・コメディともっと重い諷刺ミュージカルという二重の音色（dual tone）」と表現している。冒頭で引用したコーハンの評言を合わせて考えれば、『雨に唄えば』の核にある何か苦痛に満ちたもの、作り手たちだけでなく、観客の現実とも密接に関係がある人生の教訓が、笑いと底抜けの明るさに包まれていることが見てとれる。

キャシーが吹き替えることで『踊る騎士』を再生させることができそうだとわかった後、ドンは去り際にキャシーとキスをして愛を確かめ、至福の境地に至って、雨の中で歌い、踊る。「雨に唄えば」の場面は、物語上のクライマックスでもなければ、大がかりなプロダクション・ナンバーでもないのに、ケリーの身体から発せられる手放しの幸福感としかいえないものが画面を満たすゆえに多くの観客の心を掴み、また『雨に唄えば』が名作であるという評価を確定させてきた。しかしよく指摘されることだが、この場面はケリーがタップを踏みながら子供のように水しぶきを盛んにあげているところを警官に見咎められて終わる。さらにここでケリーは、デュエットではなく一人でタップダンスを踊っていること、つまりドンが達している至福の境地というのは、他人に伝え共有することのできる社会性を持ったものではなく、独我論的とすらいえる「一人勝手な」感情であることを考慮すると、ケリーが出会う警官とは、社会とその監視の比喩であるようにも思えてくる。少しの間自分の感情に耽溺することは構わないが、然るのちにお前は自らを社会化し、他人とコミュニケーションをとる必要がある、という現実からの要請をこの場面は伝えている。

ケリーの体験した俳優修業の大変さ。カムデンとグリーンの体験した作り直しの面倒くささ。

だからといって現実を拒否してはじめからやり直すことはできず、原点に立ち返り部分修正を行うこと。こうしたことがそのままリアルに描かれているわけではないので、私たちはそこから得られる教訓をはっきりと感じることはない。だが「雨に唄えば」の場面をはじめとして、『雨に唄えば』は現実に継続的に関与していく必要があることを私たちに一種の寓話として教えている。

註

（1）とはいえ、あまり知られていないことだが、フリードは戦後も作詞を手がけていた。一九五〇年に製作・公開されたエッシャー・ウィリアムズ主演『パガン・ラブ・ソング』では、ハリー・ウォレン作曲、アーサー・フリード作詞と表示されている。四曲の挿入歌には曲名が与えられていないものの、合衆国議会図書館著作権局の著作権登録目録には曲名も掲載されている（610）。なお、表題曲「パガン・ラブ・ソング」は、フリード&ブラウンのコンビがMGMに楽曲を提供した第二作となる、ラモン・ナヴァロ主演『パガン』（一九二九年）の表題曲であり、フォーディンによれば当時一六〇万枚のヒットとなったものだった（351）。

（2）『ジャズ・シンガー』のトーキー部分は一部であり、大半は字幕付きのサイレント上映だった。また、短篇のトーキーであれば同じヴァイタフォンの技術を用いた『ドン・ジュアン』（一九二六）をはじめ『ジャズ・シンガー』以前にも数本公開されていた。カムデンとグリーンも、初のオール・トーキーといえる作品は翌二八年に公開された『紐育の灯』（*Lights of New York*）であることをMGMに知らせたが、「フリード氏もエデン氏も、それはわかっているが、そんなことはどうでもいい、とのこと」と伝えてきたというメモが残っていることを、ヘスとダブホルカーは記している(62)。

(3) 公刊された『雨に唄えば』台本は、映画公開のずっと後、一九七二年になってMGM映画脚本ライブラリー・シリーズの一冊としてヴァイキング・プレスから刊行されたものであり、筆者としてベティ・カムデンとアドルフ・グリーンの名前が表示されてるが、後述するように二人が撮影開始前に書いていなかった「ブロードウェイ・メロディ・バレエ」の場面についてある程度詳しい——だが映像が語る内容を十全に表現したとは言い難い——説明があったりする。とはいえ、映画と比較して台詞の異同はないため、本章では『雨に唄えば』の台詞をこの公刊台本から引用し、以降はページ数のみ示す。

(4)『雨に唄えば』は誰が何をやったのかという功績(credit)を正しく知らしめるという主題の映画だが、コール・ポーターの「ビー・ア・クラウン」を盗用して「メイク・エム・ラフ」を作ったり、デビー・レイノルズの声をでリサ役のジーン・ハーゲンが吹き替えたりして、説くことと行うことが違うと論じたクローヴァーは、この場面は「系譜学的な功績(genealogical "credit")をきちんと説明している」と論じる(160)。この作品は、演劇からトーキーへ、という単純な系譜学だけでなく、演劇のジャンル内における系譜にも関心を寄せている。

(5) ヘスとダブホルカーによれば、「ブロードウェイ・メロディ・バレエ」の撮影には『パリのアメリカ人』のもっと長いバレエシーンでかかった以上の六〇万ドル強が費やされた。それは撮影に要した総費用の約四分の一であり、当初予算の超過分にほぼ相当した。なお、ヘスとダブホルカーはこれに続く部分で「[「ブロードウェイ・メロディ・バレエ」は]『雨に唄えば』全体の筋立ての感情や登場人物の設定を要約する(encapsulate)ことになっていない」と述べており(168)、ヘスとダブホルカーも、二人が引用するジェラルド・マストらの先行研究も、作品全体と「ブロードウェイ・メロディ・バレエ」とが「起源への回帰」という主題で密接に関係づけられていることに気づいていない。たとえばコーハンは「[一九五二年におけるジーン・ケリーのスターとしてのイメージがなければ] もっと場違い (out of place) になる」と書き、マストは「さまざまな映画を [引用することによって] 自己点検 (self-examination of movies) するというこの作品の掉尾を飾る」と書くが、説話上の類似点には触れていない。

(6) ここには (時代は異なるとはいえ) ジーン・ケリー自身の経験が反映されている。ハーシュホーンの評伝では、レヴュー『ワン・フォー・ザ・マネー』出演当時の一九三九年、ケリーは平板なピッツバーグ訛りでひどい声だったこと、その後演出家ガスリー・マックリンティックとの出会いなどもあって二、三ヶ月必死に努力すると発声が改善されたこと (58) や、ブロードウェイでの出世作となった『パル・ジョイ』(一九四〇) の主役を得るために、オーディション直前になって歌唱指導を受けたこと (72) が書かれている。

引用文献

Clover, Carol J.. "Dancin' in the Rain" in Steven Cohan ed., *Hollywood Musicals: The Film Reader*. Routledge, 2001.

Cohan, Steven. *Incongruous Entertainment: Camp, Cultural Value, and the MGM Musical*. Kindle ed., Duke UP, 2005.

Comden, Betty and Adolph Green. *Singin' in the Rain: Story and Screenplay with an Introduction by the Authors*. The Viking Press, 1972.

Fordin, Hugh. *M-G-M's Greatest Musicals: The Arthur Freed Unit*. Da Capo Press, 1996.

Hess, Earl J and Pratibha A. Dabholkar. *Singin' in the Rain: The Making of an American Masterpiece*. UP of Kansas, 2009.

Hirschhorn, Clive. *Gene Kelly: A Biography*. St. Martins Press, 1985.

Mast, Gerald. *Can't Help Singing: The American Musical on Stage and Screen*. Overlook Press, 1987. Kindle ed., Ward & Balkin Agency, 2012.

Propst, Andy. *They Made Us Happy: Betty Comden & Adolph Green's Musicals & Movies*. Kindle ed., Oxford UP, 2019.

U. S. Copyright Office, Library of Congress. *Catalog of Copyright Entries*, Third Series, Vol. 4, part 5A, no. 1: Published Music January-June 1950. Copyright Office, Library of Congress, 1951.

「芸術で戦え！」：コルソン・ホワイトヘッド『地下鉄道』論
――トランプ時代の人種なき地下鉄道ブームのなかで――

庄司宏子

はじめに

近年のアメリカ合衆国における奴隷制度や南北戦争の記憶をめぐる議論や論争に、地下鉄道の顕彰と南部連合の軍旗や兵士像の撤去がある。前者は、一九九八年七月に「人種の調和と国家的な融和の精神を育むこと(1)」を目的として制定された「地下鉄道ネットワーク法（the National Underground Railroad Network to Freedom Act）」のもとで、国立公園局（National Park Service）が地下鉄道に関わった建物や場所、ルートを発掘・保存し、教育プログラムに役立てようとする運動である。この法律が施行されてから現在にいたるまで、その間に南北戦争終結一五〇周年もあり、奴隷制度のもと逃亡奴隷を援助する地下的な活動のネットワークであった地下鉄道に関する大衆的な関心が再熱した。地下鉄道の遺跡を辿るツアー、公立学校での授業の取り組み、地下鉄道に関する研究書や小説の出版、映画、テレビドラマの制作も盛んになっている。後者は、旧南部連合諸州で、南軍旗やジェファソン・デイヴィス、ロバート・E・リーなど南軍兵士の彫像が州会議事堂や公園などに設置されていたことが、人種差別や人種の分離、白人優越主義を連想・助長することへの抗議運動から、こうした旧南部連合を記念するモニュメントを撤去しようとするもので、撤去をめぐっては賛成・反対の両方が衝突し、ヴァージニア州シャーロッツヴィルでは死者を出すなどの騒動に発展した。

地下鉄道に対する関心、そして南部連合のシンボル排除という二つの現象は、一方は人種の融和を、もう一方は人種の分断を現しているが、両者はともにかつての奴隷制時代および南北戦争をめぐる公的記憶の構築という共通点がある。また両者が語られる言説のキーワードのひとつが「遺産（"heritage"）」であることも注目すべき共通点といえるだろう。地下鉄道の遺跡や博物館を訪ねる旅は"heritage tourism"と呼ばれ、そこを訪ねる人びとは"heritage seekers"である。かたや南軍旗を擁護する人びとは、その旗は「憎悪ではなく遺産（"Heritage, Not Hate"）」であるというスローガンを掲げ、南軍旗を奴隷制度の象徴とみる反対派は旗を「遺産を装った憎悪（"hate disguised as heritage"）」であるという。地下鉄道と南軍旗をめぐる議論において、両者はアメリカの奴隷制度の歴史への対し方も、政治的な意見も異にしているが、両者が共有する「遺産」という言葉は何を表しているのであろうか。

地下鉄道にせよ、南軍旗にせよ、「遺産」という言葉からうかがえる心性とは、逃亡奴隷の隠れ家であれ奴隷制プランテーションの南部であれ、祖先の起源の地を設定し、それを真性なものとして繋がろうとする本質主義であるといえる。本質主義とはそれ自体イデオロギーの産物であるが、そうした本質主義はそれを生み出す現代アメリカ社会の、人種や奴隷制度の過去や記憶をめぐるどのような状況を映し出しているのであろうか。本稿では、昨今のアメリカ社会の地下鉄道への新たなる関心に注目し、そこにみられる人種的政治性を考察してみたい。そのうえで地下鉄道が過去の遺産ではなく、現代アメリカにおける奴隷制度の記憶や人種をめぐる現状を批評する文学的トロープとしてもちうる意味を、コルソン・ホワイトヘッドの二〇一六年の小説『地下鉄道』から読み解いてみたい。

一　「地下鉄道」とは何か

一九世紀の奴隷制廃止論者による新聞記事と記録

「地下鉄道」とは、南北戦争以前、奴隷州から自由州へと逃亡する奴隷を援助する個人や団体の地下活動とそのネットワークを表す語である。一八九八年に、地下鉄道に関する聞き取り調査をまとめて『地下鉄道――奴隷から自由へ』として出版したウィルバー・H・シーバートは、この語の起源について、いつどこで用いられるようになったのか不明としつつ、一八三一年にケンタッキー州からオハイオ州に逃亡した奴隷を追った所有者が、オハイオ川を泳いで越えた彼の足跡を見失い、「あのニガーは地下鉄道に乗って逃げたに違いない」という言葉を発したことを最初の例として紹介している（Siebert 45）。また歴史家のディヴィッド・W・ブライトは、シーバートの説に加えて、ペンシルヴェニア州で逃亡奴隷の捕獲に失敗した奴隷ハンターたちに由来するという説、また一八三九年にワシントンDCに逃げた逃亡奴隷自身による「北では鉄道が地下を通ってボストンまで繋がっている」という言葉を紹介しつつ、一八四〇年代半ばには「地下鉄道」という語は定着していたとする（Blight 3）。一八三八年にボルティモアからニューヨークへと逃亡に成功したフレデリック・ダグラスは、一八四五年出版の最初の自伝で自分の逃亡に「地下鉄道」の関与を示唆しつつ、逃亡にまつわる詳細に触れることはせず、「地上鉄道」（Douglass 65、強調原文）と煙に巻いている。

「地下鉄道」に関する新聞記事をいくつかみてみよう。一八四二年九月二八日付の『ニューヨーク・スペクテイター』紙には、ニューヨーク州オールバニーで発行されている奴隷制廃止論者（アボリショニスト）の機関誌『自由の警鐘』からの転載記事として次のような言葉がならぶ。「〔南部の〕奴隷所有者に告ぐ〔……〕先週の一週間で二六人の奴隷を自由な土地に送り出し、今週もこれまでのところ数名を通過させた。〔……〕すべて地下鉄道によるものだ」、「メリーランド州クックス・ポイントのメアリー・ライトソンに、旧友のモーゼス・ジャイルズがよろしくと、彼は元気で自由を満喫していると伝えてほしい」、また「ヘンリー・ホーキンズは、ワシントン市の〔彼の所有者である〕オースチン・スコットに、彼は元気で北部の社会と風景を楽しんでいると伝えてほしいと言っている。自分がいなくても彼がうまくやっていけますように。リネンの上着がすり切れてしまい、これから寒い季節がくるため、新しいコートを買う金を『自由の警鐘』の編集者まで送ってほしい。スコットがこれまで彼から搾取した労働からすれば、端金だろう」というような、逃亡奴隷による友人に向けた逃亡の勧めや所有者への嘲笑的な言葉が書かれている。

一八四三年四月二〇日付の『解放者と自由なアメリカ人』紙には、「地下鉄道はまだ〔南部奴隷州からの奴隷ハンターの〕知るところとなっていない。〔……〕〔ボルティモアの哀れな誘拐人〕に告ぐ。われわれは今夏、この市〔オールバニー〕からカナダへと千人の奴隷を送り届けるつもりだ。混雑する大通りを白昼堂々、鉄道や蒸気船を使って。その他の手段によって、保安官の路線を通じて。〔……〕どれほどしょっちゅう、かわいそうな逃亡者がウールフォーク州刑務所のそばを素通りしているとき、われわれはあざ笑っていることか。『ボルティモア・サン』に告ぐ。あなたがたの白人アメリカ人で五〇人に一人も奴隷を〔地下鉄道から〕降ろせる者はいないだろう！　哀れな下っ端親方（ドライバー）に逃げた奴隷を追跡させるような面倒はしないがいいぞ！　あなたがたの金持ちたち――弁護士たち――上流婦人たちに注意喚起をすることだな！　われわれは〔やるべきことを〕わかっているぞ！」という記事が掲載されている。

また一八四五年八月二九日付の『リベレーター』には次のような記事がある。「今季に『地下鉄道会社』によってなされた事業についてひとこと。〔……〕車両は定期的に走り、乗客は満杯だ。多くの客がこの州を通じてカナダに渡っている。南部の奴隷制度という怪物の牙から自由になって。」

こうした北部の奴隷制廃止論者が発行する「地下鉄道」に関する記事から浮かび上がるのは、

逃亡奴隷を自由州やカナダへと導く白人援助者の善意ではない。紙面からかいま見えるのは、逃亡奴隷の数の明らかな誇張であり、鉄道、蒸気船、保安官の買収などさまざまな手段を使って奴隷たちを北部に連れ出す奴隷制廃止論者と、それを非難する南部奴隷制擁護論者とのあいだの警告や挑発、それに威嚇といった応酬である。そこでは、「地下鉄道」は逃亡奴隷を援助する実行組織というより、攻撃のための政治的な道具のようにみえる。ダグラスは、先に言及した自伝で自身の逃亡の詳細を伏せたくだりで、「地下鉄道」に関わる「西部の友人たちの公然たる態度は決して容認できるものではない」と言い、露見したらどのような残虐な訴追が待っているかわからないなかで、彼らが奴隷逃亡への関与を公に認めることを賞賛しつつも、地下鉄道に関わる者たちの「あからさまな発言」は逃亡を目指して南部に留まっている奴隷には何ら益するところはなく、むしろ奴隷所有者に情報を与え、「彼らを刺激してより警戒に当たらせ、逃亡奴隷を捕まえる力を増大させているようなものだ」(65-66)と、手厳しい批判の言葉を地下鉄道に関わる奴隷制廃止論者たちに向けている。

「地下鉄道」とはどのような組織でどのように運営されていたのか。この活動に関わった人びとによる実録が出版されている。なかでも元奴隷で自身の自由を買い取った父と逃亡奴隷であった母をもち、ペンシルヴェニア反奴隷制協会に関わり、フィラデルフィアで地下鉄道のコンダクターであったウィリアム・スティルによる『地下鉄道』(一八七二年)は、自身が救出した逃亡奴隷の記録であり、「この謎めいた鉄道」(Still xvii)について多くの情報を与えてくれる。一八四九年に箱の中に身を隠し、それを荷物として運ばせることでリッチモンドからフィラデルフィアへと脱出に成功したヘンリー・「ボックス」・ブラウンの逃亡劇を含むその記録は、黒人と白人の双方が地下鉄道のネットワークに関わっていたこと、一八五〇年代初めには一か月に平均六〇名の逃亡者を援助し、東海岸の港を定期的に行き来する船の船長が「海の地下鉄道」として貢献していたことを伝える。またスティルのオフィスは、奴隷逃亡の援助を連携して行うだけでなく、逃亡者の生活支援を行い、逃亡者の家族などの情報を求めて人が集まる拠点でもあったことを伝えている。

シーバートが描き出した地下鉄道――南北戦争後

スティルの記録が地下鉄道に関する一次的記録であるのに対し、これに関った人びとやその家族の証言や回想に基づいた最初の研究書は、前述のシーバートによるものである。一八九二年から九三年に始まる調査で、シーバートは存命であった数十人の奴隷制廃止論者に質問票を送りインタビューをして、地下鉄道の活動に関する記憶を収集し、地方新聞を渉猟し、逃亡奴隷のルートを調査して地図を作成した。シーバートの『地下鉄道――奴隷制から自由へ』（一八九八年）は後続の研究の礎となる。シーバートは、地下鉄道は決して会員や財源を備えた協会のようなものではないとしながらも、数千人のエージェントを擁してカナダへと繋がる「駅」のネットワークからなる有機的組織というイメージをつくり出すこととなった。シーバートに始まるこうした

「地下鉄道」像は、後の研究者によって批判されることになる。

エリック・フォウナーは、シーバートの「地下鉄道」像の最大の難点は、彼が確認した「三二一一人の『エージェント』のほとんどが白人男性」(Foner 13) であることだと指摘する。そしてニューヨークで黒人のルイス・ナポレオンと地下鉄道を組織したシドニー・ハワード・ゲイについても、黒人を援助する白人救済者という地下鉄道神話の構築に荷担したとする。ゲイが一八八〇年に出版した奴隷制度との闘いについての著作では、自身の関わりは伏せつつも地下鉄道の活動を賞賛し、南北戦争が始まる以前の三〇年間で三万の奴隷が「カナダの安全な避難所」に逃げたと見積もっている。しかしゲイは、ほぼ白人に焦点を当てて逃亡奴隷への援助や奴隷制廃止運動を記しており、ウィリアム・ロイド・ギャリソンやアイザック・T・ホッパーは讃えているが、ウィリアム・スティルやチャールズ・B・レイはおろかフレデリック・ダグラスについても言及することはなく、「アメリカにいるアフリカ人は、奴隷も自由人も、服従が習慣となっており、ほとんど抵抗の精神を示すことはなかった」と述べ、奴隷制廃止運動も地下鉄道も「無力な黒人を救済する白人の人道主義的企て」と描き出した (Foner 229)。

「地下鉄道」を、無力な黒人を救済する人道的な白人の善意の行動というシーバートがつくり出した大衆的な伝説は、ようやく一九六〇年代になってラリー・ガラの『リバティー・ライン』(一九六一年) によって修正されることになる (Foner 13)。ガラの研究は公民権運動やアフリカ系アメリカ人の歴史が学術研究のメインストリームに入る時代と連動したもので、シーバートの

「地下鉄道」像は逃亡奴隷の自助努力や自由黒人のコミュニティの関わりを軽視しているとした。そして、シーバートが描き出した多数の逃亡者を自由へと輸送する高度な「輸送システム」としての地下鉄道は、「神話」であると断じた（Foner 14）。

地下鉄道は決して神話や伝説ではない。しかし、その活動が白人奴隷制廃止論者を中心した物語性を帯びて論じられてきたことは確かである。フォウナーが指摘するように、白人の善意に支えられた逃亡奴隷の救済として語られた地下鉄道は、これに関わった自由黒人や元逃亡奴隷の貢献を小さなものとし、その助けで逃亡した奴隷の数を誇張する傾向にあった。さらに、北部の奴隷制廃止論者は南部の奴隷制度の邪悪さを強調して自分たちの影響力を誇示するため、また南部の奴隷所有者は北部の奴隷にシンパシーをもつ者たちによって奪われた動産の被害を訴えるため、それぞれに異なった思惑から地下鉄道を実体よりも誇張した。

修正される地下鉄道

最近の地下鉄道に関する論調は、シーバートに始まる白人中心的な地下鉄道イメージの構築の政治性に鋭く切り込もうとする。キャスリン・シュルツは、「地下鉄道」への関心が浮上するのが南北戦争後であることを重視する。戦争後、多くの白人アメリカ人は奴隷制度の道徳的汚点から距離をとろうと試み、アフリカ系アメリカ人の解放の物語の一部になろうとした。そういう時代に、白人を救済者として英雄視するこの「神話的なインフラ」が（白人）アメリカ人のお気に入りの物語になったのだと論じる（Schulz, “The Perilous Lure of the Underground Railroad”)。「地下鉄道」の魅力と疑惑は、実際にこれによってどれくらいの奴隷が逃亡に成功したのかというものであろう。フォウナーは、奴隷制廃止論者も奴隷所有者も逃亡奴隷の数をそれぞれに誇張するため資料は信頼できず、その数を挙げるのは不可能としつつ、一八三〇年から一八六〇年のあいだにかけて年間千人から五千人と推測し、一八六〇年に四〇〇万に近づいていた奴隷人口への影響はほとんどなかったとする（Foner 4)。シュルツはより聖像破壊的に、奴隷制度の軛から逃れようとするほとんどの人びとは、「北には向かわなかった」という。

「地下鉄道」は今日に至るまで、その人気にもかかわらず、自由を求める奴隷にとっては「おそらく最も人気のない」方法であり、奴隷たちはスペイン領フロリダや、メキシコ、カリブ海、アメリカ南東部のネイティブ・アメリカンの共同体、南部のなかでも自由州に近いところにある自由黒人の居住地、あるいは一六七二年から南北戦争終結までアメリカ南部に約五〇あったといわれるマルーン・コミュニティに逃げ込んだのであり、その数は奴隷制廃止論者によって自由州やカナダへと逃げた逃亡者の数を凌いでいるだろうとシュルツはいう。

さらに、自由を求めた奴隷たちの大部分は逃亡せず、金を貯めて自らの自由を買い取ったり、母親が白人だと主張して法的に自由を得ようとしたり、主人から解放されたと主張したりした。そして最も重要なことは、奴隷制度の過酷で非道な現実のなかで「ほとんどの奴隷は逃亡せず留まったのだ」ということである（Schulz, “The Perilous Lure of the Underground Railroad”)。

だとすれば、「地下鉄道」にまつわる物語性とその虚妄をどのように捉えるべきであろうか。つまり、「地下鉄道」とは、奴隷制度の現実を映し出すものではなく、奴隷制度や南北戦争を記憶するひとつの物語装置であり、それにより不可視になる、あるいは抑圧される別の奴隷制度の物語があるということだ。あるいはこうもいえるかもしれない。南北戦争終結のあと再建時代を経て、かつての南部プランテーション社会の栄華を描く『風と共に去りぬ』（一九三六年）のような小説や映画や退役軍人会のロビー活動で制定された南軍戦没者追悼記念日など、旧南部へのノスタルジーがアメリカ南部から出てくるように、「地下鉄道」もまた北部版のつくられた南北戦争の記憶であり、白人版のスレイブ・ナラティブなのだ、と。

二　二一世紀の「地下鉄道」とは

地下鉄道ブームの再熱

そして今アメリカでは二〇〇〇年を境に再び、ミレニアル時代の地下鉄道ブームが到来しているという。地下鉄道への関心の高まりは学術研究や教育分野、博物館や記念碑の設立、映画やテレビドラマ、そして観光まで広がり、地下鉄道を描く児童文学や小説が登場している。「地下鉄道」は多文化主義のモデルとされ、アメリカの小学生は「多様性学習（"diversity studies"）」としてハリエット・タブマンについて教わり、その大部分はクエーカー教徒である親切な白人が無力な逃亡奴隷を助けたこと、「秘密の手信号や地下のトンネルや小声で囁かれる暗号」について学ぶのだという（Gage 26）。ニューヨーク州はすべての公立学校の生徒に「地下鉄道」について学習することを義務づけ、ニューヨーク州以外でも地下鉄道に関する遺跡や伝承の掘り起こし、地下鉄道の体験ツアーや寸劇の催しが盛んに行われているという。

こうした地下鉄道の教育プログラムを推進するのが、一九九八年制定の「地下鉄道ネットワーク法」で、年間五〇万ドルの予算が記念碑の建立や教育プログラムに投じられている（Miller 262-89; Gage 26）。地下鉄道は、「神聖な文化として、正しさ、抵抗、そして何より人種間の調和のモデル」として復活し、それは「歴史教育でありセラピー」だという（Gage 26）。

ブライトは、最近の地下鉄道ブームについて、その市場価値や「遺産（ヘリテージ）」というキーワードがもつ集客力と経済効果を指摘する（Blight 245）。このキーワードのもと、地下鉄道の遺跡をめぐるツアーが組まれ、博物館への来館者が増え、一九世紀に奴隷を匿った家屋の不動産価値が高まっているという。北部のほとんどの州では、かつて奴隷が逃亡で辿ったルートを「自由の道（フリーダム・トレイル）」として認定し、人びとはそのトレイルを車で体験する（Sernett 264-67）。二〇〇四年には、かつてオハイオ川を挟んで奴隷州のケンタッキー州に隣接し、地下鉄道の拠点であったシンシナチに「地下鉄道フリーダム・センター（National Underground Railroad Freedom Center）」が開館した。一九世紀には逃亡奴隷にとって自由の象徴であったシンシナチは、近年ではクリスマスの時期にクー・クラックス・クランが広場に繰り出し、警官とアフリカ系アメリカ人住民が衝突するなど、人種間の緊張や不寛容な場所という町のイメージに苦しんでいた。シンシナチのイメージの改善のため、地下鉄道との関わりの歴史が再評価され、この市を本拠地とするプロクター・アンド・ギャンブル社の資金提供もあって「良心の博物館、教育センター、対話の場、自由の標識灯」[2]を謳う博物館の開設にいたった。館の目玉はケンタッキー州から移設・復元された一八三〇年代の奴隷小屋である。博物館は来館者に、従来のように展示物を見るのではなく、地下鉄道を通じて逃亡する奴隷たちが遭遇していた苦しみや恐怖を「はらわたで体感」し、その物語の一部になることを求めているという（Aldridge 38-39）。

トランプ時代の「人種的記憶喪失」と「地下鉄道」ブーム

最近の地下鉄道ブームにおいて、二〇一六年から二〇一七年はひとつの頂点を迎えていたといえる。二〇一六年三月にＷＧＮアメリカで地下鉄道による奴隷の自由への逃走を描くドラマシリーズ『アンダーグラウンド』の放送が始まり、四月にアメリカ財務省はハリエット・タブマンが次代の二〇ドル紙幣の顔になることを宣言した。また同年には、地下鉄道をモチーフにした小説ベン・Ｈ・ウィンターズの『アンダーグラウンド・エアラインズ』とコルソン・ホワイトヘッドの『地下鉄道』が出版されている。ホワイトヘッドの小説はピューリッツァー賞および全米図書賞を受賞した。そして二〇一七年三月には、アメリカ国立公園局とメリーランド州公園局が同州のハリエット・タブマンの生誕地の近くに、地下鉄道を記念するものとしては初めてのものとなる「ハリエット・タブマン地下鉄道国立公園」を開園した。

シュルツはこうした近年のブームについて、地下鉄道とはアメリカ奴隷制時代について「わたしたちの良心を慰撫してくれ、わくわくする冒険で悲劇から目を反らしてくれ、非常に心地よくない歴史のなかにあって心地よい場所を与えてくれる」ものだと述べている（Schulz, "The Perilous Lure of the Underground Railroad"）。またゲイジは、奴隷制度の原罪に苦しむアメリカにとって地下鉄道は「贖罪の歴史」、また「最高の理想」であり、人種に関する議論が国レベルで沈黙されるなか「恥辱が誇りに、抑圧が自由に」なる、誰もが「訪れたい過去」なのだという（Gage 28-31）。最近の地下鉄道ブームに関して、多くの批評家はゲイジ同様、昨今のアメリカの人種に関する議論の「沈黙」もしくは「空白」と関係づけている。(3) 人種問題に関する沈黙と地下鉄道ブーム――両者はどのように繋がっているのだろうか。

二〇一六年は大統領選挙の年であった。フォウナーは、トランプ支持者にみられる「人種的記憶喪失」（"racial amnesia"）ないし「奇妙な忘却の能力」を指摘する。(4) フォウナーがいうトランプ支持者の人種的記憶喪失とは、選挙キャンペーン中にトランプ候補によってなされた黒人、女性、メキシコ人やムスリムなどに対するあからさまな侮蔑的発言を「忘れる」ことをいう。彼らは、今回の大統領選に「人種」は関係していないとして、トランプによるヒスパニックはレイピスト、ムスリムはテロリストという発言を忘れ、また彼の白人優越主義者にアピールする巧妙なおもねりは等閑視する。さらに、今回の選挙の主たる争点は経済的な格差をめぐるもので、ウォールストリートの金融エリートに対するラストベルトの労働者の蜂起であり、トランプの共和党の文化的エリートに対する肘鉄が労働者階級を鼓舞したのだという、事後的な理由づけが起こる。

フォウナーはじめ歴史家たちは、こうしたトランプ支持者による彼の発言についての「記憶喪失」ないし「忘却」は、南北戦争後に旧南部を復活させようとする、南部連合支持者の同様な人種的自己欺瞞の言説を彷彿させると指摘している。南北戦争終結直後から、そうした言説が旧南部連合支持者や退役軍人によってなされるようになり、南部は奴隷制度をめぐって戦ったのではなく、州の主権をめぐって戦争をしたのだと主張する。南部との融和を急ぐ北部も、南部のこうした「失われた大義」（"Lost Cause"）」を受け入れるようになり、二〇世紀初頭のころにはほとんどの白人アメリカ人が「戦争は南北の経済格差と州の主権をめぐるものだった。奴隷制度の問題は関係ない。あったとしてもわずかだ」と信じ込むようになるという。そしてこの「失われた大義」は、D・W・グリフィスの『国民の創生』、『風と共に去りぬ』の映画、ウォルト・ディズニーの『南部の歌』（*Song of the South*）にリサイクルされることになるという（Blake and Sambou. "How Trump's Victory Turns into Another 'Lost Cause'"）。

トランプ支持者たちの人種に関する「記憶喪失」ないし「忘却」と旧南部連合の煽動者たちの「失われた大義」はともに、歴史や記憶の公的スペースから他者の存在を消そうとするものである。そしてそれはトニ・モリスンがいう「人種の消去」を連想させるものだ。

突然〔……〕「人種」は存在しなくなるのです。〔……〕この三世紀にわたってあらゆるアカデミズムが、神学も歴史も自然科学も「人種」こそが人間の発展を決定づけるものだと主張してきたというのに。〔……〕突然「人種」などというものは生物学的にも文化的にも存在しない、真性な知的交流はそれを受け入れないと言われてしまうのです。〔……〕私はいつも思うのですが、「人種」というヒエラルキーをつくり上げてきた人びとは、それが自分の目的に合わなくなったときに、そんなものは存在しないなどと片づけるべきではありません。(Morrison 126)

さらに最近の人種に関する「沈黙」として、人種に関する表現が表面上は現れずコード化されることがある。トランプの「アメリカを再び偉大に」("Make America Great Again") というスローガンに込められた人種主義は感知しやすいだろうが、現代アメリカ社会の人種主義はより精緻な言語を纏い、そうした「文化的記号」が織り交ぜられた会話では、同じ環境で育っていなければまったく理解できず、人種や階級のあいだに壁をつくるテクニックとなっている (Brooks. "How We Are Ruining America")。

現代アメリカにおいて、人びとはあからさまな人種偏見に満ちた言葉を大統領選挙キャンペーンで耳にすると同時にそれを「忘却」し、その一方で人種差別的な表現は秘匿されコード化される(5)という「人種的沈黙」と「地下鉄道」のような「白人の救済者」という耳に心地よい物語が人心を捉えるという現象——この同時性はけっして偶然ではなく、両者は表裏一体に繋がっているだろう。それは人種を希釈し、咀嚼しやすい物語に加工して、アメリカの社会から人種差別を、その歴史から奴隷制度とその恥辱を汚染除去する行為——トランプの言葉を捩るなら「フェイク・ヒストリー」をつくりだす行為のように思われる。

こうしたなか、二〇一六年に出版された奴隷制度の過去を現代に蘇らせるコルソン・ホワイトヘッドの『地下鉄道』には、アメリカと人種の関わりに対する、そして「アメリカ」に対するどのような認識が現れているのであろうか。人種の議論を奇妙に欠く現代の地下鉄道ブームにあって、ホワイトヘッドの小説は地下鉄道をどのように捉え、白人アメリカ人が好むというこの奴隷制度の記憶から何を創り出そうとしているのであろうか。

三　コルソン・ホワイトヘッドの『地下鉄道』

脱構築される地下鉄道

コルソン・ホワイトヘッドの『地下鉄道』は、一八五〇年の逃亡奴隷法以後の南部ジョージア州の綿花プランテーションから奴隷少女コーラが、地下鉄道に乗って逃亡するという物語である。ホワイトヘッドはインタビューで、地下鉄道をモチーフした小説の構想、それも奴隷制廃止論者の秘密のネットワークではなく、文字通り地下を走る鉄道にするという構想は一五年前からあったが、奴隷制度はとても大きな主題であるためなかなか進まなかったという。さらに、この一五年のあいだに奴隷制度は若いころに思っていたような「恐ろしい抽象」ではなく、「おぞましい現実」になったとも述べている（Patrick 27-28）。ホワイトヘッドは、かつて奴隷制の南部では、警邏隊（パトローラー）は奴隷であろうと自由黒人であろうと呼び止めて通行書類の確認を要求することができ、持っていないと鞭打ったり牢屋に入れたり主人のもとに送還したりできた。それは今日の"stop and frisk"（警官が市民を呼び止め、尋問やボディーチェックをすること）と似ていると述べている（Patrick 28）[6]。このことからホワイトヘッドの小説は奴隷制度の過去をアメリカの人種問題の現在に重ねてみている部分があるといえるだろう。それはどのようなものだろうか。

ホワイトヘッドがその小説でつくり出した地下鉄道は、アメリカ社会がつくり上げた地下鉄道神話――無力な黒人奴隷を救済する善意の白人――を切り崩すことにあると思われる。ホワイトヘッドが描く地下鉄道にかかわる白人は、黒人奴隷を助ける英雄ではない（奴隷制度を嫌悪し神への冒涜として関わるようになったり、父からの遺産として無自覚に受けついだりと、関わる理由はさまざまである）。コーラとシーザーが、ジョージアのランダル・プランテーションから逃げるときに最初に目にする地下鉄道は、次のように描写されている。

シーザーの求めで、駅のエージェント〔ランブリー〕はなぜ地下鉄道に関わることになったのかを話した。コーラは彼の話に耳を傾けることはできなかった。トンネルに夢中になっていたのだ。これを造るのにどれほどの人びとが駆り出されたのだろう。トンネル、線路、命がけで逃亡を企て、この駅と時刻表に救いを見いだす哀れな魂――これは誇るべき驚異の仕事だ。彼女はこれを造った人たちは正当な報酬を受け取ったのだろうかと思った。（68、強調引用者）

ホワイトヘッドはここで、シーバートやゲイなどの歴史家によって、南北戦争以降、白人中心に神話化されてきたアメリカの地下鉄道の言説のなかで、卑小化され消されてきた黒人の貢献とその労働を回復しようとしているように思われる。

さらに、ホワイトヘッドがその小説で構想した地下鉄道は、いつやって来るのか、そもそも来るのかどうかもわからない。コーラとシーザーは常に乗るか乗らないかの「選択」をせまられ、地下鉄道はどこに向かうかその行き先は定かではなく、降りた場所で自由が約束されているわけでもない。ホワイトヘッドが描く地下鉄道は、白人のエージェントやコンダクターによって約束の地へと導かれるという、予定調和的な物語性を完全に脱構築する。ホワイトヘッドによって神話性をはぎ取られた地下鉄道は、「この国がいったい何であるか知りたいのなら」、「アメリカの真実の姿を見るためには」（69）乗らなくてはならないものとなる。そしてコーラは、地下鉄道で辿り着いた場所ごとに、「それぞれの習慣と独自のやり方をもつ、異なるアメリカの可能性」（68）を体験することになる。

異なるアメリカの可能性——二つのカロライナ

「異なるアメリカの可能性」とは地下鉄道のコンダクターのランブリーの言葉であるが、主人公のコーラはジョージア州のプランテーションから奴隷仲間のシーザーとともに、サウスカロライナに逃れ、そのあとノースカロライナ、テネシー、インディアナへと逃亡する（シーザーはサウスカロライナで白人の暴徒に虐殺されてしまう）。コーラの所有者テランス・ランダルに雇われた奴隷ハンターのリッジウェイがコーラを追跡する。以下、コーラが逃亡する先々で目にする「異なるアメリカの可能性」とはどのようなものか、みていこう。

コーラがまず地下鉄道で行き着く先はサウスカロライナで、その後ノースカロライナに行く。ふたつのカロライナはそれぞれ、白人優位社会で起こりうる一見対照的な体制の可能性を表している。地下鉄道から降り立ったコーラの前に、陽光に輝く一二階建てのグリフィン・ビルディングの摩天楼が現れる。サウスカロライナでは、州が奴隷を買い取って黒人の自由を実現するという形で奴隷制度が廃止され、「新しい実験」が始まっている。地下鉄道のエージェントのサムは、サウスカロライナは「黒人の進歩に啓蒙的な考えをもち」(91)、南部のどの州よりも先進的だと言い、コーラにベシー・カーペンターという自由黒人の書類を渡す。寮に住み、ベビーシッターの仕事を得て給料をもらうようになったコーラは、学校で読み書きを習い、黒人と白人が入り混じって歩く通りで買い物を楽しむ。だが、やがて黒人が行く商店は白人の店よりも二倍から三倍の価格であることに気づく。そして次第にサウスカロライナの実態が明らかになる。

コーラはグリフィンで医師の診察を受けるが、一〇階にあるその診察室にある医療器具は、彼女にテランス・ランダルが奴隷の折檻用にと鍛冶屋に造らせた道具を連想させるものだった。サウスカロライナが「大規模な公衆衛生プログラム」を始めたと聞かされたコーラは、医師から避妊手術を勧められる。さらにコーラは黒人用の診察室が「血液の治療」（112）を受けようとする男たちで溢れていることに気づく。それは州のもとで行われている「梅毒プログラム」であり、梅毒に罹った患者に血の病気に罹っていると思わせ、治療と称して砂糖水をあたえ、梅毒の感染の広がりと進行を観察しているのであった。梅毒実験以外にも黒人人口の抑制のための不妊、感染病研究、社会的不適合者への外科手術の徹底など、さまざまな医療実験を行っていることが判明する。

サウスカロライナの実験は、一九三二年から一九七二年にわたってアラバマ州でアメリカ公衆衛生総局のもとで行われた、悪名高い梅毒実験「タスキーギ実験」や、優生主義のもとでの強制不妊手術を連想させる。この地でコーラは、自分が奴隷制プランテーションにいたころのような「商品」ではないが、寮という「檻」に入れられ、餌を与えられて去勢される「家畜」であることを知る。黒人男性の梅毒を「悪い血（“bad blood”）」と呼び、人種を病のように管理する衛生国家サウスカロライナの象徴が、エレベーターを備えた高層ビル、グリフィンなのである。

サウスカロライナをあとにし、次にコーラが地下鉄道で辿り着いたノースカロライナでは、コーラはエージェントのマーティンから州には警邏隊（パトローラー）や覆面騎馬団員（ナイトライダー）がパトロールしていて、もはや地下鉄道の活動は停止状態にあると聞かされる。コーラを見たマーティンの妻エセルは「あなたのために、わたしたちは殺されることになるわ」と怯える。屋根裏に隠れることになったコーラは、この地が黒人問題を解決するべく「新人種法」を制定し、北部の干渉を免れ、サウスカロライナが抱く「ニガーの向上という考えの間違いを矯正する」(160)、独自の方法を行う州になっていることを知る。その方法とは「実質的な奴隷制度廃止」であり、その実態は「ニガーを廃止する」(165) というものだった。黒人は州からの退去を求められ、公共の安全の名のもとに警邏隊が巡回し、見つかった黒人は「金曜の祝祭」としてリンチにあう。そしてその死体は木に吊され、その木が累々と続く道は「自由の道(フリーダム・トレイル)」と呼ばれているのであった。

「ニガーを廃止する」リンチによってつくり出される光景を「自由の道」と名づけていることに、ホワイトヘッドの最近のアメリカ社会の地下鉄道ブームに対する皮肉なまなざしを感じることができる。多くの州で、かつて地下鉄道で逃亡した奴隷が辿ったルートを「自由の道」として認定し、観光地化することが盛んだが、そうした地下鉄道の市場化にホワイトヘッドは地下鉄道の歴史から奴隷制度や人種の問題を取り除く、フォウナーが「人種の記憶喪失」といい、トニ・モリスンが「人種の消去」という現象をみているのであろう。

ジュリアン・ルーカスは、ホワイトヘッドが描き出したノースカロライナの白人至上主義の世界について、一八九八年に同州で起きた「ウィルミントン暴動("Wilmington Insurrection")」を重ねている。武装した「赤シャツ」という暴徒によって黒人と白人からなる市議会は解散させられ、数十人の黒人住民が撃たれるかリンチにあったというその事件は、その後五〇年以上にわたる人種分離のジムクロウ体制を準備するものとなった（Lucas 56）。

また、マシュー・ディシンガーは、警邏隊のスピーチに「白人の責務」というレトリックを読み取る。「白人の責務」というレトリックは、一八一六年に設立され、自由黒人はアメリカの地に留まってはならないとして一八二二年に解放奴隷の入植地としてリベリアを購入したアメリカ植民協会が掲げた理念に入り込んでいるという。「自由」と「支配」を併存させるそのレトリックは、奴隷貿易の拡大の際に典型的にみられ、一九世紀後半には植民地支配による経済をグローバルに拡大させるなかで移し替えられ、ホワイトヘッドの小説においては白人の分離主義の論理を破壊的に推し進める帝国主義的暴力のロジックになっている（Dischinger 92）。

異なるアメリカの可能性——テネシーとインディアナ

次にコーラが行くのはテネシーである。地下鉄道によってではなく、奴隷ハンターのリッジウェイに捕まったことで足を踏み入れたこの地は、火事と黄熱病で焦土と化している。コーラたちはチェロキー族が辿った涙の航路を進む。先住民の土地を収奪し、その上で制定されたホームステッド法で土地を手に入れ入植した白人の新天地が、炎と感染病の燎原の火で焼かれているさまを見たコーラは、はじめ「白人への当然の報いだ。わたしたちを奴隷にしたことに対する、別の人種を虐殺したことに対する、土地を奪ったことに対する」（215）と考える。が、やがてそうした因果応報論を退ける。因果律に従えば、「自分の不幸も自分の生活や行動」(216)に起因することになってしまうからだ。テネシーの禍は、「無頓着な性質のもののなせる結果」(216)とコーラは考える。

地下鉄道のエージェントのロイヤルによってリッジウェイの拘束から助けられたコーラが次に辿り着く先は、インディアナのヴァレンタイン農場である。[7] 自由州のインディアナにあるヴァレンタイン農場は肌の色の薄いジョンと元奴隷でジョンが自由を買い取って妻としたグロリアのヴァレンタイン夫妻によって設立され、農場は地下鉄道のオフィスでもある。図書室が備えられ、詩の朗読会や音楽会、奴隷制廃止論者の講演会も開かれるヴァレンタイン農場は、コーラには「奇跡(ミラクル)」にみえる。しかし、「黒人の向上の象徴」として農場の評判が高まるにつれ、白人の開拓者たちはこの「台頭する黒人のネイション」(249)を攻撃の標的とするようになる。

周辺の白人コミュニティとの軋轢が高まるなか、ヴァレンタインは農場の未来を話し合って決めるため政治集会を開く。元奴隷で家族や自分の自由を買い取ったミンゴは、黒人の漸次的進歩を訴え、農場の地下鉄道との関わりを断ち、黒人の成長と知性で白人社会に適応しながらその成員になることを説く。それに対しイライジャ・ランダーは、奴隷制度を逃れることはできない、アメリカは「殺戮と窃盗と残虐を礎とした国で、この世に正義があるなら、このような国は存在してはならない」(285)と言い、黒人が団結した反乱を暗に呼びかける。政治集会のさなか白人の暴徒が襲撃し、ヴァレンタイン農場は火を放たれ破壊され、ランダーやロイヤルをはじめ多くの黒人が、銃で撃たれて命を落とす。コーラも再びリッジウェイに捕まる。物語の最後、コーラは地下鉄道の駅から自分でトロッコに乗って逃げる。降りた先でコーラは、ミズーリ経由でカリフォルニアに行く、首に馬蹄形の焼き印のある年配の黒人男性オリーの馬車に同乗し、西に向かう。ここで物語は終わる。

アメリカの原理

ホワイトヘッドは『地下鉄道』において、アメリカ社会と人種の歴史をコーラが地下鉄道を通じて目撃する「異なるアメリカの可能性」として描き出している。サウスカロライナとノースカロライナでは、奴隷制度のような白人至上主義体制で起こる二種類の黒人抑圧の形態を、科学的管理と人種的浄化として描く。インディアナではデーヴィッド・ウォーカーからブッカー・T・ワシントン、マルコム・X、バラク・オバマ前大統領までの黒人奴隷制廃止論者や黒人指導者を思わせる人物が参加する黒人共同体を描くが、そこにあるのも人種を介した恐怖のかたちである。ホワイトヘッドはこうした恐怖を駆動するものとして、旧世界から新大陸への入植からマニフェスト・デスティニーへといたる「アメリカの原理（インペラティヴ）」を挙げ、それを奴隷ハンターのリッジウェイに次のように語らせている。

今日、新聞ではマニフェスト・デスティニーを語っている。まるでそれが新しい考えであるかのようにね。〔……〕それ〔マニフェスト・デスティニー〕は、おまえさんたちのものを奪うことなんだ。財産を、何であれ。赤い人間であれアフリカ人であれ、諦めさせ放棄させる。われわれが正当に自分たちのものだと思っているものを手に入れるために。〔……〕おれにはアメリカの精神という言い方がいい。それがわれわれを旧世界から新世界へと向かわせ、征服し、国をつくり、文明化させてきたんだ。滅ぼすべきものは滅ぼし、劣った人種を向上させながら。向上させることができなければ服従させた。そして服従させることができなければ殲滅する。それが神から与えられたわれわれの天命なんだ——アメリカの原理なんだよ。(221–22)

リッジウェイにとって、コーラのような逃亡奴隷は、アメリカの原理の「欠陥」("a flaw")であり、「秩序の概念」を自認する彼は、白鯨を追うエイハブのごとく、コーラをどこまでも追跡する妄執の徒と化す。

おわりに

ホワイトヘッドは『地下鉄道』で何を伝えたいのかというインタビューに答えて、「自分は教師ではないし、歴史家でもない。登場人物の世界を創り上げているだけだ。〔……〕楽しんで読んでもらいたい。そしてアメリカの歴史を違う方法で考えてもらえるといいね。奴隷制度については長らく考えることはなかったけれども、それを新たに認識することになった。読者も〔私が描く地下鉄道に〕乗ってもらえるといいね」（Patrick 28）と語っている。黒人を約束の地に導く白人救済者、人種間の融和という口当たりのよい物語化と、観光地化の最近の地下鉄道ブームのなかで、ホワイトヘッドの地下鉄道は「約束の地」を退け、アメリカの人種の恐怖の歴史を再現するトロープとなる。

ホワイトヘッドの『地下鉄道』が全米図書賞を受賞した二〇一六年一一月は、折しもトランプ次期大統領選出が決定したときであった。受賞演説でホワイトヘッドは次のように語っている。「外は地獄のような荒地のトランプランドだ。誰にも優しくし、芸術をつくり、権力と戦おう」（Alter, "Colson Whitehead Wins National Book Award for 'The Underground Railroad'"）。その作風から「都会的な皮肉屋」と評されてきたホワイトヘッドの政治的メッセージであるだろう。現代の人種なき地下鉄道ブームのなかで、ホワイトヘッドの『地下鉄道』は、アメリカと人種の関わり、その歴史と現在を批評する文学の力を投げかけている。[8]

註

（1）Public Law 105-203 - July 21, 1998, "National Underground Railroad Network to Freedom Act of 1998" より。

（2）「地下鉄道フリーダム・センター」のホームページより。

（3）ルーカスは、現代のアメリカ文化のなかで奴隷制度は「歪められるか、もしくは無視されている」と述べている（Lucas 57）。WGNアメリカの『アンダーグラウンド』は二シーズン放送されたあと、親会社トリビューン・メディアがシンクレア・ブロードキャスト・グループとの合併による番組編成の変更のため制作を打ち切ることが、二〇一七年五月三〇日に発表された。また、オバマ前大統領時代に発表されたハリエット・タブマンの新二〇ドル札は当初二〇二〇年に発行予定であったが、トランプ政権になって延期され、少なくとも二〇二六年まで発行されることはないだろうと米財務省は発表している。

（4）Blake and Sambou を参照。

（5）最近の地下鉄道ブームの再来について"white savior syndrome"（Lucas 57）また"an underground-railroad-industrial-complex dedicated to producing white mythology of white saviors"（Kornbluh 406）など、商業的なブームと結びついた白人神話の創出という評価がある。またシンシナチの「地下鉄道フリーダム・センター」の展示について、地下鉄道の歴史を希釈したものであるという批判がなされ、シンシナチのブラック・ユニオン・フロントのドワイト・パットンは、フリーダム・センターは黒人の自由のための闘争を目立たなくし、白人の役割を英雄視していると非難している（Aldridge 39）。

（6）"Stop and Frisk"の対象となるのは、ほとんどがアフリカ系とヒスパニックである。オバマ前大統領が在職時に、ハワイ生まれではなくケニア生まれであり、アメリカの市民権を有せず大統領の資格がないのではないかというトランプが仕掛けたいわゆる"birther movement"により、オバマが二〇一一年に出生証明書の公表を余儀なくされたことについて、自由黒人が証明書の提示を求められた奴隷制時代を喚起させるという論評がある（Blake and Sambou, "How Trump's Victory Turns into Another 'Lost Cause'"）。

（7）コネチカット生まれのロイヤルは、コーラが出会った初めての自由黒人であると描かれる。ロイヤルは、ニューヨークで弁護士で奴隷制廃止の熱心な運動家のユージーン・ウィーラーと出会い、地下鉄道のエージェントになる。ウィーラとロイヤルの関係には、シドニー・ハワード・ゲイとルイス・ナポレオンの関係が反映されているかもしれない。ゲイとナポレオンの地下鉄道の活動についてはFonerを参照。

（8）トマス・チャタトン・ウィリアムズは、ホワイトヘッドの『地下鉄道』に、二〇一三年からの「黒人の命も重要」運動や、そのもとで広がった社会的・人種的正義への啓発を訴える"stay woke"という意識運動との連動をみている。その上で"wokeness"が白人優位体制を問いただし、不平等のサイクルを絶つ戦略として最も有効かどうかについては疑問を呈している（Williams, "Fried Fish"）。

引用文献

Albany Tocsin. "Twenty-Six Slaves in One Week." *The Liberator* [Boston, Massachusetts] 14 Oct. 1842: 163. 19th Century U.S. Newspapers. Web. 8 Nov. 2018, find.galegroup.com/ncnp/infomark.do?&source=gale&prodId=NCNP&userGroupName=seikei&tabID=T003&docPage=article& searchType=BasicSearchForm&docId=GT3005851088&type=multipage&contentSet=LTO&version=1.0.

"The Albany Forwarding Trade." *Emancipator and Free American* [New York, New York] 20 Apr. 1843: 199. 19th Century U.S. Newspapers. Web. 8 Nov. 2018, find.galegroup.com/ncnp/infomark.do?&source=gale&prodId=NCNP&userGroupName=seikei&tabID=T003&docPage=article& searchType=BasicSearchForm&docId=GT3016490032&type=multipage&contentSet=LTO&version=1.0.

Aldridge, Kevin. "Cincinnati Offering Visitors Underground Railroad Experience." *The Crisis*, November/December 2004, vol. 111, Issue 6, pp. 37–40.

Alter, Alexandra. "Colson Whitehead Wins National Book Award for 'The Underground Railroad.'" *The New York Times*, 17 November 2016.

Blake, John, and Tawanda Scott Sambou. "How Trump's Victory Turns into Another 'Lost Cause.'" *CNN*, 28 December 2016, edition. cnn.com/2016/12/28/us/lost-cause-trump/index.html.

Blight, David W. "Introduction: The Underground Railroad in History and Memory." *Passage to Freedom*, edited by David W. Blight. Smithsonian Books, 2006, pp. 1–10.

———. "Why the Underground Railroad, and Why Now?: A Long View." David W. Blight, pp. 233–47.

Brooks, David. "How We Are Ruining America." *The New York Times*, 11 July 2017.

Dischinger, Matthew. "States of Possibility in Colson Whitehead's *The Underground Railroad*." *The Global South*, vol. 11, no. 1, 2017, pp. 82–99.

Douglass, Frederick. *Narrative of the Life of Frederick Douglass, an American Slave, Written by Himself*, edited by William L. Andrews and William S. McFeely. W.W. Norton, 1997.

Gage, Beverly. "The Underground Railroad." *The Nation*, 13 March 2000, pp. 26–32.

Kornbluh, Anna. "We Have Never Been Critical: Toward the Novel as Critique." *Novel: A Forum in Fiction*, vol. 5, no. 3, 2017, pp. 397–408.

Lucas, Julian. "New Black Worlds to Know." *The New York Review*, 29 September 2016, pp. 56–57.

Miller, Diane. "The Places and Communities of the Underground Railroad: The National Park Service Network to Freedom." David W. Blight, pp. 279–89.

Morrison, Toni. "The Unspeakable Things Unspoken: The Afro-American Presence in American Literature." *The Tanner Lectures on Human Values*, delivered at the University of Michigan, 7 October 1988, pp. 123–63. tannerlectures.utah.edu/_documents/a-to-z/m/morrison90.pdf.

National Underground Freedom Center. www.freedomcenter.org.

Patrick, Diane. "Tunnel Vision." *Publishers Weekly*, 25 July 2016, pp. 27–28.

Public Law 105–203–July 21, 1998, "National Underground Railroad Network to Freedom Act of 1998." www.congress.gov/105/plaws/publ203/PLAW-105publ203.pdf.

R. "S. S. Foster and Abby Kelley in Cleveland." *The Liberator*, 29 August, 1845: 139. 19th Century U.S. Newspapers. Web. 8 Nov. 2018, find.galegroup.com/ncnp/infomark.do?&source=gale&prodId=NCNP&userGroupName=seikei&tabID=T003&docPage=article&searchType=BasicSearchForm&docId=GT3005855822&type=multipage&contentSet=LTO&version=1.0.

Schulz, Kathryn. "The Perilous Lure of the Underground Railroad." *The New Yorker*, 22 August 2016, www.newyorker.com/magazine/2016/08/22/the-perilous-lure-of-the-underground-railroad.

Sernett, Milton C. "Reading Freedom's Memory Book: Recovering the Story of the Underground Railroad in New York State." David W. Blight, pp. 261–77.

Siebert, Wilbur H. *The Underground Railroad from Slavery to Freedom: A Comprehensive History*. 1898. Dover Publications, 2006.

Still, William. *The Underground Railroad: Authentic Narratives and First-Hand Accounts*, edited and with an introduction by Ian Frederick Finseth. 1872. Dover Publications, 2007.

Williams, Thomas Chatterton. "Fried Fish." *London Review of Books*, 17 November 2016, www.lrb.co.uk/v38/n22/thomas-chatterton-williams/fried-fish.

フローリオのモンテーニュ

正岡和恵

ジョン・フローリオ（一五五三―一六二五年）は、シェイクスピアと同時代に活躍し、一七世紀の変わり目にあるイングランドに文芸黄金期を現出させた文人の一人である。イタリア人宗教亡命者の父親をもち、ロンドンで生れたとされるフローリオは、先進的なイタリア文化の媒介者として、イングランドの言語文化を洗練させるのに大いに貢献した。フローリオは、語学教本、辞書編纂、翻訳など複数言語の遭遇に関わる仕事をしたが、モンテーニュの『エセー』を翻訳したことで今日もなお知られている。ピーター・プラットは、「モンテーニュを『英語化＝イングランド化（Englishing）』したことがフローリオの最大の功績であった」（xxxiv）と述べ、ジョージ・セインツベリは、イギリス人に最も影響を及ぼした翻訳書は、欽定訳聖書などの宗教書を除けば、トマス・ノースのプルタルコス（『対比列伝』）とフローリオのモンテーニュであるとしている。（ix）本稿では、フローリオの『エセー』を軸に、初期近代イングランドにおける翻訳について考えてみたい。

一　翻訳、そして英語の形成

「学問の移転」(translatio studii) の時期であるルネサンスにおいて、翻訳は、知の伝播の手段として重要な役割を果たしていた。とりわけ新興国イングランドにとって、翻訳は、何よりもまず、先進文化を吸収する強力な手段であった。とともに、そこには異文化とのコンタクト・ゾーン——翻訳は、まさに複数の言語と文化が接触しせめぎあう地点である——につきものの、自己形成をめぐる複雑な力学が作用していた。すなわち、文学実践の手本を他国から批判的に摂取することが、独自の文学的なアイデンティティを構築する契機をたゆみなくもたらしてきたのである。翻訳は、語彙、形式、文体など創作上の実験がきわめて自意識的に行われている場であった。ちょうど、サミュエル・ダニエルが、ペトラルカをイタリア語とフランス語をつうじて翻訳し、改変し、模倣することによって英語のソネットを洗練させたように(1)、翻訳者たちは、先行モデルを受容するなかで、それをイングランドのものとして馴化し再造型することによって、英語における新しい書き物の可能性を拡大していったのである。イギリス・ルネサンス期は、翻訳が言語文化の形成を促した時代であり、翻訳爆発の時代でもあった。

そして、その原動力となったのが、自国の学芸が大陸諸国のそれと比べて劣っているという認識である。とりわけエリザベス朝後期にさしかかるまでは、多くの文人が、明示的にせよ暗示的にせよ、英語と、ひいては文化全般の貧弱さに言及し、母国をイタリアやフランスに並ぶ文化先進国にしたいという気概を示している。ガブリエラ・シュミットは、翻訳がイングランドの言語文化の発展になした広範な貢献は、「国民的な欠乏に対するこの鋭い意識がなければ不可能であっただろう」(3) とさえ述べている。

フローリオは、一五七八年に出版された『第一の果実』において、英語への侮蔑を隠さない。それは「他の多くの言語がせめぎ合う、混乱した言語」(51) であり、ブリテン島の外では知る者のほとんどいない野蛮な地方語でしかないからである。

英語はイングランドでは有用でございますが、ドーヴァー海峡の向こうでは、まったく役に立ちません。(50)

フローリオは英語の雑種性を劣性のしるしとみなしたが、英語をいかに洗練させるかということは一六世紀半ばには、喫緊の課題であった。一つには綴り方をいかに統一化するかという正書法の確立の問題があり、もう一つには文学的な目的に適うための語彙が英語には十分に備わっていないという問題があった。古典の復興にともない新しい概念や事物が流入してきたルネサンス期のイングランドにとって、そしてとりわけ翻訳者たちにとって、語彙の不足は深刻な問題だった。そこで行われたのが外国語からの借用である。借用語はほぼそのままの形態をとどめていることもあるが、英語になじむよう綴りなどを変化させた造語として用いられることが多かった。

この時期はギリシア語や、とりわけラテン語の単語が大量に流入し、それらがときにあまりにも難解かつ奇異であったため「インク壺語」(ink-horn term)と呼ばれ論争を引き起こした。イングランドにも、まさに、俗語の統一をめぐって一六世紀前半のイタリアをゆるがしていた「言語問題」(questione della lingua)に似た現象が生じていたわけである。論点こそ異なれ、いずれにおいても、言語のかたちを定めることが、文化と国家のアイデンティティをいかに創出すべきかという問題にかかわっていた。イングランドでラテン語由来の語彙が氾濫するなか、それを危惧してアングロ・サクソン語への回帰を訴え実践した代表的な人物が、ケンブリッジ大学のギリシア語教授として有力な弟子たちを数多く輩出したサー・ジョン・チークである。彼は、トマス・ホビーが『宮廷人』の翻訳を完成させ意見を求めてきたときに、手紙の中でこう述べている。

われわれ自身の言語は、他のもろもろの言語から借り入れることによって混ぜこぜにされ台無しにされることなく、清らかに純粋に書かれるべきであると私は考えている…われわれ自身の言語を母胎としてわれわれ自身のものである語を造ることがかなうなら、あるいは古式ゆかしい土着の語がこの窮乏を満たし和らげるものならば、未知の言語に大胆に乗り出していったりはしない…(Rhodes, "English" 303)

チークは、マタイ伝を翻訳するさいにも、外来語を排して、誰にでも理解できる英語由来の語を用い、自らが主張する言語国粋主義ともいえる立場を実践した。(2) あるいは、土着語への回帰という点においては、エドマンド・スペンサーが『羊飼いの暦』において行ったように、チョーサーなど中世作家の用いた古語を復活させ再利用するという、いわゆるチョーサリズムと呼ばれる動きも見られた。

その一方で、借用語も声高に擁護された。ジョージ・ペティは、ステーファノ・グアッツオの作法書の翻訳に付した「読者への辞」において以下のように述べている。

> ラテン語に由来する語を嘲って、インク壺語と呼ぶ者たちがおりますが……そうした語をなぜ用いてはならないのか、私にはその理由がわかりませんし、それを用いないのは私自身の欠点であると思います。というのもそれは、われらが言語を富ませ、豊饒にするための調法な方法であり、またそれはすべての言語が己れ自身を富ませるためにとってきた方法であるからです。(Rhodes, "English" 335)

「インク壺語」の多くは消滅したが、ペティは正しかった。というのも、英語は古典語および他の近代諸語から旺盛に借り入れることによって、チークが警告するように「破産する」(Rhodes, "English" 304) ことなく、己れを富ませてきたからである。英語を進化させたのは純粋主義ではなく、「ごった煮」(3) (Heywood, F3) の猥雑な活力である。そして、そこにこそ、「イタリア風のイングランド人」(『第二の果実』の「読者への辞」より)であると、自らのハイブリッド性を挑戦的に主張するフローリオが活躍する余地があった。

英語の成熟はすみやかだった。一六世紀最後の四半世紀は、英語が芸術媒体として最も活力ある発展を遂げた時代である。一五九八年、伊英辞典『言葉の世界』の「読者への辞」において、フローリオは一転して、英語はイタリア語を凌ぐ豊潤な言語であると述べている。

そしてイングランドの紳士諸氏にも、本書は必ずや喜びをもたらすことでありましょう。英語のあまたの語があまたの襞をここにまざまざと繰り広げて、己れの母国語がかくも豊かな言語〔イタリア語〕を凌駕するのを御覧になって。(b1)

『言葉の世界』は、そのタイトルにふさわしく、イタリア語の多様性とともに、英語の世界の豊かさも示している。一つのイタリア語の単語に、英語の同義語が溢れんばかりに繰り出され、英語がいかに奥深く「襞」(ニュアンス)に富む言語であるかということを見せつけているのである。ここには、フローリオの言語観が如実に表れている。『クルスカ学会辞典』が一六一二年に出版されるのを待つまでもなく、同時代のイタリア辞書には、ダンテ、ペトラルカ、ボッカッチョという定番作家が用いた一四世紀のトスカーナ語を偏重するという姿勢が見られた。だがフローリオは、同時代の語彙とともに地方語を数多く収録し、過去から現在にわたるイタリア語の諸世界を鮮やかに描き出した。トスカーナ語の標準語化に力をふるった純粋主義者ベンボの著作が文献リストにおいてほぼ無視されているのは、フローリオが、エラスムスの言う言葉（verbum）と題材（res）のコピア（豊かさ）を何よりも重んじていたためであろう。

イタリア文化を笠に着て見下すような物言いをするフローリオはもはやない。ここにあるのは、言葉の富を濫費することに無類の喜びを見出すワードスミスの姿である。英語はすでに、フローリオにとって、彼の耽溺に応えるに足る第一級の言語へと成長していた。そしてもちろん、彼自身も、英語の語彙を増やすことに大いに寄与したのである。

モンテーニュの翻訳においても、フローリオは多くの新語を導入した。[4]「耳に慣れない」語を用いたことについて、フローリオは「読者への辞」においてこう弁明している。

〔私に咎があるとすれば〕あるいはそれは、entrain、conscientious、endear、tarnish、comport、efface、facilitate、amusing、debauching、regret、effort、emotion、などの耳に慣れない言葉でしょうか。…そうしたフランス語風の語を…英語はうまく受け容れることができるのです。

翻訳は、新しい概念を英語で創出する契機になり、借入語などによる語彙の拡大はまた、表現力の拡大を促した。翻訳が、言語的かつ文化的な達成へと向かうプロセスの動因とも所産ともなったことは、翻訳爆発の時代が英語の拡張期と重なっていることからも明らかである。

二　イングランドのモンテーニュ

ここで、本稿の中心的関心事であるモンテーニュの『エセー』に目を転じたい。

モンテーニュ（一五三三―九二年）は、ガスコーニュ貴族の長男として生まれた。宗教内乱が激化するなか、ボルドー高等法院評定官を三七歳のときに辞し、父親から相続した故郷モンテーニュの領地に隠棲する。『エセー』はこの瞑想的生活のなかで生み出された。『エセー』で扱われている主題は、変化する時代に人々がいやおうなしに問いかける政治や宗教をめぐる問題、友情、性、子供の教育、慣習の多様性などに関する考察から日常生活における些事や個人的嗜好――メロン以外の果物は好まなかった――にいたるまで、多岐にわたる。モンテーニュは、いかなるトピックであれ、ときに諧謔心を発揮しながら驚くべき率直さで語り、自らの内面をあますところなくさらけ出した。一六世紀の一地方領主が徒然なるままに書き綴った随筆が、同時代人ばかりかいまなお読者を惹きつけてやまないのは、あたかも友人が語りかけているような、そのくつろいだ親密な声であろう。

言うまでもなく、「エセー」(essais) とは「試み」という意味である。『エセー』が新しい文学形式を創造した実験作であることを考えれば、それはいかにもふさわしい命名であると言えるし、「試み」とは、何よりも、疑い、問いかけ、批判的な省察を繰り返すモンテーニュの思考の様式に合致している。論理性に捉われず、矛盾しゆらぐ心の動きをありのまま記録することによって、モンテーニュは、人間が不確実性の中にどこまで安住できるかを試したとも言える。モンテーニュの書斎の天井の梁には、格言的な文言が数多く刻まれていたが、そこには「不確実ほど確実なものはない」というプリニウスの言葉もあった。また彼は、「われは判断を留保する」というギリシア語のモットーが外縁を囲んだ天秤の図像のメダルを造らせた。均衡する天秤は、懐疑主義のもたらす中庸の視覚化であるとともに、それぞれの天秤の皿に思考の糧を載せては推し量る、彼の思索のたゆみない運動も想起させる。

『エセー』が懐疑する試みから生まれ、不断の省察を促す開かれたテクストであることについては、フローリオもダニエルも言及している。フローリオは翻訳書の「読者への辞」において、「語りの筋道の中に、あるいはエセーが蜘蛛の巣のごとく絡み合う中に、あるいは章題の付け方の中にあるのは、ばらばらで、切れ切れで、取り留めのないモンテーニュの文体でありまして、中身と章題が一致しないことや、たがいにまったく脈絡を欠くことも多いのです」と述べており、『エセー』が、テクスト上においても首尾一貫性を欠いているとする。またダニエルも、称讃詩において「乱れた枠組の中に無秩序に据えられているけれども」と評しつつ、モンテーニュを「習慣というこの世の強大な暴君」に果敢に戦いをしかける、孤独な遍歴の騎士として描写している。テクストや思念におけるこうした齟齬や断絶は翻訳者泣かせでもあっただろう。だが、「試み」であるからこそ、ダニエルが言うように、通念に挑む力をもつのである。

モンテーニュのこの親密な思索への誘いは、彼と同じく過渡期を生きるイングランドの人々を魅了した。ウィリアム・ハムリンによるシェイクスピア時代の『エセー』受容研究を読めば、イングランドの読者たちが『エセー』のもつ本質的な特徴にきわめて鋭敏に反応したことがわかる。すなわち彼らは、あたかも未完の書物を書き継いでいくかのように、モンテーニュの思索の試みを自らも引き受け、所蔵本に書き込みや欄外注を付け加えていったのである。

評釈の蓄積、およびテクストの定めなさに対する執拗な感覚が、イングランドにおけるモンテーニュの初期の死後の生に大きな座を占めている。(34)

一冊の『エセー』が人々の間を流通していくにつれて増えていく書き込みが、読者と作者、そして読者とのあいだを繋いでいく。イングランドの初期の読者は、『エセー』を、たゆみない対話の共同体によって構築される、いわばプロセスのなかにある書物であるとみなしていた。(Hamlin 22-29)

そのいっぽうで、『エセー』は名句集としても読まれた。というのも、『エセー』とは、プルタルコスやセネカなど古典作家からの引用や借用をちりばめた、いわば人文主義的な知識の源泉となる大量のテクストを継ぎはいでできた作品だからである。フローリオは、「読者への辞」において、「エセーとは人が学校の課題でよく取り上げる主題を寄せ集めたものでしかない」という偏見に抗いつつも、「いや、いくつものテクストを寄せ集めたものであって、すべてが発想から配置へと整然と納まっているのです」と述べ、『エセー』が修辞的な言い回しを蓄えた教本ないしはコモンプレイス・ブックのようなものであるとしている。

さらに、ベン・ジョンソンの『ヴォルポーネ』には、以下のような一節がある――「イングランドの作家たちが…剽窃したい手本、ということではモンテーニュも同じだそうですけど」(三幕四場八七―九〇行)。モンテーニュはイングランド人が素材を求めて利用する現代作家の一人であるとするポリティック・ウッドビー夫人のこの台詞は、一七世紀初頭のイングランドにおける『エセー』の人気ぶりを証しするとともに、この作品が、汎ヨーロッパ的な文化資源であるような格言、警句、逸話など、機知に富む表現の宝庫とみなされていたことを示している。

三　フローリオのモンテーニュ、そして「地位をめぐる不安」

『エセー』に大成功をもたらしたのは、原典の魅力ばかりではない。英訳版が出版されて以来、同時代人にとって、『エセー』とはフローリオの翻訳書のことを指した。フローリオはイングランドにおける『エセー』の紹介者であり、最初期の最も重要な読者であり解釈者である。彼は己れのなした業について何と言っているのだろう。ここでは、翻訳者の声をパラテクストに聴くことによって、『エセー』を、翻訳をめぐるより全般な状況の中に位置づけてみたい。

原典に忠実であることを旨とする現代の翻訳観からすれば、フローリオの訳文は放恣とも思える。だがエリザベス朝の翻訳は、全般的に、原典を目標言語に同化させるさい驚くべき闊達さを示していた。すなわち、原文を縮めたり敷衍したり、なじみのない外国の概念や事物をイングランド風に改めたりしたのである。フローリオの翻訳は、何よりもまず、修辞的な効果をあげることを目指していた。頭韻や押韻を駆使し、語や語句を倍加しふくらませ、複合語や格言的な表現をちりばめ、原典にはない修辞の花を咲かせたのだ。彼の訳文を特徴づけているのは、コピアへの志向とアーケイディア風文体の装飾性である。それは、モンテーニュの無骨でときに晦渋な文体とはまったく異質な、華々しくも流麗な文体であり、フローリオを「翻訳者としては最も目立ちたがり屋の部類」(イェイツ、230)にした。

だがフローリオも、翻訳者が原作者に対して慣習的に表明する謙譲の言辞を知らなかったわけではない。テオ・ヘルマンスは、翻訳書のパラテクストに出現する比喩を分析することによって、初期近代のイングランドとフランスにおける翻訳観の変遷を叙述した。ヘルマンスによれば、原典と翻訳書、あるいは原作者と翻訳者の関係は、一七世紀半ばまで権力の主従関係を表す比喩によって語られ、翻訳書は原典の派生物であり、翻訳者は原作者の慎ましい従者でしかないとされた。モンテーニュ翻訳の「読者への辞」において、フローリオは、己れの翻訳はイデアの影のようなものであり原典の不完全な相似物でしかないと述べている。

人工の造る自然が自然の技に及ばず、身体の絵、実体の影であると同じく…

慣習的な光と影の比喩を用いながらも、フローリオはそれを、自己抹消というよりはレトリシャンとしての才知をきわだたせる創造的な比喩に転化している。さらにまた、その後に続くくだりは、さほど控えめな口調ではない——「さすれば、私がモンテーニュになしたことは…良いフランス語をお粗末な英語にしたようなものです。私がそれ以上悪いことをしておらず、それ以上悪く受け止められることがないのであれば、それでよし」。

フローリオがモンテーニュ翻訳で行ったことは、修辞的拡張にせよ、原作者に対する翻訳者の位置取りにせよ、彼自身の言葉を借りるのであれば、まさしく「簒奪」であった——「その者たちがしていることはまさに転換＝翻訳すること、おそらくは簒奪すること…ではあるまいか」。(A5) ウェルギリウスによるホメロスの模倣やフィチーノのプラトン翻訳などを引き合いに出しながら、フローリオは、翻訳と剽窃と詩的模倣とのきわめて近い関係について語り、翻訳とは再創造すること、創造的に模倣することではないか、と問いかける。彼はモンテーニュの馬を「彼の馬飾りなしで」読者の前に差し出したと謙遜するが、その馬は、浅学な「リトルトンの徒」には不可能な訳業であるという自負心のこもった、フローリオ自身の「馬飾り」を身に纏っているのである。

だがその自負心はまた、不安に裏打ちされていた。フローリオは「読者への辞」を「翻訳について弁明すべきでございましょうか」(A5) という一文から始め、貴婦人たちへの献辞とはうってかわったくだけた口調で、ありうべき批判に対して舌鋒鋭く反撃し、最後には「つねに変わらぬ不屈の人フローリオ」と締めくくった。ここでフローリオが擁護しているのは、己れの作品だけではなく、翻訳全般についてである。イギリス・ルネサンス期において翻訳者が弁明の辞を述べるのは慣例的なことであった。翻訳作品がおびただしく産出され文芸活動を活気づかせていたこの翻訳黄金期は、翻訳の文化的地位が曖昧で論議されていた時代でもあり、翻訳者たちは翻訳行為そのものを正当化する必要にかられていた。翻訳書のパラテクストは、ニール・ロウズが言うところの「地位をめぐる不安」(status anxiety) の貯蔵庫であり、同時代の翻訳観を知るためのかっこうの手掛かりとなる。

翻訳者たちにつきまとう不安は、もっぱら次の三点から生じていた。すなわち、翻訳は原典の不完全な写しでしかないこと、英語は精妙な思想を表現するには不十分な言語であること、原典を多くの人々が読めるようにすることは知の卑俗化を招くこと。(Rhodes, "Status" 110) フローリオの「読者への辞」には、翻訳の問題系とそれに対する応答が、集約的に示されている。

原典を多くの人々が自国語で読めるようにすることは、学識を広く流通させることになる。フローリオがまっさきに擁護するのは、翻訳による学知の開放である。知の民主化は、さまざまな問題をはらんでいた。それは、学識がごく一部の人々のものであるという見解をゆるがし、翻訳のもたらす新学問の普及は、伝統的な社会秩序への脅威となった。中世主義やアリストテレス主義のはびこる大学は、とりわけ激しく異議を唱えた——「まこと、そのような転換〔すなわち、翻訳〕は諸大学を転覆するに等しい、と (それがあたかも自分たちの当然の権利であるがごとく) 主張する者たちもいます。」（A5）また、宗教的理由から、古典の異教的特質も憂慮の種になったし、ロジャー・アスカムのように、同時代のイタリア語の書き物は不道徳で、それを翻訳することは教皇主義者のたくらみであるとする批判も根強かった。つまるところ、二次的な劣った業であるという通念に対抗するだけではなく、翻訳が、それぞれの時代の政治的文脈において穏当であるとみなされる必要もあったのである。フローリオは、この重く危険な異議に対して以下のように応答する。

わが旧い仲間ノラーノは私に語り、また人々の前で教えました、あらゆる学芸は翻訳から実りを得る、と。（A5）

翻訳は学問の進歩と伝播に役立つという見解は、ルネサンスにおけるいわば定説であって、同時代の翻訳の擁護者たちのあいだで広く共有されていた。ジョルダーノ・ブルーノも、おそらくは、そうした全般的な文脈で翻訳について語っていたのだろう。エリザベス朝の翻訳者たちは、自らの訳業は人々を啓蒙する有用なものであると繰り返し述べている。トマス・ホビーは『宮廷人』の翻訳の献辞において、「ローマやギリシアの著者たちを翻訳することは、学問の妨げになるどころか、学問を促す…ラテン語を知らない者が学識を得て、精神を徳性で満たし、身体を礼節ある状態に保つ徳高き業」（Rhodes, "English" 300）であると滔々と述べた。ここには、不安以上に知の媒介者としての誇りがあり、ときにはそれが、国家への奉仕という愛国心の言説によって彩られていることもあった。[5] そして翻訳者たちが一様に強調したのは、翻訳は公益に資するということであった。ニコラス・グリマルドの「わずかな者にしか利用されていなかった書物を多数の者に広める」(Rhodes, "English" 252) や、ジョン・ドルマンの「学問の秘密を万人が共有できるものにすること…」(Rhodes, "English" 259) は、典型的な主張であり、ここにはいずれも「普及させる」という意味で common という語が用いられている。それはまた、しばしば common、mean、vulgar という形容詞が冠せられる、知の恩恵を受ける人々のことも指していた。宗教改革による聖書の英訳、ヘンリー八世によって始められた教育改革、イングランドの人文主義の実践的な性質は、とりわけ、勃興しつつある中産階級の市民たちに学識と文化への欲求を育んだ。一六世紀後半には、common であることが許容され加速していきながらも、俗語化によって社会のより下方に知識を浸透させることが、知を common すなわち卑しくし堕落させるのではないかという不安は執拗に残っていた。原著者に対する翻訳者の地位の低さとも相まって、そうしたさまざまな「地位をめぐる不安」がパラテクストにおける弁明の声にこめられていたのである。

フローリオは common という語をジェンダー化し、公益のレトリックに鮮やかなひねりを加えている。

さりながら、学識は共有され＝卑俗（common）でありすぎて困るものではありませんし、またそうであればあるほど良いのです。とはいえ、自分の愛人がかようなまでの娼婦となって、嫉妬しない者がおりましょうか。そう、しかしながらこの愛人は風、火、水のようなものなのです。吸えば吸うほど澄んでいき、広がれば広がるほど暖かくなり、汲めば汲むほど甘くなります。（A5）

ここでは、知を媒介することが、女性を媒介することに託されて語られている。翻訳が裏切る女であり、翻訳者が女衒であるという奇想は、同時代の翻訳観を反映するのみならず、フローリオの翻訳が放埓で原典に対して忠実ではないことにふさわしい。しかしながらフローリオは、自己抹消的な卑しさへの不安を凝集させた娼婦というイメージを、階層的な権力関係から自由な、自然の元素のように必要で好ましいものへと転化している。翻訳を女性化しつつ、それを肯定的なイメージへと昇華させるという手続きは、第一巻の「献辞」における以下の一節にも見られる。

だからこの欠陥のある書物については（というのも、翻訳はみな、二次的な手を介しての出産であり、女の子であるとみなされておりますので、私も本書については、ユピテルの大きな頭を斧で割ってこのミネルウァを産み出したウルカヌスのような役割を果たしているにすぎません）。（A2）

慣習的な謙譲の言辞が、いかにもフローリオらしい蘊蓄をもって、神話的出産に託して語られている。フローリオは翻訳を「欠陥のある」女性とみなしている。その直前の一節に、「私が生んだ前作は、男の子である（男性がみずからのものとして育む想念がなべてそうであるように…）」とあるので、独力で胚胎し誕生したものは男の子で「偉大なるユピテルの太腿のなかに封じ込められ、そこから解放されたバックスのよう」（A2）であるが、ウルカヌスという産婆の「二次的な手」を介して生れたものは劣った性である女の子なのである。原典と翻訳の伝統的な従属関係をジェンダー化し、モンテーニュの原典と自分の翻訳書にはこのように優劣があるとフローリオは言いながらも、この比喩もまた、先述した女衒の奇想のごとく、それを鵜呑みにできるほど単純なものではない。

フローリオの言う「前作」とは、伊英辞典の『言葉の世界』（一五九八年）であるが、そこにも同様の比喩が見られ、比較してみると、卑下と自負の絡み合うフローリオの複雑な自己表象のありようが垣間見える。フローリオは『言葉の世界』の献辞において、先行作品の二冊の語学教本を「二人の早咲きの娘たち」と呼び、「より青い若い時代が生み出したのはそれらの女性の果実でしたが、熟年となった私は脳の産物であるミネルウァとはいえなくとも…イタリアのセメレーとイングランドの太腿から、バックスのような元気な男の赤ん坊を…産み出すことができたのです」（a3）と述べている。ここでは、後年の円熟した作品をより優れた性である男性としているが、バックスよりもミネルウァを優位に置いているという点で、ジェンダーと神話的誕生の双方における優位性の混乱が見られる。ここでは、ミネルウァは頭から生まれた知恵の女神であるがゆえに、太腿から生まれたバックスよりも優れているのだ。また、バックスは神と人間とのあいだに生まれた雑種であるがゆえに劣っているとされているように思えるが、それはまた、已れのイタリア性を売り物にしてイングランドで生きてきたフローリオ自身をも示唆している。フローリオは、第一級の文化資産とひきかえに庇護を得てきた語学教師であり文人であり宮廷人であり、その混淆的なアイデンティティは、優越感の源泉とも自らの社会的立場の寄る辺なさのあかしともなっていた。そしてまた、イタリアを腐敗した教皇主義の温床とし、「イタリアかぶれのイングランド人は悪魔の化身」という反イタリア言説が流通する一六世紀後半において、彼のハイブリッド性にはある種のいかがわしさもつきまとっていた。バックスという形象は、フローリオのそうしたアンビバレントな立ち位置をよく表している。かたやミネルウァには、そのような曖昧性は感じられない。ミネルウァは、独力で生れず女神であるがゆえに劣っているとフローリオは謙遜するが、ここには翻訳者の二次的な役割や翻訳にまつわる女々しさを払拭するような意味のふくらみがある。ここには女性が介在せず、産出物が純粋に男性だけのものであるような単性生殖のファンタジーが作用しており、しかもウルカヌスの斧の一撃によって生み出されたのは、戦の女神でもある両性具有的なミネルウァなのだ。とすれば、『エセー』献辞での翻訳者の謙遜は、自己卑下というよりは自己宣伝であるとも思える。すなわち、献呈先の女性庇護者たちが『エセー』翻訳を促し援けたように、ミネルウァも彼に霊感を吹き込みこのすばらしい作品を結実させたミューズである、とほのめかしているようにも見えるのである。女性庇護者たちに対する過剰なペトラルカ風の言辞に彩られたこの献辞において、翻訳者のフローリオは、知恵の女神の産婆役であるだけではなく彼女に奉仕する愛人でもあって、そしてやがては知恵を取り持つ女衒ともなる。翻訳者像をこのように転変させながら、フローリオは卑しさのイメージと交渉しているのである。

『言葉の世界』においても『エセー』においても、創造することは英雄的で知的な力業であると謳われている。とともに、そこにはルネサンス的な言語的コピアのほとんどグロテスクなまでの横溢がある。フローリオのパラテクストにみなぎる猥雑な活力は、英語の偉大な自己形成期を締めくくるにふさわしいものであるとともに、国際言語としての英語の勃興をも画している。その背景には、汎ヨーロッパ的な文芸共和国における近代諸語の台頭があった。学知を流通させる通貨がラテン語のみならず多言語化しつつあったのである。国や言語の境を自由にゆきかい歓迎されるモンテーニュの『エセー』は、ウォレン・バウチャーが言うように、国際的な外交、通商、書物市場の世界を巻きこみながら進行していた後期人文主義文化における「ラテン語の脱中心化」("Humanism" 253)を具現化するものとなった。そして、遅れてきた言語である英語も、ポリゴット化する知の交易にいまや参入しようとしていたのだ。

サミュエル・ダニエルの称讃詩にはまさに、そのような変化を告げ知らせるかのようなヴィジョンが現れてくる。

喝采しよう、われらの国にあのお方が幸福に住み着かれたことを
彼〔フローリオ〕の精励により旅程が安らかであったことを
彼はあのお方とわれらにたいそうよいことをしてくれた、
あのお方が稀有なるがゆえ、それにふさわしく壮麗に、
われらの言葉の最良の住処にあのお方を住まわせ
あたかも当地で生まれたがごとく、いまや自由な市民にしているのだから。
あのお方は彼らのものであるとともにわれらのもの、彼らは誇ることができよう
あのお方が彼らのものであることに、でもあのお方は至る所にいて
その価値ゆえに受容され自由を授けられるのである。

ダニエルはここで、フローリオの業績を讃えるとともに、外国人の帰化というイメージを用いて、モンテーニュのテクストはイングランドのみならずすべての国のものになる、と歌っている。『エセー』原本は、一五八〇年から出版が開始され作者の死後の一五九五年に完成版が刊行されるが、同時代だけをとってみてもその出版歴は複雑で豊かであり、その人気ぶりが理解できる。『エセー』はフランス国内外で流通し、一五九〇年には、フローリオが表題を借用したナセッリによるイタリア語抄訳版が出版された。フローリオは、「読者への辞」で述べているように、さまざまな種類のフランス語原本を用いており、おそらくその何冊かは翻訳中に彼を庇護し

たラッセル家、ハリントン家、サックヴィル家の図書室に備えられていたに違いない。一七世紀末のイングランドにおいて、エリート人文主義教育はすでに多言語的な文脈へと移行しており、フローリオは『エセー』を近代人文諸学の教科書の一つとして、女性庇護者たちに教えていたと思われる。(Boutcher, "Marginal") こうした、俗語による知の自由な循環は、ダニエルの詩のなかで、人々の知の境界なき交流というより壮大なヴィジョンとして結実する。

幸福なペンは持ち前の資質として
一人の君主に隷属することがなく、
人々のより善き世界を住処としている。
その精神は一つの共同体のなかに相和し、
海原も砂漠も岩礁も砂も
人々の知の通い合いを妨げることはできない

学芸共同体は一つであると歌うこのくだりを、ジョージ・スタイナーは、称讃詩の文脈に忠実に、言語文化を富ませ形成する中心的な力として翻訳が称揚されているのだと解釈したが(248)、ここにはまた、ある種のユートピア的な普遍性も感じられる。そのため、「人々の知の通い合い」(intertraffic of the mind) という一節は、翻訳者の啓蒙者としての役割や多言語主義という特定の文脈に依らない、知の交流の凝縮的な表現としても記憶するに値する。
この一瞬の詩的ヴィジョンの高揚の後、「海原も砂漠も岩礁も砂も」という詩行に照応する、きわめて明快な交易の隠喩が現れてくる。

それどころか財宝をあらゆる国に放出し
こよなく確かな交易を見出すのである。

ここには、ダニエルの『ミュソフィルス』（一五九九年）における以下の一節が木霊している。

誰が知ろう、この先、われわれが何処に
われらが言葉という宝物を撒いているか、いずれの異国の岸辺に
われらが栄光の最も栄えあるこの珠玉が送り出されているか、
無知なる国々をわれらが財で富ませるために。（九五七―六〇行）

英語がやがて世界的に普及するだろうという、自国語への誇りを高らかに歌ったこの一節は、英語が国民言語として自己確立しつつある時代には願望充足的な夢でしかなかった。しかしながら、英語が植民地主義時代を経て事実上の国際共通語となった現在、ダニエルのこの一節はなん

と予言的であることだろう。

『称讃詩』において知の交易を寿いでいたとき、ダニエルは俗語の循環から英語の循環へと、そしてそうしたルネサンス的な言語と文化の循環を体現するフローリオ自身へと思いを馳せていたのかもしれない。というのも詩の終わりには彼はふたたび外国人受容のイメージを用いて、「この家が彼にもたらす大いなる富」に客人であるモンテーニュが感謝すると言うからである。ロウズが述べているように、異国の地における客人というモンテーニュの立場は、フローリオの立場とも重なってくる。その周縁的なアイデンティティが示唆する流動性は、活力の源泉とも不安の源泉ともなり、それが前置きにおける彼の錯綜した自己弁明に現れている。受容と帰化を歌いあげるダニエルの称讃詩は、まさに、翻訳という業およびこの翻訳書を讃えているだけではなく、義理の兄弟であるフローリオ自身の「地位をめぐる不安」をも慰撫しているのである。(Rhodes, "Status" 119)

四 「国民作家」モンテーニュ

ダニエルが言うように、フローリオはモンテーニュを「われらが言語の最良の家に置いた」。言語においても事物においても文化的等価性の重視がきわだつ彼の『エセー』は、英語に豊かな語彙と表現力をもたらし、フローリオと献呈本を贈り合う仲であったベン・ジョンソンだけではなく、その影響はジョン・ウェブスター、ジョン・マーストン、ロバート・バートン、フランシス・ベイコンなどに広く及んだ。周知のとおり、シェイクスピアの『テンペスト』には「食人種について」からの有名な引用がある。フローリオの英訳版は、一六〇三年に初版が出版されて以来、一六一三年にはアン王妃に献呈された第二版が、フローリオの死後七年経った一六三二年には第三版が現れた。だがその後は、散文様式における嗜好の変化を反映して、より正確で明快なチャールズ・コットンの英訳版が一六八五年から八六年にかけて出版され、フローリオ訳に取って替わった。コットン訳は一八世紀をつうじて利用され、フローリオの『エセー』が再出版されたのは、ようやく一九世紀末になってからであった。そして二〇世紀以降は、抜粋版も含めフローリオ訳はしばしば復刻されている。

イギリスにおける『エセー』の受容史を振り返って驚くのは、その影響力の大きさである。モンテーニュに魅了されたのは、同時代の文人ばかりではない。『エセー』は、現代にいたるまで数世紀にわたって熱心に読まれ、英文学史上においてまさに「国民文学」とも言えるほどの重要な地位を占めている。『エセー』はイギリスの書物になり、英語で広範囲に読まれたのである。美文調や放埒な意訳によってしばしば批判されながらも、みなが一致して認めるのは、フローリオが『エセー』をエリザベス朝人にとって生きたもの、自らの一部として経験できるようなものとしたことである。それは、この稀有な言葉の達人が同時代人のために創出した『エセー』であった。だが現代のわれわれにとっても、フローリオの『エセー』は独特の魅力をもっている。そして、彼の伝えるモンテーニュの親密で豊饒な声の中に、エリザベス朝という偉大な翻訳の世紀、シェイクスピアが生きた文芸黄金期の響きを、ある種の憧れとノスタルジアをもって聴き取ろうとするのである。

注

（1）ジョージ・サンプソンは、『簡約ケンブリッジ・イギリス文学史』において「エリザベス朝のソネットの大部分は翻訳か改作であると言えるだろう。そのなかの最善のもののみが独創的な天分を示している」（262）と述べているが、これは翻訳と創造的模倣とがきわめて近い関係にあることを示すとともに、「エリザベス朝の文学文化は総じて…『翻訳の技』にほかならない」（8）というシュミットの言葉を想起させる。多言語間の借入の系譜のうえに存在するペトラルカ風ソネットは、「翻訳の」すなわち「変容させる」技という全般的な特質が最も顕著に認められるジャンルであった。

（2）「インク壺語」論争では、結果的に時代の潮流に逆らうことになったものの、チークは初期近代の翻訳史においてきわめて重要な人物である。彼が実践した double translation という手法（ギリシア語を英語に翻訳し、その英語をギリシア語に翻訳する）は、弟子であるロジャー・アスカムのラテン語学習法に受け継がれた。チークは、翻訳と教育を結合させるいっぽう、プロテスタントの人文主義者という立場から、聖書翻訳においては万人に理解できるようにとピュアリズムを貫くとともに、ソフォクレスなど古典の翻訳にも携わった。チークの翻訳は出版されなかったが、その広範な影響力は、トマス・ウィルソンの回想（Rhodes, “English” 321-26）の中に伺える（彼はデモステネス翻訳に付したウィリアム・セシルへの献呈文のなかで恩師を偲んでいる）。

（3）トマス・ヘイウッドの『俳優の擁護』（一六一二年）から。ヘイウッドは、芝居が有用であることの理由の一つとして、劇作家たちの詩作の能力のおかげで、"a gallimaffry of many"(「多くの言語のごった煮」)である英語が、「最も粗野で無骨な言語から最も完璧で重厚な言語になった」(F3)ことを挙げている。

(4) ジョン・ウィリンスキーによれば、『オックスフォード英語百科大辞典』第二版において、最も初出例が多い作家はチョーサーであり、シェイクスピアは第三位、フローリオは第一一位であるとされる。(Wyatt に引用されている。230-31)

(5) その最も極端な例が、フィリーモン・ホランドがプリニウス翻訳に付した序文における、イングランドのペンがいまやローマ人の文学を征服するという一節である。フローリオは、己の訳業をナショナリスティックな力業とみなしながら、ハイブリッドなアイデンティティをもつ者にふさわしく、二項対立的な権力関係という発想を用いていない。ダニエルの称讃詩と同様、彼はそれを「献辞」において同化の文脈に位置づけ、汎ヨーロッパ的な文芸共同体に帰属するものの血縁性を強調している――「とはいえ私は少なくとも甘い養父でありまして、それをフランスからイングランドへと連れてくると、それにイングランドの衣服を着せ、われらの言葉を喋ることを教えて…」(A2)

引用文献

イェイツ、フランシス・A『ジョン・フローリオ』正岡和恵、二宮隆洋訳、中央公論新社、二〇一一年。

サンプソン、ジョージ『ケンブリッジ版イギリス文学史I』平井正穂監訳、研究社、一九七六年。

Boutcher, Warren. "Humanism and Literature in Late Tudor England: Translation, the Continental Book and the Case of Montaigne's *Essais*." *Reassessing Tudor Humanism*, edited by Jonathan Woolfson,

Palgrave Macmillan, 2002, pp. 243–68.

———. "Marginal Commentaries: The Cultural Transmission of Montaigne's *Essais* in Shakespeare's England." *Actes des congrès de la Société française Shakespeare*, 21, 2004, pp. 13–28. journals. openedition. org/shakespeare/116.

Daniel, Samuel. "Musophilus, or Defence of all Learning." *The Complete Works in Verse and Prose of Samuel Daniel*, edited by Alexander B. Grosart, vol. 1, Russell & Russell, 1963, pp. 225–56.

Florio, Giovanni. *Florios Second Fruites*. 1591. Theatrum Orbis Terrarum, 1969. The English Experience 157.

Florio, John. *His Firste Fruites*. 1578. Theatrum Orbis Terrarum, 1969. The English Experience 95.

———. *A Worlde of Wordes*. 1598. Gerrg Olms Verlag, 1972. Anglistica & Americana 114.

———. *The Essayes or Morall, Politike and Millitarie Discourses of Lo: Michaell de Montaigne*. 1603. *EEBO*, reo.nii.ac.jp/hss/4000000000585661.

Hamlin, William M. *Montaigne's English Journey: Reading the Essays in Shakepeare's Day*. Oxford UP, 2013.

Heywood, Thomas. *An Apology for Actors*. 1612. Johnson Reprint Corporaion, 1972.

Jonson, Ben. *Volpone, or The Fox*. Edited by Brian Parker, Manchester UP, 1999. The Revels Plays.

Platt, Peter A. "'I am an Englishman in Italian': John Florio and the Translation of Montaigne." *Shakespeare's Montaigne: The Florio Translation of the Essays*, edited by Stephen Greenblatt and Peter G. Platt, New York Review Books, 2014, pp. xxxiv–xlv.

Rhodes, Neil. "Status Anxiety and English Renaissance Translation." *Renaissance Paratexts*, edited by Helen Smith and Louise Wilson, Cambridge UP, 2011, pp. 107–20.

Rhodes, Neil, et al., editors. *English Renaissance Translation Theory*. Modern Humanities Research Association, 2013. MHRA Tudor & Stuart Translations 9.

Saintsbury, George. "Introduction." *Florio's Montaigne: The First Book*. 1892. AMS Press, 1967, pp. ix–xxix.

Schmidt, Gabriela. "Introduction." *Elizabethan Translation and Literary Culture*, edited by Gabriela Schmidt, De Gruyter, 2013, pp. 1–18.

Steiner, George. *After Babel: Aspects of Language and Translation*. Oxford UP, 1975.

Wyatt, Michael. *The Italian Encounter with Tudor England: A Cultural politics of Trnslation*. Cambridge UP, 2005.

トマス・シャドウェルの戯曲『ランカシャーの魔女たち』
――歴史、上演、そして王政復古という文脈――

バーナビー・ラルフ
堀　祐子　訳

はじめに

チャールズ二世は三〇歳の誕生日である一六六〇年五月二九日に歓呼のうちにロンドンに入り、イングランドの政治的及び文化的景観を変えた。一般的にこの時期は「王政復古」という名称で知られているが、この呼び方はもしかしたら適切ではないかもしれない。チャールズ二世の統治は、一六四九年に処刑された不幸な前君主チャールズ一世のものとはいくぶん異なっていた。一六四二年以来、この国は多くの人たちから軍国主義的かつ抑圧的とみなされた、内戦の混乱とクロムウェルの支配に耐えていた。オリヴァー・クロムウェル（1599～1658）とこれといった活躍がなかった息子のリチャード（1626～1712）の下で、音楽や演劇などの芸術が痛手をこうむったことは確かである。芸術の苦境ははなはだしく、共和国の理念を大いに支持していたミルトンでさえ、一六四四年に『アレオパジティカ』(*Areopagitica*)(焚書などの文化犯罪に激しく異議を唱えた、小冊子の形で印刷された論説)を執筆するという行動に出たほどであった。

したがって空位期間が終了し、チャールズ二世が王位に就いたとき、イングランドはいろいろな意味で態勢を整えねばならなかった。従来の政治体制は新しい現実に適応せねばならず、文化活動に施行されていた禁制はほとんど効力を失った。突然劇場が再開され、音楽、戯曲、文学、そしてそれまで抑圧されていた英国の豊かな芸術がふたたび姿を現し、公共圏に戻った。

しかし前述したように、クロムウェルが既存の秩序に介入する前の状態に、何もかもが簡単に戻ったわけではない。議会はこれまで以上の権力を獲得しており、宗教間の緊張はいっそう顕著となり、王はコルネイユ、ラシーヌ、モリエールなどのフランスの劇作家を愛好することも含めてフランス宮廷の要素を持ち帰った。ケヴィン・シャープが指摘しているように、王とその周りの人々は「統一と調和」のイメージを打ち出したかったのだが、以前からの問題は残っており、クロムウェルの軍隊が敗北したからといって、共和政の思想とピューリタンの価値観が簡単に消え去ったわけではなかった(214)。したがって、新しい秩序は名ばかりの妥協であり、多様化した勢力を別の混合体へと鍛造したものにすぎなかった。

そのような雰囲気のなかで、ウィリアム・ダヴェナント、ジョン・ドライデン、アフラ・ベーン、トマス・シャドウェルを含む著名な詩人と劇作家の一群が出現し、すべてが当時の文化的景観に刻印を残すような作品を生み出した。彼らの戯曲や詩から、また同時代の他の作品からも、復古期の苦難や味方と敵を選別するさいの難しさが見えてくる。

一六八一年にトマス・シャドウェル（1642～92）によって書かれた戯曲『ランカシャーの魔女たちとアイルランド司祭テグ・オ・ディヴァリー』（*The Lancashire Witches and Tegue O' Divelly the Irish Priest*）は、王政復古演劇に影響を与えたさまざまな社会的、経済的勢力から生まれた興味深い副産物である。宗教的、政治的な風刺、ロマンティック・コメディ、猥雑なユーモア、超自然的なスペクタクルが奇妙に混在しており、多様なテーマや論題が混じり合った作品であるにも関わらず、意外なことに批評家からはほとんど注目されてこなかった。

おそらく本戯曲の最大の謎は、魔女自身の力である。シャドウェルは魔術が行われるさまを舞台で見せた。聴衆が魔法に納得できるように、あらゆる特殊効果を使って作品は作り上げられているが、それでいて迷信と無知を嘲笑う喜劇という枠組の中で演じられる。この作品は単なる科学革命以降の産物ではない。というのも、当時の科学者や哲学者の多くが迷信を信じていたからである。むしろ、より複雑であると言える。シャドウェルは魔女裁判を批判し、それをカトリック信仰と比較しながら、戯曲のモチーフとして利用した。なぜなら、彼は下品な喜劇と社会風刺の両方を、いろいろな領域から導き出したかったからである。

テクストの解釈と歴史的背景の考察の両方を通して、本論はこの戯曲を構成するさまざまな要素を分析し、特にカトリック教会を写し出すものとして魔女を取り入れたことがいかなる効果をもたらしているかを考察したい。基本的に魔女たちは、無知と悪意という対になった力の源泉から自分たちの能力を引き出すが、彼女らを組み込むことでシャドウェルが言わんとすることは、劇世界に登場するカトリック教徒とその支持者たちが行っているように、愚かさは自分の内なる悪魔を活気づかせるということである。ジェイムズ・シャープが指摘しているように(4)、これは既存の言説だった。というのも、魔女の迫害はカトリックの関心事であると認識されていたためであり、このことは、英国の魔女裁判で放免された者の数が驚くほど多いことの一つの要因をなしていたものであろう。さらに、カトリックとプロテスタントの緊張と並んで、トーリー党とホイッグ党の感情のもつれもあり、これらはチャールズ二世の治世の晩年期に起こっていた複雑な政治問題と結びついている。

詩人及び劇作家としてのトマス・シャドウェル

今日トマス・シャドウェルは過小評価されているが、彼の時代の人間としては、注目に値する人生を送った。彼は一六八九年に桂冠詩人に任命されたことで知られているが、今日では、おそらく詩よりも戯曲によって文学的名声を得ているようである。彼は一八篇の戯曲を書き、そのいくつかの作品についてはシャドウェル自身が著者であるとする主張がある。

シャドウェルは興味深い経歴の持ち主だ。一七二〇年に四巻本として上梓されたナプトン版『紳士トマス・シャドウェル氏の作品集』(*The Works of Thomas Shadwell, Esq.*)に、父親の生涯について序文を書いた息子のジョンによれば、彼の先祖はスタフォードシャーで広い人脈に恵まれながら裕福に暮らしていたが、トマスの父親が王党派を支持したことで、家族は大きな犠牲を払うことになった。さらにシャドウェルは一一人の子供のうちのひとりで、大勢の子供たちに必要な生活費は、父親に膨大な負荷をかけた。その結果、不動産は一七世紀の間にかなり減少した。

シャドウェル自身はおそらくはノーフォークで生まれ、ケンブリッジ大学で学んだ。一六五六年から、今日では一般的にキーズ・コレッジと呼ばれるゴンヴィル・アンド・キーズ・コレッジに在籍したが、学位を取得することはなかった。彼は法律を学ぶために入学したが、自分の見聞を広めることにより興味をもっていたため、海外を旅した。その途中、低音域の弦を付け加えた大型リュート、テオルボを演奏する能力を習得したようである。それは、後の宿敵となるジョン・ドライデンでさえ称賛したほどの腕前であった（Cornman and Gilman 141）。

シャドウェルの最初の戯曲は、一六六八年の『不機嫌な恋人たち』（*The Sullen Lovers*）であった。これは彼の他の多くの作品同様、他のテクストを基にしたものである。この作品の場合はモリエールの『はた迷惑な人たち』（*Les Fâcheux*）を土台にし、まずまずの成功を収めた。一六七四年にシェイクスピアの『嵐』（*The Tempest*）の改作、一六七五年にモリエール、コルネイユ、キノーの『プシュケ』（*Psyche*）の改作、一六七八年に再びシェイクスピアの『アテネのタイモン』（*Timon of Athens*）の改作を含め、多くの作品が続いた。改作版『嵐』はしばしばドライデンとダヴェナントが著者とされ、シャドウェルは、後世で言えば、音楽劇仕立てにした際のプロデューサーのような役割を担ったと考えられているが、さまざまなヴァリアント（異本）を分析すると、シャドウェルの物語の改変は劇の方向性をかなり変えていることがわかる（Ralph, "Four" 20）。当時この作品はきわめて人気があった。それにひきかえその後の『プシュケ』の公演は当初は好評ではあったが、多少期待はずれといえるようなものだった（Ralph, "Therein" 21）。『タイモン』に至っては、ずいぶんなげかわしい改作で、特に成功しなかったようである。

シャドウェルは、滑稽で猥雑な劇に最も優れているが、これは彼の息子が「説明」でなした主張とは食い違っているようだ。息子は「父は主に劇的な類の作品を書くことに専念し、当時あちこちでみられた低俗な芸術で注目されることよりも、国にいかに貢献するかに身を捧げた」と述べている。モリエールとシェイクスピアの改作に目立つこの猥褻さは、おそらくはシャドウェルの最も洗練された戯曲である一六七二年の『エプソム・ウェルズ』（*Epsom Wells*）でも顕著である（Canfield 135）。この劇では、女性を利用した男がはめられて結婚させられるという、当然の報いを受ける。チャールズ二世はこの劇がお気に入りだったようで、総じてシャドウェルを非常に好んだ。「陽気な王様」は低俗なユーモアと性的な喜劇を好む傾向があったこと、そしてシャドウェルが公然たる王党派の家系であるという事実を考えれば、それはおそらく驚くべきことではないだろう。

率直なところ、シャドウェルの詩はへぼ詩と見なされることが多く、ドライデンは『アブサロムとアキトフェル』（*Absalom and Achitophel*）という作品で、彼を「Og」という名で風刺してけなしている。エヴァ・パネッカのような批評家は、彼の詩をよくても「凡庸」と述べている(76)。独創性に欠けた韻律や、ぎくしゃくした歩格などの特徴は一六八九年からの「女王の誕生記念日のオード」など、公的行事を記念して書かれた作品で顕著である。

さあ、輝かしい日が訪れた。
一年のなかで最も素晴らしい日が。
他の誰もこのような喜びをもたらせない。
春の訪れを知らせる者でさえも。
春はたくさんの希望をよみがえらせ
この日は自由への希望をよみがえらせたのだ。
我らが肥沃な島に栄光をお授けになり
イングランドが生み出した全ての実りは我らのもの。
この聖なる日に我らが復活者がお生まれになった。
他とは比べようもなく、この日こそが暦を魅力的にしているのだ。

パネッカが指摘しているように、「この詩は、過度の追従、誇張されたフレーズ、無理やり作った韻だらけであるという点で際立っている」(74)。これは悲しいことに、彼の他の詩のほとんどにあてはまる評価である。ただ一六八七年のユウェリナスの第一〇風刺詩の翻訳には、より優れたウィットと韻文が見られる。これはドライデンに非難されたあと、自分の名誉を守ろうと努めたからだ。詩想や奇想を創出することよりも、しゃれた言い回しを書くことに集中するとき、シャドウェルは最も輝いているのかもしれない。だから、ただ無から詩を作るより、翻訳のほうが彼の流儀に多少適っていたのである。

これまで何度か言及してきたように、シャドウェルは文学上の決闘でドライデンに苦しめられ、その結果、後世まで彼の評価が傷ついた。その原因のひとつは、ドライデンが師とも友人ともみなしていたウィリアム・ダヴェナントに対してシャドウェルが批判的だったことで、それが彼らの不和に拍車をかけた可能性がある（Ralph, "Four" 18–19）。シャドウェルへの攻撃は、ドライデンの『マック・フレックノウ』（*MacFlecknoe*）で早くも開始され、その後、すでに述べたように『アブサロムとアキトフェル』へと続いた。前者においては、以下の詩行のように、「シャドウェル」という名前はスカトロ的な連想を促すかのように「Sh___」（"shit"「クソ」を想起させる）に置き換えられている。

他の奴らは少しは意味のあることを言おうとするが
シ――（Sh___）は絶対に意味のある方へ逸れることはない。

シャドウェルはこのような中傷から自分自身を守ろうとしたが、彼の詩は、彼を苦しめるドライデンの詩に見られるような永遠性や風刺の切れ味、調和のとれた洒落た言い回しに欠けていた。したがって現代の文学研究者は、シャドウェルは大した詩人ではなく、劇作家としては優れているがしばしば無視され、とんでもない政治的なお世辞を書くと最悪だが、喜劇の分野を書くときは最大限に作風が活かされる作家、というイメージを持つことになる。『ランカシャーの魔女たちとアイルランド司祭テグ・オ・ディヴァリー』は、この後者のカテゴリーにしっかりと位置付けられてしかるべきである。

英国の魔術

何世紀にもわたって英国には、地域に居住し大体において善意ある魔術師と思われていた異教的な治療師や人々の伝統が存在した。これらの「カニングマン」や「カニングウーマン」は、予言をしたり、病気を治したり、失せ物を見つけ出したり、他にもちょっとした能力をもち、しばしば共同体の重要な一員となっていた。魔法や魔術が悪とみなされるようになったのは、そもそも中世のキリスト教の勃興に伴ってであった。これはおそらくひとつには、民間呪術は教会が支持する神秘主義に取って代る、超自然的なものだったからである。

もともと魔法を犯罪として取り調べたり処罰することは、宗教とは関係のない事柄だった。一般的にヨーロッパ全域では一三世紀まで、教会には魔女を追跡する権限がほとんどなかった。一三七六年の『異端審問官指南』（*Directorium Inquisitorium*）の著者であるニコラウス・エイメリクスのような著者たちが、魔術には霊的な性質があり、したがって魔法使いは異端とみなされ得ると主張したことで、教会は初めてその権限を得たのである（Behringer 36）。異端者として、彼らは教会の支配と必然的に対立し、異端審問官の裁きを受ける対象となった。イングランドでは、このことが初期近代の魔女裁判と迫害に対する教会の関与を正当化し、一六世紀の最後の数十年から一七世紀半ばにかけて、その迫害は最も激しくなった。

この時代の英国と他のヨーロッパ諸国の違いの一つは、例外はあるものの、英国の住民は他国の人々が示したようなヒステリックな態度をほとんど示さなかったことである。魔女裁判では、悪魔との交わりよりは、使い魔や悪行に焦点が当てられ、ランカシャーが魔女裁判の告発の場として有名になったのは、言うまでもなくそこが時代遅れの場所で、「宗教に関する無知とカトリックの両方がはびこっている」場所と考えられていたためであろう（J. Sharpe 6）。

上演の短い歴史

ランカシャーの魔女たちの話を最初に扱ったのは、シャドウェルではなかった。それより前に、リチャード・ブロームとトーマス・ヘイウッドの『最近のランカシャーの魔女たち』（*The Late Lancashire Witches*）と題された劇が存在している。これは一六三四年にグローブ座で上演された。一六三三年に起きた実際のランカシャーの魔女裁判の、わずか一年後での舞台化であったが、この頃、魔術に対するプロテスタントの懐疑的な態度が増していた（J. Sharpe 5)。それ以前にも、もちろん『マクベス』（*Macbeth*）（1603-06)、トマス・デッカー、ジョン・フォード、ウィリアム・ローリーによる『エドモントンの魔女』（*The Witch of Edmonton*）（1621）など、魔女に関する劇はあった（詳しくは Herrington を参照)。

興味深いことに、ブロームとヘイウッドによる劇は、裁判の最中に書かれた。その後、「魔女たち」は赦免されている。したがって、シャドウェルの劇には皮肉の層が一枚余分に付け加わり、魔女は実際には力を持ち、悪魔と協力しているように描かれている。また魔女たちには、ランカシャーの裁判と一六一二年のペンドルヒルの裁判（九人の女性が絞首刑になった）に関与した女性の名前がつけられている。

トマス・シャドウェルは、ウィリアム・ダヴェナントが『マクベス』を一六六四年から改作し一〇年後にそれを出版したことに、強く感化されたようだ。この劇は次の七〇年間、英国の舞台で一番人気の演目になった（Dyson 402)。『ランカシャーの魔女たち』は一六八一年の一一月に告知され、公爵劇場で初演された。相当な数の舞台装置が使用されたが、これはシャドウェルの作品のトレードマークのようになっていた。というのも、『嵐』と『プシュケ』の両方でもこのような装置を大々的に使い、世間で大あたりしたからだ。

プロット、登場人物とその役割

この劇は、笑劇の要素、題名にもなっている魔女たちの活動と追跡、そして教皇派の謀略という形をとる政治的陰謀に、喜劇的かつロマンティックなサブプロットが織り交ざっている。本作の中心をなすロマンティックな恋愛沙汰は、サー・エドワード・ハートフォートとサー・ジェフリー・シャックルヘッドの子供たちにまつわるものとなっている。両親たちは互いに自分の娘を相手の息子と、自分の息子を相手の娘と結婚させようとしている。しかし、娘たちは別の考えを持っており、二人のヨークシャーの紳士と恋に落ちている。また、ヨークシャーの紳士のひとりを追いかけ回す浮気性のサー・ジェフリーの妻や、サー・エドワードの娘に興味を示す怒りっぽいスマーク牧師など、笑劇的な筋立てもある。

さらにその周辺には、魔女とカトリック教会をめぐる双子のプロットがある。この作品ではこの二つの筋が平行して進むことが多い。つまり、どちらも確立された社会秩序に反旗をひるがえすことを企て、どちらも迷信的な儀礼として描かれるものに依拠し、どちらも関与した人々にほとんど利益をもたらさず、どちらもその中心人物たちの主たる特徴は無知なのである。

劇における役割や特徴のコメントとともに、さまざまな登場人物を以下の表で取り上げた。これによって、後の議論がより納得のいくものになるだろう。全てを考察することはできないが、主な要素のいくつかを論じる。王政復古期の多くの演劇におけるように（その前後の劇作品と同様)、登場人物の名前はそれぞれの性格類型を知る重要な手がかりとなっている。

名前	コメント	シャドウェルの説明
Sir *Edward Hartfort.* サー・エドワード・ハートフォート	隣人との関係を深めるために自分の娘を結婚させたいと思っており、考えは幾分保守的ではあるがまっとうな男。牧歌的な気高さと強さの両方を示す名前である（hart は雄鹿、fort は強いという意味）。娘にお似合いの求婚者となる、似た名前のヨークシャーの男、ベルフォートを即座に気に入ることは注目に値する。彼の魅力の一部は、新たに信じるに足りるものが現れたときに、進んで自分の見解を変えようとすることであろう。その姿勢は彼の隣人のシャックルドヘッド（縛られた頭）と対照的である。	理解があり、誠実さを主義とする、立派で寛容な本物の英国紳士。
Young *Hartfort* his Son. 彼の息子、ヤング・ハートフォート	信頼できる男で、快楽に目がないが、彼の階級の所産であり、おそらく、ホガースが半世紀後に『放蕩一代記』（*A Rake's Progress*）のような作品で風刺していたタイプである。彼の場合、名前の「hart（雄鹿）」は、彼の狩り好きに関係しているかもしれない。	カントリースポーツとエールを飲むことだけが好きな、滑稽で下劣な田舎の愚か者。
Sir *Jeffery Shacklehead.* サー・ジェフリー・シャックルヘッド	サー・エドワードと隣人であることと、同じ階級に属しているという理由で、知性も性格も共通することはほとんどないにも関わらず、二人は友好関係を	魔女狩りに辣腕で、偉大な迫害者であると自任する単純な判事。

	強いられている。彼の無知加減が（知性が鎖で繋がれていることを暗示する名前で示されているように）、劇に多大なユーモアを添えている。彼の名前は、頑固さも暗示する。それは、明らかに馬鹿げているとわかるような信念や態度に固執することで表れるが、劇のいたるところで、それが間違っているという証拠が現れる。	
Sir Timothy Shacklehead. サー・ティモシー・シャックルヘッド	彼の爵位は金で買ったものであり、彼の知識は同様に価値がないと暗示されている。それでいて、認知された地位にふさわしい呼び方をされるべきだと何度も主張している。ほとんど無害であるが、自尊心と虚栄心が合わさって、全く好ましくない。	サー・ジェフリーの息子で、洒落者で自信家で単純な男。オックスフォード大学と法曹院で教育を受けた。
Tom. Shacklehead. トム・シャックルヘッド	全く取るに足りない人物。主に彼の階級の無用さを強調するために存在している。数百年後の二〇世紀初頭の英国の舞台で大変人気があった「クヌート」（裕福で上流階級に属しているが愚かな若者）のタイプかもしれない。	サー・ジェフリーの貧しい弟で、卑屈に引き回されている連れであり、田舎の酔っ払い。
Smerk. スマーク	スマークはイザベラに恋しているものの、魔法でスーザンから離れられない。彼の短気な性格は劇の重要な部分のひとつで、これによりカトリックの陰謀が暴かれる。表面上はプロテスタントだが、明らかにカトリック的な性格をもつ。それは、彼が作品の主要な悪役の一人として描かれるのに十分である。	サー・エドワードの礼拝堂付き牧師で、愚か、悪党、教皇派、傲慢、不作法。しかし、自分の利益のために奴隷のように働く。

Tegue O Divelly. テグ・オ・ディヴァリー	Tegue「テグ」またはTeague「ティーグ」は、王政復古期（Snyder 参照）および一八世紀を通して、こっけいなアイルランド人に与えられた典型的な名称であり、愚かだが頑固な人物であることを暗示している。彼の滑稽なアクセントと愚かな行動にも関わらず、この司祭はカトリック陰謀事件について何か知っているに違いないと高位の者たちから信じられている。また、主にラテン語のテクストに書かれている魔女たちの伝統にも精通しているようである。しかしシャドウェルは、この知識を価値あるものとして提示するのではなく、むしろカトリックのテクストには膨大な誤ちや馬鹿げた推測が含まれているということ、また、一見ものを知っているように見えても、それは愚かなことを手間をかけて研究しているに過ぎないということを強調している。	アイルランド人の司祭。道化であり、悪党でもある。
Bellfort. Doubty. ベルフォート、ダウティ	この二人はその名前通りの存在である。「Bell（美）fort（強）」はハンサムで目的意識の強さを、「Doubty（疑惑）」は魔女狩りをする者の行動に対して冷ややかであることを示している。彼らの愛の冒険には、ロマンスと喜劇が両方そろっている。	ヨークシャーの二人の紳士。財産があり、良い育ちで、分別を持ち合わせている。
La. Shacklehead. レディ・シャックルヘッド	レディ・シャックルヘッドが五幕でダウティを誘惑しようとしたことで、笑劇的な要素がそなわる。魔女への対応の仕方に対して、何度も迷信深い提案を	サー・ジェフリーの妻。慎み深いという評判の夫人であるが、尻

	することも同様である。明らかに虚栄心が強く、騙されやすく、道徳的な定見はない。	軽女の気味もある。
Theodosia. セオドシア	両親によって、彼女が毛嫌いしているヤング・ハートフォートと結婚することになっている。彼は彼女には無関心で、結婚式当日は鷹狩りをしている方が良いと思っているなど、父親の頭痛の種である。	サー・ジェフリーと夫人の娘。
Isabella. イザベラ	セオドシアと対になっていて、二人の「分別があって、機知に富み、美しい女性」のうちのひとりである。彼女はスマークとサー・ティモシー・シャックルヘッドから求愛されているが、ベルフォートと恋に落ちる。	サー・エドワード・ハートフォートの娘。
Susan. スーザン	スマークを罠にかけるために魔法を使うが、後に彼から嫌われる。	サー・エドワードの家政婦。
Clod. クロッド	クロッドは魔女たちによって木のてっぺんに運ばれ、ドタバタ喜劇の可笑しさをもたらす。魔女たちが男性器を切り取って木のてっぺんに置くという、この時代の笑いの種への言及でもある。	田舎者。サー・エドワード一家の召使い。
Thomas o Georges. トマス・オ・ジョージズ	クロッドと同様に、トマス・オ・ジョージズは無礼な端役の役割を果たしている。	もう一人の田舎者。
魔女たち	サー・エドワードの懐疑的な考え方にもかかわらず、魔女たちはどうやら本物の魔力を持っているよ	悪魔。マザー・ディムダイク

	うである。マザー・ディムダイクは一六一二年に投獄された女性の名前で、初期のペンドルヒル裁判に関わっており、最終的に獄死した。Summersが言及しているように、「グッディ・ディキンソン、マル・スペンサー、マザー・ハーグレイヴ、*メグは魔術の廉で告発された実在の人物である」（IV.90）。 *「メグ」は「マッジ」の別の言い方	マザー・ディキンソン マザー・ハーグレイヴ マル・スペンサー マッジ、そしてその他何人か
他の登場人物	魔女たちを探す老婆、警官、召使いたち、踊り子、音楽家	

舞台上及び劇中の魔法

超自然的な側面に関して、シャドウェルは典拠とした素材について広範に論じ、かなりの研究をしたという事実を聴衆に示そうとした。彼は序文でこのことについて議論している（ついでながら、彼もまた、『マクベス』の成功に影響を受けたことが明らかになる）。

趣向に関して言うならば、魔術の部分のほとんどをその豊かな想像力によって作り出したシェイクスピアと同じことができるなどと、想像のなかでさえも期待していなかった。（その能力において、誰も彼を凌ぐ者はいなかった）したがって、私は信頼できる情報源から自らの趣向を借用することにしたのだ。そのためにこの作品では、すべての行為、それどころかすべての言葉も、注釈からわかるように、古代または近代の魔法使いを商売にしている人たちから借用した。みなさんが信じるかどうかは別として注釈では魔術の教義の大部分を読者に紹介している。(*LW, To the Reader* 218)

しかしながら、シャドウェルがこの目的のためにどのくらい独自の研究を行ったのかは、議論の余地があるかもしれない。シャドウェルの戯曲のただひとつの二〇世紀完全版を編集し、魔術史のすぐれた(とっぴで独断的だったとしても)学者でもあるモンタギュー・サマーズは、情報の多くはレジナルド・スコットの一五八四年の『妖術の暴露』(*Discoverie of Witchcraft*)からそのまま借用したものであると記している(IV 89)。

『マクベス』が最も有名な例であるように、他の多くの劇と同様、魔女たちはある種の力を持ち、悪意のある行為をしているが、巻き込まれた人たちにとっては不思議と無益であるようだ。彼女たちは悪魔に仕えることに多大な精力を費やしているようだが、それが魔女個人にとってためになることはほとんど、もしくは全くない。マザー・ディムダイクは二人の赤ちゃんを殺して教会の尖塔を蹴り倒し、マザー・ディキンソンは胎児とその父親を殺し、マザー・ハーグレイヴは墓を汚し、教会の尖塔の鐘を割って動物を病気にし、マル・スペンサーは女性と牧師の二人を怖がらせて、悪魔(彼は後に人間の形で現れるが、現時点では雄ヤギの形をとっている)を大いに喜ばせる（LW 2.2, pp. 255–256)。

これらのことは、シャドウェルの魔女は「強力で、男性を餌食に力を揮う」というジーン・I・マースデンの一九九五年の主張をむしろ覆えすものである(53)。したがってこの劇を、家父長制の言説や放埒な性的攻撃を逆さまにしたものと解釈するよりは、魔女たちは支配の対象としての女性を表す、という正反対の議論をするべきかもしれない。

魔女たちはカトリック教会と共生関係にある。シャドウェルは相似性を露わにするための装置としてとりわけ儀礼を用いている。魔女を暴き倒すために、アイルランドの司祭テグ・オ・ディヴァリーは一連の奇妙な提案をしている。それはキリスト教の儀礼と迷信的な行為を組み合わせたものである。例えば、彼はレディ・シャックルヘッドに、手のひらに「魔法の塩」と「聖なる蝋」を置くよう求める。その後、彼は怯えている友人たちに、十字を切る前に自分たちの胸に三回唾を吐きかけるよう指示し、次のような驚くべき言葉を発する。

魔女が懺悔や審問さ来るとき、おめの体さ触れねように、あいづらの顔ではなぐでケツば向けてごさせるようにさせなさい。アイルランドには顔だけで人ば殺すような醜い魔女がいるはんで。（*LW* 5.1, p. 315)

これは、前述の塩と唾についてと同様、『魔女に与える鉄槌』（*Malleus Maleficarum*）からそのまま借用されており、そこにはこのように書かれている。

> 首尾よくそうできるのであれば、魔女は裁判官と補佐官の前に、後ろ向きで連れてこられるべきである。(228)

病気の牛を癒すために、ズボンをその頭の上にのせるなどの奇妙な提案(LW 3.1, p. 271)を無視したり非難したりする代わりに、サー・ジェフリー・シャックルヘッドは、この司祭は「たいそう博学で賢明な男だ」と述べ、彼の妻は「まことに素晴らしい人です。私たちは彼と比べたら何の価値もありませんわ」と返答している(LW 5.1, p. 315)。ここにはさらなるアイロニーが加味されている。サー・ジェフリーがはじめに教養が高いと自称することは、彼が「『魔女に与える鉄槌』は魔女について好意的に書かれた、とても好意的に書かれた素晴らしい作品だ」(LW 1.1, p. 233)と語ることで台無しになるからである。サー・エドワードが傍白で正しく指摘しているように、このことは、彼はただタイトルを読んだだけで、そのタイトルすら正しく理解していないことを明らかにしている(LW 1.1, p. 234)。

すでに述べたように、上記に言及された魔法に関する注釈以外にも、数多くの注記や解説があるという点で本作品は珍しい。さらにシャドウェルは、匿名の筋から反逆罪という悪意のある告発をされたため、上演用に作品を編集しなければならなかったと序文で述べている。従って印刷された版には、上演されなかった部分を斜体で表した無修正の文章が含まれている。それらはしばしばカトリックを直接風刺するものであった。マースデンはシャドウェルの女性表象を考察する際に、このことをかなり詳しく議論している（51–52)。

この劇の魔術には見ての通り、二つのタイプがある。魔女たちによってとり行われるものと、カトリック教徒たちによってとり行われるものだ。二つのグループはその言動から、無知で、悪意があり、とるにたらないものとして表現されている。先に述べたように、英国におけるカトリック教徒は一七世紀のあいだ悪魔学と深い関係があり、魔術に執着していると考えられていた（J. Sharpe 4)。

結局のところ、この劇の魔術が本物のように見えるにも関わらず、魔術が勝利を収めることはなく、良識と寛大な精神を持って勝利するのは、逞しいヨーマンたちである。一九〇五年にこの劇について、次のようないささか主観的で美辞麗句を用いた分析を行なっているアーンスト・アンマンに（少なくとも部分的には）同意したくなる人もいるだろう。

魔術を信じていないサー・エドワード、ベルフォート、ダウティがシャドウェルの理念を体現していると考えると、当時の多くの人々が崇拝していた迷信の神を恐れることなく非難した英雄として、著者を賞賛しなければならない（54）。

教皇派陰謀事件

カトリックとプロテスタントのイデオロギー間の緊張、およびそれにともなう副次的な影響は、劇中の重要なサブテクストとなっている。その中心をなすのは、いわゆる「教皇派陰謀事件」で、チャールズ二世を暗殺し、プロテスタント信仰をイングランドから払拭しようとする計画だったらしい。とどのつまりこの劇は、教皇の人形が人前で公然と焼かれた時代に書かれたのである。実際一六七九年と一六八〇年の一一月一七日（エリザベス一世の一五五八年の戴冠式の記念日）には、「王のパジェント」を滑稽に模した演し物として、ロンドンの至るところで行列が行われ、公共広場で教皇の図像が焼かれた（K. Sharpe 215）。

このようにシャドウェルの劇は、イングランド最大の都市において反ローマ感情が最も高まっていた時期に創作された。劇中には、カトリックの負の側面を表す二人の人物が登場する。狡猾な牧師のスマークと、愚かな司祭のテグ・オ・ディヴァリーだ。前者は社会的身分が違うにも関わらず、雇用主であるサー・エドワードの娘との結婚を通して、自分自身と信仰のために有利な立場を得ようとしており（Wheatley 403）、後者は強い訛りとあからさまに馬鹿げた発言によって、おどけ役となっている。

テグ・オ・ディヴァリーの性格は（後に、不評であったと思しきシャドウェルの一六九〇年の喜劇

『伊達者ビゴット』*The Amorous Bigot* に登場する）、アイルランド性やカトリック信仰全般への悪意にあふれた風刺である。それはあまりにも辛辣だったため、批評家のエドワード・D・スナイダーは、「ほとんどの場合、舞台上のケルト人に対するからかいは悪意のないものだ」（169）という自分の主張にあてはまらない例外として、シャドウェルの作品を引き合いに出すことになる。テグは長老派教会の陰謀の話をすることでカトリックの陰謀をごまかし、注意をそらす（LW 3.1, p. 268）。この司祭は好色でもあり、日没後に魅力的な女性を目にすれば彼女を強姦すると述べる（LW 4.2, p. 297）。彼は劇の始めのほうで、家政婦のスーザンに魔法にかけられて彼女と結婚したいと思っていたスマークに「姦淫を犯す」ことを勧め、その根拠を「小罪」であるためにすぐに許されるとする。一方、離婚は大罪である（LW 4.1, p. 288）。この二つの場面が上演版にはないイタリック体の部分に出てくることは言及しておくべきだろう。

二人で共謀したにも関わらず、最終的にテグとスマークは失敗し、前者は陰謀説への関与のために逮捕され、後者は家政婦と結婚し、司祭としての地位を失う。そこで彼は妻の収入に頼ることになるのだ。逮捕の直前にテグはスマークにこう言っている。

> 姦淫するように言ったべな？おめは結婚すてまった。もし結婚すねがったっきゃ、おめさカトリックにしてサントメールさ行ぐように言ったのに。（*LW* 5.1, p. 322）

ちなみに「サントメール」とは、アルトワ地方のサントメールにあるイエズス会学校のことで、以前はスペイン領オランダの一部であったが、一六一八年から一六四八年まで続いた三十年戦争後の交渉で、一六五九年にフランスに併合されフランス領となった。結局テグとスマークが示す無知、愚かさ、不道徳と悪意から得られるものは何もない。捕えられ、逮捕された魔女たちも同様である。実のところ、彼らの運命はとても似ているのだ。

魔術と政治的陰謀をもってしても劇の悪役は、ヒーローとヒロインになんの災いももたらさない。どちらもサー・エドワード、ダウティ、ベルフォート、イザベラ、セオドシアには、不思議なほど影響を及ぼさず、物語の背景として存在するにすぎない。魔術とカトリックの力は、サー・ジェフリー、スマーク、そしてその名のとおりのクロッド（土塊）のような、育ちが悪い愚かな人々のみに作用するようである。この劇においては、品位、誠実さ、常識、盤石のプロテスタント信仰は、魔女たちの悪意とカトリック教徒の策略の両方に対して、ゆるぎない砦となっているようである。

結論

本論の冒頭で言及したように、一七世紀に英国では、二つの政党が台頭した。ホイッグ党とトーリー党である。ホイッグ党は、その名前を、スコットランドの家畜業者を表す軽蔑的なスラング、whiggamor から得ている。しかしこの語は、チャールズ二世の死後、弟のジェイムズが王になることは許されるべきでないと考える人々を表すために、英国の政治に入ってきた。懸念されたのは、ジェイムズがローマ・カトリック教徒だったことで、イングランドが再び宗教的混乱に陥る可能性があると見られていたのだ。トーリー党はより保守的で、君主政の系譜を何があっても保持したいと考えていた。その名前は、もともと山賊の一種を指すアイルランド語の *tóraidhe*（ならず者）に由来している。しかしながら、それはまた空位期のクロムウェルの支配に抵抗する人々を指す言葉でもあり、後に何よりも王家を支持する人々を意味するようになった。

シャドウェル自身のホイッグ的な気質は、間抜けと悪党の性格造型、また登場人物の一覧表におけるサー・エドワードの描写にあるような「良識と誠実を主義とする」人物群の性格造型の両方から明らかだ。『ランカシャーの魔女たち』で繰り返し嘲笑の的となっているのが、オックスフォード大学で教育を受けた若者、サー・トマス・シャックルヘッドである。R・A・ベダードが述べているように、チャールズ二世の治世も晩年にさしかかっていたため、オックスフォード大学はトーリー感情の温床となり、「復権された君主政の柱の一つ」になっていた（905）。教育より人生経験を選んだために学位こそ取得しなかったものの、シャドウェル自身はケンブリッジ大学出身であったことは先に述べた。このように、風刺の対象として彼が選んだ大学を見れば、イギリスの二大大学間が競合関係にあったことがはっきりと示されている。

これらの幾重にも重なった筋の多くは劇のエピローグで一つになり、ここでバリー夫人（おそらくイザベラを演じた当時の有名な女優）とテグは政治的な冗談を交わしている。

バリー夫人　さあ、わたくしたちはみなさまにテグをご覧に入れました。
アイルランドから連れてくるのに多くの犠牲を支払って。
例え彼が愚かで、カトリック陰謀説のために絞首刑になったとしても。

テグ　おいの魂の救済を気にがげでぐださい。

バリー夫人　この国の政治家さんば怒らせるごどになるはんで。
怒り狂う人というのは無教養で愚かに違いありません。
全ての宗派がこの愚かな司祭をバカにしているのですから。

テグ　キリストの御名にがげて誓います。詩人はおればこきおろすた。
だはんで、おれば攻撃すてぐるバカなトーリーも出てぐる。

バリー夫人　良きプロテスタントの方々、今後みなさまが見ないことを祈ります。
かわいそうなあのトニー・リー*のような殉教者を。
教皇や司祭が片方でおかんむり。
ああでもシティも私たちの友人ではありません。
彼らの妻が劇場一階席で色目の使い方を学んだと言っているのです。
（中略）
詩人はこの愚かな時代に物議を醸そうなどしてはなりません。
舞台から社会的主張などできないのですから。

（*LW* 323–324）

*Anthony Leigh（1692 没）はシャドウェルとドライデンの両方と深い関係があった喜劇俳優だった。実のところ、彼の最も有名な役は、『ランカシャーの魔女たち』同様、一六八一年にロンドンの舞台に登場したドライデンの演劇、『スペインの司祭』における「スペインの司祭」役であった。

このように、『ランカシャーの魔女たち』は、立派に政治を生き抜いたシャドウェル自身の人生を、多かれ少なかれ描写していると考える人もいるかもしれない。時代の潮目が変わり、とてつもなく不安定な時代にあって、シャドウェルは劇作家や詩人としてのキャリアを保持するだけでなく、成功もした。数多くの舞台作品があり、その多くは長きにわたる一八世紀のロンドン劇場界の定番であり続け、シャドウェルは桂冠詩人にもなった。一六八九年に彼は、かつての友人であり、その後はライバルとなったジョン・ドライデンの後任に就任したのである。それにも関わらず、今日、シャドウェルはいまだに十分研究がなされていない劇作家なのである。

多くの学者（リチャード・オーデンなど）が論じるに、シャドウェルが学術的に注目されないのは、先述したように、ドライデンが彼の性格について、極めて効果的な攻撃をしたためである。きわめつけは前述の『マック・フレックノウ』で、その被害者を、英雄気取りの愚か者の代表として、おそらくは不当に描写している。興味深い補足として、フレックノウは、実は詩とバラッドが下手なことで知られるアイルランドのローマ・カトリックの司祭だった、ということがある。シャドウェルが彼と瓜二つであるという示唆は、詩を創作する能力がより優れていることと、テグの性格の描写からわかるような、プロテスタントの理念を断固守ろうとする彼の態度という両方の点で、シャドウェルを侮辱するものである。舞台でも出版においても、このいじめられた桂冠詩人のほうが成功しているにも関わらず、ドライデンの風刺はその後も残ることになった。シャドウェルの作品に対する研究が相対的に少ない理由は、彼の評判が傷つけられたためだという大勢の判断は納得できよう。

たとえそうだとしても、サマーズ（IV.95–97）や他の学者が指摘しているように、『ランカシャーの魔女たち』はシャドウェルが亡くなったあともずっと、少なくとも一七三〇年代までロンドンの舞台の柱であり続けていた。そのような人気は、作品の背骨をなしている政治的問題が、その後何十年ものあいだ、現実の問題として残っていたという事実に由来していると論じることもできるだろう。またこの喜劇は、金のある田舎貴族のロマンスと、軽佻浮薄でならず者めいた性向に対する精妙な風刺の双方に、世俗的なユーモアを組み合わせた、綿密に練られた作品である。最後に、似た者同士である魔女たちとカトリック教徒たちは、無知と悪意は自らの凋落を招くという考えを強調しており、その主題は当然ながら、時を超越しているのである。

引用文献

Ammann, Ernst. *Analysis of Thomas Shadwell's Lancashire Witches and Tegue O'Divelly the Irish*

Priest. Diss. Bern U, 1905.

Beddard, R.A. "Tory Oxford." *Seventeenth-Century Oxford*, edited by Nicholas Tyacke, Oxford UP, 1997, pp. 863–906.

Berhinger, Wolfgang. *Witches and Witch Hunts: A Global History*. Wiley-Blackwell, 2004.

Borgman, Albert S. *Thomas Shadwell: His Life and Comedies*. New York UP, 1928.

Canfield, J. Douglas. "Shadwell at the Crossroads of Power: Spa as Microcosm in *Epsom-Wells*." *Restoration: Studies in English Literary Culture, 1660-1700*, vol. 20, no. 2, 1996, pp. 135–148.

Cornman, Brian, and Todd S. Gilman. "The Musical Life of Thomas Shadwell." *Restoration: Studies in English Literary Culture, 1660-1700*, vol. 20, no. 2, 1996, pp. 149–164.

Dryden, John, and William D'Avenant. *The Tempest, or the Enchanted Island. The Works of John Dryden,* edited by George Robert Guffey and Maximillian E. Novak. Vol. 2, University of California Press, 1970, pp. 1–103.

Dryden, John. *Mac Flecknoe: A Poem, with Spenser's Ghost: Being a Satyr Concerning Poetry*. J. Oldham, 1709.

———. *Absalom and Achitophel: A Poem*. J.T. and W. Davis, 1681.

Dyson, Peter. "Changes in Dramatic Perspective: From Shakespeare's *Macbeth* to Davenant's." *Shakespeare Quarterly,* vol. 30, no. 3, Summer, 1979, pp. 402–407.

Hasted, Rachel. *The Pendle Witch Trial 1612*. Lancashire County Books, 1993.

Marsden, Jean I. "Ideology, Sex and Satire." In *Cutting Edges: Postmodern Critical Essays on Eigh-*

teenth-century Satire: Tennessee Studies in Literature, Vol. 37, edited by James E. Gill, U of Tennessee P, 1995.

Oden, Richard, L. *Dryden and Shadwell, The Literary Controversy and 'Mac Flecknoe' (1668-1679).* Facsimile Reproductions, 1977.

Panecka, Ewa. *Literature and the Monarchy: The Traditional and the Modern Concept of the Office of Poet Laureate of England.* Cambridge Scholars Pub., 2014.

Ralph, Barnaby. "Four Men in a Boat: Dryden, D'Avenant, Shadwell, Locke and *The Tempest.*" *Poetica,* vol 84, 2015, pp. 1–24.

———. ""Therein Intermix'd": *Psyche* and the London Restoration Stage." *London and Literature, 1603-1901,* edited by Barnaby Ralph, Angela Kikue Davenport and Yui Nakatsuma, Cambridge Scholars Pub., 2017, pp. 17–34.

Shadwell, John. "Some Account of the Author and his Writings." Introduction to *The Works of Thomas Shadwell, Esq.* Vol. 1, James Knapton, 1720.

Shadwell, Thomas. *The Lancashire Witches and Tegue O'Divelly the Irish Priest. The Works of Thomas Shadwell, Esq.* Vol. 3, James Knapton, 1720, pp. 213–338. (Note that all references in this paper are to this edition)

Sharpe, James. "Introduction: The Lancashire Witches in Historical Context." *The Lancashire Witches: Histories and Stories*, edited by Robert Poole, Manchester UP, 2002, pp. 1–18.

Sharpe, Kevin. *Rebranding Rule: The Restoration and Revolution Monarchy, 1660-1714.* Yale UP, 2013.

Snyder, Edward D. "The Wild Irish: A Study of Some English Satires against the Irish, Scots, and Welsh." *Modern Philology,* vol. 17, no. 12, Apr., 1920, pp. 687–725.

Sprenger, Jakob. *Malleus Maleficarum. Trans. Montague Summers,* J. Rodker, 1928.

Summers, Montague, editor. *The Works of Thomas Shadwell.* Vol. IV, The Fortune Press, 1927.

———. *The Works of Thomas Shadwell.* Vol. V, The Fortune Press, 1927.

Wheatley, Christopher J. "Thomas Shadwell's *The Volunteers* and the Rhetoric of Honor and Patriotism." *ELH*, vol. 60, no. 2, Summer 1993, pp. 397–418.

物語と死の欲動をめぐる断章
——反復、クイア、転移——

遠藤不比人

反復

ジークムント・フロイトのメタ心理学的論文「快感原則の彼岸」が提出した思弁的概念「死の欲動」とイギリス・モダニズム文学との同時代的な相互関連性に関しては、拙著『死の欲動とモダニズム——イギリス戦間期の文学と精神分析』（慶應義塾大学出版会、二〇一二年）においてすでに詳述をしたが、本稿ではそこで論じることができなかったいくつかの問題を再検討してみたい。特に、反復、クイア、転移といった主題を、死の欲動をめぐるフロイトのメタ心理学的な思弁を参照しながら再論することにより、物語を駆動する欲望（あるいは欲動）と死の欲動ということに関してより原理的な知見を獲得したい。

ここで新たに議論を開始するためにピーター・ブルックス『プロットのための読解——物語における意匠と意図［*Reading for the Plot: Design and Intention in Narrative*］』を参照してみた

い。特に「反復（強迫）」と物語という点を再考するために、以下の箇所は重要である。

しかし、反復はまた語り切るという物語的欲望の放出を満足させる快感原則を希求することの妨げにもなるのだが、この快感はテクストが前に進行しようとする欲動の別の姿でもある。これは奇妙にも興味深い状況であり、ここにおいて前に進行しようとする二つの原理が、遅延を生み出すべく相互作用をしてしまい、この停滞した空間にあって、これは真の目標（結末）へ向かう必然的な接近方法だという認識において——前駆快感のように？——快感が生じることになる。この二つの原理は実際に遅滞をもたらすものであり、それは遅延における／ゆえの快感であり得るのだが、両者はまたそれぞれ違ったやり方で目標（結末）に向かうことが必要であることを想起させもする。この一見したところ逆説的に見える事態は、反復とは前進でも後退でもあり得るということと同断であるのだが、その理由は前進と後退は反転可能であるからである。つまり、目標（結末）とは、始まり以前の時間を指す [the end is a time before the beginning] のだから。(102–103)

この逆説的なテクスト性をめぐるブルックスの晦渋な記述は、フロイトの「快感原則の彼岸」におけるつぎの箇所を参照することによりある程度は了解可能となる。

生命は、発展のすべての迂回路を経ながら、生命体がかつて捨て去った状態に復帰しようと努力しているに違いない。これまでの経験から、すべての生命体が〈内的な〉理由から死ぬ、すなわち無機的な状態に還帰するということが、例外ない法則として認められると仮定しよう。すると、すべての生命体の目標は死であると述べることができる。これは、生命のないものが、生命のあるもの以前に存在していたとも表現することができる。（162、強調原文）

このフロイトのメタ生物学的思弁を、ブルックスが見事に実演したように「物語の欲望」をめぐる言説に転用するのならば、フロイトがいう「生命以前」とは「物語以前」ということになるが、それは同時に「物語ることができないもの［the unnarratable］」（103）を指すことにもなるだろう。物語以前の領野を物語は定義上語ることはできない。生物が生物以前（無機物）を生きることができないのとまったく同様に、物語は「物語以前」を物語ることはできない。ここで先ほど引用したブルックスの陳述を想起しよう——「目標（結末）とは始まり以前の時間を指す［the end is a time before the beginning］」。つまり、フロイトの「快感原則の彼岸」を参照枠として、物語を駆動する「死の欲動」を思弁するのならば、あらゆる物語の目標（結末）［end］とは、その執拗な反復を通じて、「物語以前」「物語ることができないもの」「物語の始まり以前の時間」へ退行あるいは遡行することを意味する。しかし、すでに見たように、時間論的にいってこの欲動の成就は不可能である。

この論理（時間）構造を別言すれば、物語の欲望とはすべてを「物語り切る」という物語を駆動する欲望の放出を意味し、それはむろん物語をその時間軸の前へと進行させるのだが、それは同時に、物語が発生する以前の状態である「物語ることができないもの」への回帰を志向することにもなる。物語の結末への前進は、その終わりだけを目指すのではなく、物語「以前」への遡行でもあるという時間論的な倒錯が、ここでより明瞭となるだろう。前進することは後退することであり、「前進と後退は反転可能である」というパラドクスをここで確認しておこう。しかし、繰り返せば、the end is a time before the beginning である以上、この退行＝遡行は時間論的に不可能である。

ここで確認すべきは、フロイトがいう「快感原則」とは「心的な装置はその中に存在する興奮量をできるだけ低くしようとするか、少なくとも恒常に保とうとする」（118）という基本原則である。これを踏まえてブルックスは、物語の始まりと結末の「間」を「緊張状態」（101）と呼ぶが、それは定義上正しい。つまり、物語を駆動する（死の）欲動とは、「何かを語りたい」という欲望によって惹起された心的興奮＝緊張を解除することによって、その「緊張の状態」たる物語的欲望の零度（あるいはそれ以前）を目標とする心的メカニズムのことである。以下の引用はそのことを記述している。

私たちの『快感原則の彼岸』の読解から浮上してくるのは、終わり（死、静止、物語不可能性）と始まり（エロス、緊張へいたる刺激、物語る欲望）を対立させて構造化する力動的モデルであり、必然的にその中間は、迂回、遅延を課せられる衝動の下で終わりを目指して苦闘する状態、テクストの遅滞した状態における一種のアラベスク模様のごときものと化す。（107–108）

先ほどの引用箇所と連動しながらここにあるのは、恐ろしく複雑怪奇な「反復」をめぐる構造であろう。物語の欲望を支配する基本原理を「快感原則」と思弁すれば、それはすべてを「物語り切る」ことにより、内部の「興奮＝緊張」を零度にすることを志向するだろう。それは、物語の時間軸を前に進む、あるいは物語内の時間性において未来へと向かう運動を意味することになる。しかしながら、この未来へと駆動される欲望とは「過去以前の過去」たる物語以前（物語不能な領野）への回帰をも意味していた。先ほど見たように、前進と退行の反転可能性とブルックスがいうのはこの逆説である。

この脈絡でブルックスが提示するのが、上の引用箇所にあるように、「エロス」と「終わり（死）」からなる対立である。エロスとは端的にいえば物語る欲望、物語の原動力たる「緊張＝刺激」であり、その内的エネルギーの完全な放出こそが物語以前（エネルギー零度の無機的起源）への遡行と退行を意味していた。しかし、この二元論の間には「迂回」と「遅延」のプロセスがあり、それ自体が独特の快楽の形式を組織する。それは、ブルックスがいう「遅滞、エネルギー放出の繰り延べ、即物的な快楽から身をそらすこと」(101)によって「興奮を放出する最終的な快感をより完全なものにしようとする」(101–102)メカニズムとなる。ここに読まれるもう一つのパラドクスは、より「完全な快感」たる「興奮の放出」を目指すためには、必然的な迂回として「エネルギー放出の繰り延べ」という「不快」が要求されることにある。つまり、快感の論理的な前提として(必然的な迂回路として)「不快」が要求される。フロイトの快感原則からすれば、エネルギー(心的興奮=不快)の完全な解除こそが快感をもたらすわけだが、その必須のプロセスとしてのエネルギー解除の繰り延べとは不快であるほかはない。物語の進行中にそこに生成される「アラベスク模様」とは、物語の未来への疾駆、物語以前の物語不能な領野への遡行、物語内部の興奮を解除すべくその興奮の放出を遅延し続けること、つまりは、進行、退行、放出、その遅延、快感、不快が同期する極めてパラドクシカルな時間性の別名となる。これは快感と不快が構造的に依存する逆説的で脱構築的なテクスト性と時間性を意味するだろう。

　これを踏まえるのならば、ブルックスの以下の問いは甚だ意義深いものとなる。それを要約してみよう。かかるテクスト的な環境にあって「反復とはテクストにおける回帰」であるのなら「この回帰とは、何かへの回帰なのか、何かが回帰することなのか、たとえば、起源への回帰なのか、抑圧されたものが回帰するのか、判然としない[We cannot say whether this return is a return *to* or a return *of*: for instance, a return to origins or a return of the repressed]」(100)。

彼の議論を振り返れば、物語の「起源」とは、物語が開始する以前の領野である「物語ることができないもの」であるのだから、この起源＝物語不能な領野への物語内部における回帰は定義上不可能であるだろう。物語内部において物語外部に回帰することは端的にいって不可能である。さらにいえば、もし物語不能なものが物語内部に回帰するというのならば、それは正確に精神分析的な意味において「外傷［trauma］」（の回帰＝反復）と称すべき事態である。外傷とは定義上、物語化を拒む過剰である。むろんこれが意味するのは、物語内部にそれが言説化することができない「現実界［the Real］」が回帰することを意味する。この意味において、物語における反復には根源的な不可能性が胚胎しているのではないか。この視点から、物語における死の欲動とクイアという問題系が浮上してくる。

クイア

この文脈でリー・イーデルマン『未来はいらない――クイア理論と死の欲動［*No Future: Queer Theory and the Death Drive*］』が提出する視点は多くを示唆する。イーデルマンは、クイア的な論点から、直線的で目的論的な歴史（物語記述）を駆動するイデオロギーとしてヘテロノーマティヴィティを指摘しながら（2-4）、それへの抵抗の美学＝政治学を組織するためにクイア理論とフロイトの死の欲動の接続を試みる。その議論を開始するにあたり、イーデルマンはクイア理論を政治的に実践する立場から、リアル・ポリティクにおける言説が右左を問わずに、未来という時間性に「子供」のイメージを充填することによって、ポピュリズム的な効果を最大化することを問題視する。ほとんどあらゆる政治家の共通言語として、未来における子供の利益が特権化され、それが多大な政治的効果を発揮する、その欲望の形式へのクイア的な介入が彼の目的である。

この試みにおいて、ラカン派精神分析の立場から、イーデルマンはピーター・ブルックスよりも理論的に「物語ることができないもの［the unnarratable］」により大きな比重を置く。「子供」を未来という時制において特権化するヘテロノーマティヴで目的論的な物語は、「再生産的未来主義［reproductive futurism］」(2)に支配されているわけだが、その前提にある欲望の構造は「想像（界）的な充溢に無媒介的に接近することを子供は享楽している」(10)という幻想（fantasy）である。象徴界においてこの不可能な享楽をする「子供」が、この幻想空間にあって未来に投影される。これが「再生産的未来主義」を構造化する欲望の形式である。イーデルマンがいうように、この幻想は「或る存在［presence］、事後的＝遡及的に措定され、それゆえそもそもの最初から失われている存在への或る原初的な参入を自己が享楽していたという誤認」(8)にほかならない。ラカン派精神分析風にさらにいえば、事後的＝遡及的に過去に措定（捏造）された不可能な充溢――これは幼年期の享楽を含意するので一義的には過去に所属することになる――が想像（審美）化され、時間的に投影された結果、それが願望充足的な「未来」と化す。そこには不可能な享楽を独占する「子供」のイメージが濃密に充填されることにもなる。それゆえ、このような未来へと駆動される物語の欲望を「再生産的未来主義」と呼ぶのなら、この想像化された不可能な充溢に原理的に抗う想像化し得ぬ「過剰」がこの時間性を頓挫させるときに、クイアと死の欲動が交錯する時間と空間が生成される。

シニフィアンが意味作用の秩序の中核に、空虚で恣意的な文字、意味が隠蔽しようとする意味作用の非意味の下層を保持するのとまったく同じように、意味が意味を失う場所を欲動は保持する。それゆえ、政治とは、かかる欲動の否定性に対立しながら、最終的な自己実現なる夢が不断に持続する舞台としての歴史を差し出すが、それは欲望の鏡の中に、私たちが現実それ自体と受け取るものを無限に再構築することによる。そうしながら、政治は、自らが執拗に訴えかける未来が、意味作用の連鎖という機能に孕まれる遅延とは無縁の想像（界）的過去という不可能な場所の印であり、意味と存在が一つになる場所を目の前に投影していることを私たちに認知させたりはしない。ここにおいて、政治は、欲動に特徴的な反復という形式を実践しながらも、同時に、歴史の物語（論）的な連続性と、それと並行して、欲望の物語（論）的な連続性を実現するものとして自己表象するのだが、それは子供が想像（界）的な充溢に無媒介的に参入することを享楽しているという幻想を抱きながら、主体の本来的な存在を実現することにおいてである。(10)

ここで私たちが想起するのは、ブルックスの議論における「反復」の二重性ではないか。そこで問題となっていたのは、物語の起源の／への回帰であったが、それが意味するのは、物語以前（物語の起源以前の起源）への不可能な回帰であるのと同時に、物語不能なもの（物語が抑圧したもの）の回帰であった。この二重性はそのままイーデルマンのクイア的議論に文脈化可能である。この脈絡で物語（言語＝象徴界）以前の起源とは、十全な享楽をする子供であり、それは物語（象徴界）にあって「不可能な場所」でありながら、その不可能な過去（子供）は物語＝歴史の未来へと投影（審美化）される。このような理路をここで獲得できる。

この「再生産的未来主義」を不断に構造化するのは、いま見たように欲動に特徴的な「反復」の力学であるのだが、この反復＝欲動はまったく同時に以下のことを含意していた——「シニフィアンが意味作用の秩序の中核に、空虚で恣意的な文字、意味が隠蔽しようとする意味作用の非意味の下層を保持するのとまったく同じように、意味が意味を失う場所を欲動は保持する」。これは物語の意味作用が「抑圧したものの回帰」の可能性をその内部に宿すことを意味する。ここに見るべきは、以下のような議論であろう。イーデルマンがクイア的に介入する「再生産的未来主義」とは、欲動的な反復によって無限に再構築される幻想としての物語＝歴史（の連続性）であるのと同時に、それとまったく同一の力学（欲動＝反復）によって、その中核に或る非意味でしかあり得ぬ「空虚で恣意的な文字」が露わになる言語的な過程でもある。あるいはむしろこう論じるべきか。「政治」とは物語＝意味作用のこの否定性を抑圧する欲望の実践（幻想）であるが、その欲望の言説（物語）化それ自体が、そこに決して存在してはならぬ「もの」を不気味に回帰させてしまうと。イーデルマンはこう記述する――「しかしながら、［意味を］実現しようとする不断の運動を、それによって構築されるものを破壊する意志、ゼロから［ex nihilo］開始する意志と引き離すことはできない。というのも、死の欲動とは、シニフィアンの到来がもたらす喪失、現実界の喪失を通じて象徴界が孕むことになった過剰の印となるからである」(9)。

したがって、イーデルマンはクイアをこう表象する――「クイア性とは、それゆえに、なにかである［being］とか、なにかになる［becoming］では断じてなく、むしろ、象徴界に内属する現実界という残余を体現するもの［embodying］である。ラカンの記述にしたがえば、この名づけ得ぬ残余の一つの名前は、享楽［jouissance］であり、ときに英語で enjoyment と訳されるが、これは快感原則の彼岸への運動である」(25)。むろん、この過剰は物語の快感原則、語る欲望＝興奮の放出を無効にするばかりか、物語る行為（政治）それ自体の不可能性の印となる。このクイア性は快感原則の彼岸であるのと同時に、「政治」＝「生産的未来主義」の彼岸でもある――「私が解釈するに、クイア理論とは、政治の向こう側［the "other" side］の印となるのであり、この彼岸にあって物語の実現と非実現が重複し、その生命化のエネルギーは自らを破壊する方向となる」(7)。

テクスト的なクイア性をめぐるイーデルマンのこの議論は、彼を高く評価する精神分析的クイア理論家として名高いレオ・ベルサーニの著書『フロイト的身体――精神分析と美学［*The*

Freudian Body: Psychoanalysis and Art』の以下の一節を想起させる。それは「或るタイプのテクスト的崩壊」(10) をめぐる記述である。

おそらくエクリチュールが、私たちが文学と呼ぶ運動として作用を開始するのは、これから定義することになる或る特有な類の反復的な執拗さによって、それが自らの陳述を蝕み、それによっていかなる解釈をも阻むときであるのだろう。しかしながら、私は、この美学化の運動を「形式の生成」とは呼ばずに、形式それ自体の転覆、あらゆる強制的な言説が及ぼす形式への誘惑に抗う或る種の政治的抵抗としてさえ見なすことになるだろう。(10–11)

つまり、ベルサーニのフロイト読解が強調するのは「フロイトにおける理論的な崩壊の瞬間を、敢えて精神分析的な真理と私［ベルサーニ］が呼ぶものと分離することができない」ということであり「理論を遂行するただなかで自己崩壊、自滅をしていく」(10) フロイト的言語＝「身体」である。この「フロイト的身体」は、先ほど見たイーデルマンの次の陳述と呼応している——「クイア性とは、それゆえに、なにかである［being］とか、なにかになる［becoming］では断じてなく、むしろ、象徴界に内属する現実界という残余を体現するもの［embodying］である」。このように、フロイト的精神分析にあって、真理をめぐる言説の再生産過程が、まったく同時に自己破壊過程を演じてしまうこのテクスト的な苦境（身体性）は、イーデルマンが「生産的未来主義」という「強制的な言説」への「政治的抵抗」たるクイア性、別言すれば「[意味を]実現しようとする不断の運動を、それによって構築されるものを破壊する意志、ゼロから[ex nihilo]開始する意志と引き離すことはできない」と彼が呼ぶテクスト性と同断ではないか。ここでいうクイア性とは、支配的かつ「強制的な」言説の再生産過程が、その自己解体の可能性をその内部の宿してしまう、一種の脱構築的なテクスト再／脱生産過程のパラドクスと解することができる。そして、ここでいわれる「ゼロから[ex nihilo]開始する」が、物語の内部に「物語以前」が回帰してしまう、あのブルックスが記述するようなテクスト的な死の欲動の印となっているのではないか。この物語の零度とは、あらゆる生命体の未来の目標であるフロイトのメタ生物学的思弁の対象たる「生命以前」を連想させる。政治という不断の再生産的未来主義の未来は、その再生産的な主体そのものの無化と分離することはできない。生殖に連なる隠喩を使用すれば、このクイア的な言説構造はその結末＝未来にいかなる成果＝結実＝果実をも実らすことはない。

逆／転移

これまで獲得した視点から、物語を駆動する死の欲動をめぐり「転移[transference]」あるいは「逆転移[counter-transference]」という精神分析の臨床的概念を導入してみたい。ピーター・ブルックスの議論に戻れば、彼はジョウゼフ・コンラッドの『闇の奥[*Heart of Darkness*]』

の語りの構造に関して、語り手と聴き手の関係性に着目し、それを「汚染［contamination］」（218）と呼びながら一種の転移関係として読み解いている。どういうことか。ここで思い起こすべきは、この物語の主要な語り手であるマーロウが、宵闇迫るテムズ川河口付近の船上で同業者の船乗りたちに語って聞かせるのが、「闇の奥」と表象されるアフリカ奥地でのカーツの外傷的な体験である点であろう。ではなぜ「汚染」であるのか。ブルックスは、（カーツの）語りが（マーロウの）語りを誘発し、かくして語りが伝播していく過程を「物語のウィルスが伝染し、語り継ぐという熱病のような欲求が生まれる」（221）と表する。ここで第一に問題となるのは、ブルックスがいうように、カーツ自身が自らの外傷的体験を語ることに定義上挫折していることであり――外傷は語り得ない体験であるがゆえに外傷となる――この物語的欲望の伝播＝転移の起源が、一連の物語の「外部」に存在するということである。それをブルックスは、起源たるべきカーツの語りの「背後にある無［the nothingness of that behind］」（252）と呼ぶ。つまり、『闇の奥』というテクストの中核には「闇の奥」と表象される物語の外部（語り得ぬ外傷的な核）が否定的に存在し（物語の中核にその外部が穿たれる）、それを「物語以前の」起源としていわば遠心的に語りの欲望が転移していくといってよい。それはカーツからマーロウへ、そしておそらくはマーロウの聴き手へ（マーロウの語りは聞き手の一人である語り手の語りの内部に引用符によって収容されている）さらにその欲望はテクストの読者へと転移していく（かくいう本稿の筆者は期せずしてその感染を被っているのだろう）。

これはブルックスの読解から得られる視点であるが、むしろこの遠心的な語りの転移と同時に問題にすべきは、求心的であってその意味で「逆転移」ともいうべき物語の情動的な強度ではないか。『闇の奥』と同様にコンラッドの『ロード・ジム［*Lord Jim*］』は、この求心的かつ逆転移的な物語的欲望（あるいは欲動）によって構造化され駆動されている。『闇の奥』と『ロード・ジム』の語り手であるマーロウは、前者ではカーツの、後者にあってはジムの外傷的な体験をめぐる語りの中核――テクストの中核に穿たれた語り得ぬ「外部」と解すべき「無［nothing-ness］」――の強度に否応なく巻き込まれていく。その次第と詳細は、精神分析家が患者の過去の外傷的体験に自らのリビドーを備給していく臨床的現場を想起させるものである。

フロイト自身、この逆転移が精神分析的な臨床を根底から無効にしてしまうことを警戒していた。一九一〇年出版のフロイトの論考「精神分析療法の将来の見通し」から引用する。

私たちは患者の影響のせいで医者の無意識的な感じ方に生じる「逆転移」に注目するに至りましたが、できれば、医者は自分自身の内にあるこの逆転移に気づいてこれを制圧しなければならないという要求を掲げたいと考えています。多数の人々が精神分析を行い、自分たちの経験を互いのあいだで交換しあうようになって以来、私たちは、いかなる精神分析医といえども、自分自身のコンプレックスや内的抵抗が許容する範囲でしか進んでいけないことに気づきました。それゆえ、精神分析医には、その活動をまず自己分析から始め、患者を相手に自分の経験を積みながら、絶えずこの自己分析を深めていくように求めているのです。このような自己分析で何ひとつ成果をあげることのない人は、自分には患者を分析的に治療する能力がないことをあっさりと認めてもらわなくてはならないでしょう。（195-196）

徹底操作＝自己分析をしていない無意識ゆえに、医者が患者の外傷をめぐる語りに巻き込まれていき、そこに無自覚にリビドーを備給してしまった結果、治療が成立しないことをフロイトは警戒している。したがって、医者は自らの逆転移が帯びるリビドー的な強度と内実を意識化し管理をしなくてはならず、それができなければこの医者の分析は、自己の無意識的葛藤をめぐる同語反復的かつ自己言及的なモノローグを超えることはない。そこに患者の側からの医者への転移が生じてしまえば、そこにあるのは、ほとんど鏡像的な両者の無意識の出口（治癒）なき相互作用でしかあり得ない。

自己分析なき逆転移が精神分析的な治療を破綻させてしまう危険性を知悉していたフロイトは、この引用箇所で実際に治療をする分析医に警鐘を鳴らしているわけだが、逆転移なるこの間主観的な心的強度は精神分析という言説内部にあっても十分に説明のつかぬ現象となっている。そのためか、患者から医者への転移は、精神分析の理論と臨床における主要概念として扱われるのだが、医者が患者の無意識に巻き込まれてしまう逆転移についての言及は、フロイトの全著作にあってわずか数箇所となっている。いわば、この逆転移は、フロイト的テクストにおける「闇の奥」ともいうべき領野となっていないか。

ここでブルックスの所論に戻れば、語りが遠心的に連鎖する「転移」と、逆に語りが物語の中核にある外傷的核（テクスト内部に穿たれた外部）たる「無」に吸収されていく「逆転移」ともいうべき求心的な物語的運動によって同時にかつ二重に構造化されているのが、コンラッドの『闇の奥』と『ロード・ジム』であるという立論がここで成り立つ。これらのテクストにおける転移とは、「起源」たるカーツ＝ジムによる語り（の内部にある外部）――ここでブルックスのいう「物語以前の時間」たる「物語不能な領野」を思い出そう――からマーロウへの物語的欲動の伝播＝感染、さらにそれが遠心的に彼の聴き手において語りの欲動を惹起、再生産していくことを意味する。この物語の再生産過程は、その「未来＝結末」に物語的欲望の十全なる成就、つまり、語り得ないものを語る不可能な享楽を目指すのだが、それは定義上挫折する。それゆえに、この転移的な物語の再生産過程は（生殖をめぐる隠喩系においていえば）その未来にいかなる「果実」を実らせることがないばかりか、すべてを語り尽くすことにより、その内部の「緊張＝興奮」を減少（あるいは無化）することも叶わない。語り得ない物語の外部を起源とするこの転移構造は、その起源（零度）に回帰するという不可能な欲動に駆動されつつ、最終的な語りの担い手（すべてを語り尽くす者）を永遠に未来へと繰り延べていくことより、その内部の緊張＝興奮を募らせていくばかりとなるだろう。この欲動の反復においては、物語の「未来」はいかなる結論を生み出すことはなく、イーデルマン的なクイア性を体現するこの「不毛性」により、彼が標的とする「再生産的未来主義」は根底から頓挫させられることになる。
それと同時にコンラッドの『闇の奥』と『ロード・ジム』は、その語りの求心性的な方向性を組織する逆転移的な欲動に貫かれて、ひたすらカーツ=ジムの語りの中核にある外傷的外部――語り得ぬ無=nothingness――に物語的なリビドーを備給し続けるものの、その物語の目標=未来である「始まり以前の時間」に到達することは定義上不可能である。目標=結末は始まり以前にあるのだから[the end is a time before the beginning]この物語的欲動は、その始動と同時に根源的な不可能性を宿命づけられている。ここにおいても、物語的な零度=無を希求する「快感原則」によって、物語内部の興奮=緊張はいや増していき、その強度はその「彼岸」へと増殖し続ける。結局のところ、コンラッドの『闇の奥』と『ロード・ジム』は、転移=語りの遠心性と逆転移=語りの求心性を同時に実践しながら、「快感原則の彼岸」に思弁される死の欲動を体現する「フロイト的身体」としてのテクスト性を露わにしていくばかりである。ここにあるのは、原理的な水準での物語構造の不可能性であり、もしベルサーニがいうように、それが「文学」と「政治的抵抗」を生成する契機となるのならば、私たちの主題――物語と死の欲動――は一般に考えられている以上の重要性を獲得することにならないだろうか。

*ここで展開された議論の一部は、以下の題目で以下の国際会議において口頭発表された。"Empathetic or Counter/Transferential Narrative: Pre/Post-Freudian Language in Joseph Conrad" Modernism and Empathy: An International and Interdisciplinary Conference (The Education University of Hong Kong) 二〇一八年六月一五日。また、英語文献からの引用は、拙訳である。

引用文献

Bersani, Leo. *The Freudian Body: Psychoanalysis and Art*. Columbia UP, 1986.
Brooks, Peter. *Reading for the Plot: Design and Intention in Narrative*. Harvard UP, 1984.
Edelman, Lee. *No Future: Queer Theory and the Death Drive*. Duke UP, 2004.
ジークムント・フロイト「快感原則の彼岸」『自我論集』中山元訳、ちくま学芸文庫、一九九六年。
――「精神分析療法の将来の見通し」『フロイト全集』11巻、高田珠樹訳、岩波書店、二〇〇九年。

ポストアウシュヴィッツ文学の可能性
――修辞がつなぐホロコースト、植民地主義、ヨーロッパの日本人留学生――

小林英里

はじめに

テオドール・アドルノ（一九〇三年生―六九年没）は「文化批評と社会」（一九五一年）の末部で、以下のように述べている。

今や文化批評は文化と野蛮の弁証法の最終段階に直面している。アウシュヴィッツ以後に詩を書くことは野蛮である。これは詩を書くことがなぜ不可能になってしまったかという認識さえをも浸食している。絶対的な抽象化は、かつては自己の一要素として精神的な前進を前提としていたが、今では精神をのみ込もうとしている。自己満足的な態度で静観している限りもはや批判的精神はこれに太刀打ちできない。(34)

アドルノの有名な一句――「アウシュヴィッツ以降に詩を書くことは野蛮である」――の前後部分である。ここでは「文化と野蛮の弁証法」という表現に着目して一解釈を試みる。冒頭の「弁証法」という記述から、「文化」と「野蛮」が同レベルの概念であることが示唆される。しかし末部での否定的な意味合いから引き出されることは、通常の弁証法的発展でなされるべき「止揚」が、アウシュヴィッツ以降の「詩」(人間の文化的活動全般と同義)においては達成され難いという点ではないだろうか。人類の文明発展の昇華点であると考えられていた二〇世紀は、同時に、全体主義やナチズム、ホロコースト、そして原子爆弾という「野蛮」をも生んでしまった。こうした「文化」と「野蛮」との親和性を知ったあとでは、無批判な態度で詩を書くことは不可能である。アウシュヴィッツ以降に文化活動に携わる者たちは、誰もがこの「文化」と「野蛮」の親和性を自覚したうえで創作活動をおこなわなくてはならない。

二〇世紀後半以降、アドルノのこの批判的警句に反応／反発するかたちで、さまざまな「アウシュヴィッツ以降の」詩や文学や映像作品が生み出されてきた。英米詩からそれぞれひとつだけ例を挙げる。英国北部の工業都市リーズに、パン職人の両親のもとに生まれたトニ・ハリソン(一九三七年生)には、「一九四五年八月に寄せたソネッツ」(196-203)という詩がある。連合国軍の対日勝利を記念しての「オケイジョナル・ポエム」である。もちろん単純に勝利を寿ぐ詩ではなく、イングランドの一都市における市井の人々の描写を通じて、かれらの日常生活に戻る喜びをこの詩のなかに読みとることができる。同時に、原爆投下によって引き起こされた連合国側の人々の罪悪感や後悔に似た感情までも読み込めるのだ。他方で、大西洋を超えれば、フェミニスト批評家のスーザン・グーバー（一九四四年生）は『アウシュヴィッツ以降の詩』（二〇〇六年）を著している。親世代が体験した「野蛮」を次世代の現代詩人たちがどのように領有し、再解釈し、最終的に自分の詩として生み出しているのかという点に注目し、シルビア・プラスらの詩を例にとりながら批判的な検証をおこなっている。

本論文ではアドルノの「アウシュヴィッツ以降の詩」という概念を広義に解釈して「アウシュヴィッツ以降の文学」とし、ブラック・ブリティッシュ作家のキャリル・フィリップス（一九五八年生）の作品と、日本人カトリック作家の遠藤周作（一九二三年生―九六年没）の作品を分析の対象としたい。フィリップスが作品内で取り扱うテーマとして挙げられるのは「植民地主義」や「奴隷制」や「黒人離散」などである。本論ではこの「ホロコースト」がなぜ「黒人離散」というテーマも扱われている。しかし一九九〇年代の作品には「ホロコースト」というテーマと並置されて表象されているのかという点を中心に考察したい。他方で、フィリップスは遠藤周作の作品から影響を受けていることをエッセイ集で告白している（『ぼくをイギリス色にして』214）。彼の一九九〇年代の作品においては、修辞のレベルではあるが、遠藤周作の作品と重なる部分が少なくない。欧米での遠藤周作研究においては彼を「ポスト・アウシュビッツの小説家」（カシャ 94）と呼ぶ研究者もいる。本論文では、まずフィリップス作品においてホロコーストと黒人離散表象が並置されるようすを見たのちに、フィリップスと遠藤が共通して用いる修辞を提示しながら、遠藤周作の作品における最大のテーマともいえる西欧文明と日本文化の対比／対立について考察したい。

一 「隠喩的置き換え」の戦略――『ヨーロッパ部族』――

キャリル・フィリップスの『血の性質』では、植民地主義によって余儀なくされた黒人の離散というテーマと併置される形で、ヨーロッパ近代以降のユダヤ人ディアスポラのテーマが取り扱われている。出版直後の書評に、男性黒人作家が「他人の苦しみ［ユダヤ人のホロコースト経験］を自分のものとして表現するのは不適切である」(Mantel 39) というものがあった。

なぜ書いたのだ？セントキッツ生まれのリーズ育ちのキャリル・フィリップスが。これ以前の小説で十分に奴隷貿易を考察してきたではないか。これだって一種の長期にわたるホロコーストであるのに。（略）「誰かがユダヤ人について話をしたら、その人はぼくのことを話しているのだ」とかつて述べたジェイムズ・ボールドウィンに賛同するといっていたらしいが、（略）とんでもない感傷だ。人々の差異を消し去る馬鹿げた言葉だ。（略）他人の苦しみを自分のものとして表現するのは不適切である。植民地主義的な衝動にほかならない。純粋な気持ちからきているのかもしれないが、必要なことはもっと他にある。善意が時として思考を誤らせることもある。人類すべてがユダヤ人なのではないのだ。だからこそホロコース

トが起きたのではなかったか。(39)

黒人はブラック・ディアスポラのみを記述すべきで、ユダヤ人ディアスポラにまで手を伸ばすべきではないという趣旨の非難である。この批判からは、ホロコーストの問題はユダヤ人作家に委ねるべきで、奴隷制の問題は黒人作家に、ジェンダーの問題は女性作家に任せるべきだというアイデンティティ・ポリティクスの網に『血の性質』という小説が絡めとられてしまうようすを見てとることができる。あるいは最近の文化批評における傾向、つまり「虐殺の歴史を扱う際、民族や文化の境界線にそって記憶を区画化する傾向」(Silverman 4)をマンテルの書評に読みとることも可能だろう。さらには、ホロコーストとはあまりにも悲惨で特異なものであるがゆえに、史上ほかのどの残虐行為とも比べることができない、という虐殺に優劣をつける考え方が、この批判には内包されているようにも思える。

このように「わたしの記憶」の承認のためには「わたし以外の人の記憶」が排除されるという可能性は十分考えられる。マイケル・ロスバーグは『多方向の記憶』(二〇〇九年)において、個人や集団の記憶を新しく捉え直そうという試みをおこなっている。ホロコーストを含めた集団的記憶を「競争的な記憶」(3)ではなく、つまり「限られた得点を求める零和のゲーム」(3)ではなく、「多方向の記憶」(3)として捉え直すことを提唱しているのだ。この多方向な記憶は、「絶えざる交渉やクロスレファレンスや借用がおこなわれ、閉鎖性ではなく多産性」(3)を特徴とする。ロスバーグのいう多方向の記憶においては、ある歴史がほかの歴史を排除することはなく、歴史に優劣がつけられることもない。ロスバーグいわく、「地球規模でのホロコーストの記憶の出現は、承認を求める競争のなかで、ほかの歴史の記憶を隠蔽してきたのではなく、じつはほかの歴史の可視化に貢献してきたのだ。ほかの歴史には、奴隷制といったナチスによる虐殺より以前のものもあれば、アルジェリア独立戦争のようにナチズム以降のものもある」(6)。このようなホロコーストの捉え直しができるのであれば、集団的記憶をある特定の集団内にとどめるのではなく、より世界に開かれた、それゆえ可変性の可能性をもつ、新しい集団的記憶として再生することが可能であるかもしれない。

本節では、なぜフィリップスが植民地主義とホロコーストを並置して語るのか、その理由について考えてみたい。キャリル・フィリップスの作品の特徴として「断片性」や「異種混交性」や「語られてこなかった歴史の再記述」などが挙げられるが、彼にとってこれらはすべてヨーロッパ的主体の突出性を突き崩すための手段であって、「脱構築」の手段あるいは「相対化」の手法であるともいえる。

そもそもフィリップスが最初に著した作品が「欧州的主体」対「植民地の他者」という二項対立を崩して相対化を試みたものだった。ヨーロッパを世界中に存在するうちの「ひとつの」部族と捉えた処女随想集『ヨーロッパ部族』では、例えば「パリの秋」「アンネ・フランクのアムステルダム」「ゲットーにて」という章タイトルから明らかなように、若い頃にフィリップスが訪れた欧州の国々や都市のようすがそれぞれ並置される形で語られていく。この随想集においては、ヨーロッパ大陸のそれぞれの国々の人々がまるでひとつひとつの部族であるかのように相対化されて記述されている。

こうしたフィリップスの相対化への志向の影には、カリブからイギリスへ渡った第一世代の移民を両親を持ち、一九六〇年代の白人労働者が多く居住するイギリス北部の工業都市リーズで育ち、一九七〇年代はじめに白人エリートの集うオクスフォード大学へ進学したという彼の生い立ちがあるのだろう。「黒人でありながらイギリス人であるという文化的混乱」(『ヨーロッパ部族』2))のなかでリーズ時代を過ごし、「イギリス人であるとつねに感じながらも、時にはやんわりと、ときには直裁的に、おまえはここには属していないよ」(9) といわれながら過ごした大学時代を経て、フィリップスは「自分が何者で、何をやってきたか理解するためには、不可避にも、ヨーロッパを理解しなくてはならない」(9) と悟る。欧州の国々は「みな共通で包括的であるが、同時に欧州以外は排除する文化」(9) をもっているように彼には思えたからだ。欧州の国々が持つ「共有され、ねじれ、互いに織りなす歴史」(9) が問題であると『ヨーロッパ部族』の執筆動機について語っている。

フィリップスがなぜ黒人離散とユダヤ人離散の並置という記述方法を採用したのか、その直接の理由を『ヨーロッパ部族』に見いだすことができる。「ゲットーにて」と題されたイタリアのベニスを扱った随筆のなかでフィリップスは，イギリスの公的教育機関のなかでは黒人の歴史がほとんど扱われてこなかったため、代わりにユダヤ人の歴史を自分の歴史と見なそうとしたと書いている。

ホロコーストについて言及するだけで罪悪感から肩をすくめる風潮のあったヨーロッパの国でぼくは育った。何百もの本が出版され、何千もの記事が書かれた。ナチスによるユダヤ人迫害は学校で教えられていたし、大学で議論されていたし、ヨーロッパの教育の一部になっていた。子どもの頃、ぼくにとっては反友好的と思えるこの国では、ユダヤ人は搾取と人種主義に関連して議論されている唯一の少数民族だったので、当然のことながらぼくは彼らに同一化した。（略）植民地主義という非道な行為、近代アフリカの略奪とレイプ、南北アメリカ大陸への二百万人もの黒人の輸送およびそれに続く隷属状態は、カリキュラムにはなかったし、テレビの画面にも出てこなかったことは確かだ。（略）ヨーロッパに居住する黒人としてフランツ・ファノンが記した一九五二年の言葉をぼくは忘れない。「ユダヤ人を罵倒する言葉を耳にしたら、注意しなさい。その言葉は君に対して向けられた言葉でもあるのだから。」(54)

黒人の歴史が教育機関のカリキュラムからは外されていたがゆえに、その置き換えとして、フィリップスはユダヤ人の歴史を自分の歴史であると思い込もうとした。さらにファノンの言葉すら引いて、ユダヤ人への差別は、すぐさま、黒人への差別となることについても言及されている。上記引用文で機能している思考方法は、「隠喩的置き換え」である。「隠喩」(metaphor)とは、例えば“My love is a red rose”というように、「わたしの愛」イコール「赤いバラ」となり、この「赤いバラ」以外の選択肢は消え去ってしまう。ここには「置き換え」(replacement)のロジックが働いていると考えてもよいだろう。上記引用文では「黒人の歴史」の代わりに「ユダヤ人の歴史」が用いられることで置き換えがなされることになる。重要なのは、この置き換えによって従来からある「植民者イギリス」対「非植民者アフリカン・カリビアン」という二項対立が、「ユダヤ人離散」という項目が加わることでズラされ、結果的に二項対立が崩されているという点である。

この「隠喩的置き換え」の思考方法は、フィリップスが十代の少年だった頃に初めて書いた物語にまで遡ることができる。同じく『ヨーロッパ部族』に収録されている「アンネ・フランクのアムステルダム」には、フィリップスが一五歳の頃に「世界の戦争」というテレビ番組を見たときのことが記載されている。その日の番組ではナチスによるオランダの占領とその後のユダヤ人について扱われており、フィリップスは「当惑しながらも魅了された」(66)という。ダビデの星を身につけるようにいわれたユダヤ人たちが逆らわずにそのようにするようすをみて彼は、「ユダヤ人はほかの白人の人々と全く同じように見えたので、ぼくはヨーロッパにおける自分の立場を考えた。……もし白人の人がほかの白人の人にあんなことができるのなら、ぼくには一体どのようなことをしてくるだろうか」(67)。

その番組を見終わるやいなや、彼は物語を書き始める。次の物語である。

アムステルダムに住む一五歳くらいのユダヤ人の男の子が、黄色いダビデの星を身につけたくないといって両親と口げんかをする。ほかの人々と自分は何ら変わらないとその子はいい張るのだが、しかし両親は許さない。ついにドアにノックをする音が聞こえて、一家は「再定住」のために動物用の貨車に乗せられる。途中でその子はなんとかその貨車から飛び降りるのだが、その際に頭を打ってしまう。その子は血を流したまま地面に横たわっている。が、そのダビデの黄色い星が、やがて親切な農民の目にとまる。その男の子は農家に連れて行かれて助かるのだ。(67)

十代の少年だった頃にすでにフィリップスは創作活動をおこなったが、その物語は黒人ではなくユダヤ人の男の子を主人公とするものである。公的な場での黒人表象の欠如から、その代わりとして、ナチスによるユダヤ人への迫害の歴史を黒人への迫害の歴史と同一視しようとした。自己の物語を語りたいと思った瞬間、かれが採用したのは「隠喩的な置き換え」の思考方法であり、その内容は黒人離散ではなくホロコーストだったのである。

二　絡み合う三つの物語――『血の性質』――

フィリップスの一九九七年の小説『血の性質』は批評家リーデントがいみじくも述べているように「迷宮のようなテクスト」（135）である。扱われている時代は一五世紀から二〇世紀までにいたる五百年間にも及ぶ。他方で取り扱われている場所はキプロス島、ベニス、ドイツ、アウシュヴィッツ、ロンドンなどの複数の国々や都市である。語りも第三人称のナレーターのときもあれば、登場人物の一人による第一人称の語りのときもあり、百科事典の項目をそのまま直接引用した部分もあれば、歴史文書らしきものがなんの説明もなく記述されている部分もあり、さまざまな語りとなっている。異種混交のテクストであるといえる。

しかしやみくもに複数の物語を並べただけのテクストではもちろんなく、大きく分けて三つの物語が「ねじれ合うかのように、より合わさっている」（加藤　195）。章分けはされてはいないものの、それぞれの物語が変わる部分では毎回五行ほどの空欄が設けられていて、また各物語の中で場面が変わるときには三行ほどの空欄が設けられている。こうした空欄を頼りにして、わたしたち読者は物語が移り変わるのを見極めながら、この迷宮のように複雑なテクストを読み進めていかねばならない。

三つの物語とは、第二次世界大戦中のホロコースト生存者のエヴァの物語、ヨーロッパ中世末期のベニス近郊のポートヴュフォーレでのユダヤ人迫害事件、そしてルネサンス期のイタリアベニスでのムーア人将軍オセロのデズデモーナとの結婚と、夫婦のキプロス島での滞在にまつわる物語である。フィリップスは黒人への差別迫害の歴史とユダヤ人迫害の歴史をより合わせて描いているのである。時代を隔てた、しかも複数の場所が舞台となるこれら三つの物語はそれぞれ独立して描かれてはおらず、まるで大きな物語の一部であるかのように描かれている。こうした記述方法により、ホロコーストが特異な条件下で偶然生まれた二〇世紀半ばの特別な出来事なのではなく、ヨーロッパのユダヤ人と黒人をめぐる複雑で絡み合った歴史の必然の結果であるかのようにわたしたちには理解されてくる。ホロコーストが相対化されているのである。さらに近代ヨーロッパにおける黒人への差別の歴史は、古代以来のユダヤ人離散の歴史と何ら変わりがないことも示唆されており、黒人離散の歴史のほうも相対化されているといえる。

つまりフィリップスはこの小説のなかで、「近代ヨーロッパ的主体」対「黒人という他者」という二項対立を「ユダヤ人ホロコースト」という第三のカテゴリーを導入することでズラしているのみならず、ナチスによる「ホロコースト」という確かにその残虐さを想像することすらできない非道行為の突出性や特異性をも、逆に「黒人離散」というテーマを並置することで相対化している。このため、例えばマンテルのような批評家からは批判を浴びることにはなったが、いかなる差別も離散も特別視しないし突出させないという徹底した相対化への志向をわたしはこの小説に読みとる。ここに批判を覚悟で自分の信念を貫いて自己の思想を描く作者の姿が、浮き彫りになっているのではないだろうか。

さて、その三つの物語のなかで比較的筋がたどりやすいのは、第二次世界大戦中のユダヤ人ホロコーストを扱った部分である。ドイツに住んでいたエヴァ・スターンはナチスによる迫害によってアウシュヴィッツ絶滅収容所とベルゲン＝ベルゼン収容所という二つの収容所を体験し生き延びる。解放してくれたイギリス軍の男性を追ってロンドンへ渡るものの、彼に妻子があることが判明し、精神病院で自殺する。ホロコーストを生き延びた「生存者」が、戦後に自殺するというプロットは、イタリア系ユダヤ人のプリモ・レービの人生を読者に強く連想させる。「インターテクスト性」の技法を思わせるのはこの点ばかりではない。エヴァの姉は名前をマーゴといい、エヴァと両親はアウシュヴィッツへ送られるものの、マーゴだけはユダヤ人をかくまう夫婦の元へ預けられて屋根裏部屋から一歩も出ない潜伏生活をおくる。マーゴの逸話は『アンネ・フランクの日記』（一九四七年）を強く思い起こさせる。（アンネの姉もマーゴという名前である。）しかし、フィリップス版のマーゴは、かくまっている夫婦の夫にレイプされる。レイプが複数回におよぼうかというときに、マーゴは大声を出す。そのことが意味するのは、自分とその夫婦が連行されるということだったが、マーゴはレイプされ続けるよりはむしろ収容所行きを選ぶ。マーゴの最期について小説は「マーゴは祖国ではない国で冷たい鉛色をした朝に死亡した」（174）と記載しているだけである。何の感情を持たない乾いた語りが採用されていることで、読者にはマーゴの悲劇がより一層鋭敏に感じとられるのではないだろうか。

二番目の物語は一四八〇年三月にベニス近郊のポートヴュフォーレという村で起きたキリスト

教徒の子どもの失踪にまつわるものである。当時のこの村では飢饉や疫病が落ち着き、トルコとの戦争も終結し、村の女性たちは男性たちが帰村するのを待ちわびている状況であった。この村は地元の行政や商業の中心地でキリスト教徒の人々によって占められていたが、ユダヤ人地区の「ゲットー」もあり（「ゲットー」という語の発祥地はベニスのある村だという百科事典らしきものからの引用が一六一頁にある）、かれらは金貸し業を営んでいた。ゲットー地区のユダヤ人指導者はセルヴァディオとモーゼスである。ある日、村の鍛冶やが外国語なまりのある子どもに「ユダヤ人のセルヴァディオの家はどこか」(49) と尋ねられる。のちにその子は行方不明になってしまう。ユダヤ教の「過越の祭」の際にキリスト教徒の子どもの血が酵母の入っていないパンに混ぜられて食されるといわれてきたことから、その子はセルヴァディオらユダヤ教徒の犠牲になったのではないかという噂がポートヴュフォーレの村ではまことしやかにささやかれるようになる。しかし噂でしかなかったこの言説は古くからのユダヤ人への偏見とあいまって、しだいに「真実」とされていく。セルヴァディオとモーゼスらユダヤ教徒三人が逮捕され、不公平な裁判ののちに極刑を言い渡され、刑は執行される。

シェイクスピアの『ベニスの商人』（一五九四―九七年）を彷彿とさせる逸話である。フィリップスのこのポートヴュフォーレにまつわる物語部分では、第三人称のナレーターによって一見したところ「客観的」に史実が語られている。ひとまずこのナレーターが信用できるか否かは考慮せずに、この部分が描いているヨーロッパの人々がユダヤ人に抱いていた偏見に関して確認しておきたい。第三人称のナレーターによると、この村のユダヤ人はもともとドイツのケルンに居住していたが、迫害により追放され、一四四二年にこの村に移住してきた。かれらはキリスト教徒とは異なった風習を維持し、「異邦人として村にたどり着き、異邦人としてとどまった」(51)。ポートヴュフォーレの村を管轄するベニスの大審議会はこのユダヤ人たちを狡猾にも利用していたようである。キリスト教徒の間では禁じられていた金貸しという仕事に従事して抵当をとり高い金利を得ていたユダヤ人は、当然のことながらキリスト教徒の間では嫌われる存在であった。しかし村のキリスト教徒で困窮の際に「借金を申し込まぬものはいなかった」(53)し、ベニスの上流階級も東方への商業を続けるためにユダヤ人の資金を必要としていたうえに、かれらの金貸し業で得た利益の一部は税金として収められていたがゆえに、ユダヤ人は地域社会にとっては欠くことのできない存在でもあった。しかしかれらはゲットー地区に押し込められるということから明らかなように「必要とされてはいるが、あらかじめ排除される」(Spivak 117)存在であり、つまりはベニス社会ではユダヤ人は「他者」であったと指摘できる。

三番目の物語は、ポートヴュフォーレ逸話と同時代に設定されベニスで展開されるオセロとデズデモーナの物語である。ただしシェイクスピアの『オセロ』(一六〇二年)の物語よりも前の段階を扱っている。フィリップス版のオセロはアフリカの「ヨルバ族」(181)の出身の男性である。王族の血筋を引いているものの、妻と子を故郷に残し、将軍としてトルコ軍と戦うためにベニスへやってきた傭兵という設定である。雇い主であるベニスの元老宅を訪れた際に、元老の娘デズデモーナと出会い、恋に落ち、密かに結婚し、その結婚後すぐさまキプロスへ船出する。トルコ軍が嵐で遭難したことが判明するとキプロス総督に着任し、妻をキプロスに迎えるまで彼の地で待つという物語である。しかし作中では時系列とは逆の順序で、オセロの第一人称の語りで語られていく。時折フラッシュバック・シーンが織り交ぜられている。

これらの三つの物語のうち、ポートヴュフォーレとオセロの物語は同時代の設定となっているため、後者の二つの物語をつないでいるのは「ベニス」という場所である。エヴァの物語では、「キプロス島」がオセロの物語とのつなぎの場として機能している可能性がある。作品のプロローグとエピローグにエヴァの叔父ステファンが登場する。ステファンはイスラエル建国に尽力し、プロローグでは建国前夜のキプロスでの難民キャンプでの逸話が盛り込まれている。エピローグでは五〇年後にステファンがイスラエルでエチオピア出身の黒人ユダヤ人であるマルカと出会い、そして別れるようすが扱われている。このエチオピアの黒人ユダヤ人は古代北アフリカ人の末裔で、農業や織物を生業として、近代社会とは隔離された環境の中で生活してきたのだが、一九八〇年代にイスラエルが半ば強制的にかれらを「空輪」(203) し、現代社会へとある種のタイムトリップをさせたともいえる。かれらはイスラエルで最貧民層とされている。このように「ベニス」と「キプロス」という場所が本小説では複数の時代をつなぐ役割を果たしているのだ。

三　「換喩的連想」の戦略——『血の性質』における他民族連結の一方法——

第一節でみたように、公的な場での黒人表象が欠如していたために、フィリップスは代わりにユダヤ人の迫害の歴史を黒人への迫害の歴史とみなそうとした。その際に機能していたのは「隠喩的な置き換え」の思考方法であった。これに対して『血の性質』という作品内でさまざまな時代や民族や場所をつなぐために用いられているのは「換喩的な連想」という修辞方法である。「換喩」(metonymy) とは例えば"the crown"で"the king"を示すように、そこに働く思考機能は連想 (association) である。作中にいくつかの際立つイメージをところどころに配置することによって、複数の時代や場所や複数の先行する物語をつなぐことができるのだ。この「換喩的な連想」は、章分けされていない二百頁近くあるこの小説にある程度のまとまりを持たせることにもつながり、時代も場所も異なった設定の複数の登場人物の複数の物語を語るための小説技法となっている。

『血の性質』には優勢なイメージがいくつかある。例えば「血」「煙」「灰」「川」などだ。一般にアウシュヴィッツを扱った文学やホロコースト作品においては、ユダヤ人の死体の焼却の隠喩として「灰」が頻繁に用いられるが、これがアウシュヴィッツ絶滅収容所場面以外で用いられる場合には、この「灰」のイメージは換喩として機能する。つまり、例えば「雪」を見た登場人物が「灰」を連想し、そしてそこからさらに「焼却された死体」を、そしてそこからまたアウシュヴイツ絶滅収容所そのものを連想していくわけである。『血の性質』におけるわたしのいう「換喩的連想」とは、この「灰」を用いた表現が作中のほかの時代のほかの登場人物たちをつなぐ機能を果たしている点をさしている。

一例として「煙」のイメージを見てみたい。ポートヴュフォーレの物語の処刑のシーンではセルヴァディオが火刑に処されるのだが、小説は以下のように表現している。「そして一陣の風が煙を吹き飛ばし、炎を一層燃え立たせた」(155)。のちのアウシュビッツに動物輸送用の貨車で運ばれたあとで、プラットフォームに降り立ったヒロインのエヴァは「向こうの煙突から煙が出ていた。甘い香り」(164)とつぶやく。さらに収容所内で仲間のユダヤ人たちの死体を焼く「ソンダーコマンド(特別部隊)」として働くエヴァを描写した場面では、「死体を焼く」仕事によって正気を失いつつあるエヴァのようすが「かれら」「わたし」「彼女」というように主格の混在によって描かれたのちに、山積した死体を表すのに「煙」という表現が強調されて用いられている。次の場面である。

今日かれらは死体を焼き続けた。(わたしは死体を焼く。)焼けていく死体。最初彼女は火をつける。ガソリンを注ぎ、松明を掲げ、そして火葬燃料に火をつける。火が十分回るまで待つ。そして煙が上がるのを待つ。服を着た死体は焼けるのが遅い。腐敗した死体もそうだ。心の中で彼女は泣く。死んだばかりの裸の死体。ああお願い。女性と子どもは男性よりも早

く焼ける。死んだばかりの裸の子どもは最も焼けるのが早い。（略）悪臭と煙からくる喉のひどい渇き。（171）

このように「煙」を表す修辞がポートヴュフォーレの処刑シーンとアウシュヴィッツのエヴァをつないでいる。

次にタイトルにもとられている「血」のイメージを見てみたい。作中最も早く「血」のイメージが出てくるのは、ポートヴュフォーレのキリスト教徒の子どもの「血」をパンに混ぜるという記述部分である（100）。一四八〇年四月一七日、ベニスの官僚であるアンドレア・ドルフィンは大審議会に以下のような書簡を送っている。

すべてのことは去年の九月のある日から始まりました。「過越の祭り」と呼ばれているユダヤ教徒たちの祭りの最中です。ワインを数杯飲んだあとで勢いをつけたセルヴァディオが、ケルンからのジャコベに「イースターの前に、パンにいれるキリスト教徒の子どもの血が必要だ。友よ、君はやり方を知っているだろうから、子どもを用意してくれないか。十デュカティを現金で支払うよ」といったようです。（100-01）

次に見るのは、エヴァが動物用の貨物列車でアウシュヴィッツに送られるときの「血」のイメージである。自分と同年齢の少女に生理が始まってしまったようだが、もちろん排泄さえバケツのなかでおこなわなくてはならない状況であるので、その少女は何もできない。エヴァはその少女とともに恥辱感を味わう。

エヴァはこれから起きることに対して、生き残るくらい強くなれるかどうか考えた。両親を見てみると、これまで彼女が目の当たりにしたこともないようすでお互い身を寄せ合って眠っていた。その顔には眠りですら拭うことのできない疲労が刻み込まれていた。そしてエヴァは自分と同い年くらいの、少し年上かもしれない少女に目を留めた。生理だったが、もはや彼女は血を隠そうとはしなかった。誰よりもこの少女にエヴァは屈辱の瞬間を読み取った。糞尿と吐瀉物がしみこんだ藁のなかで、社会的階級はみな消え去っていた。(162)

加藤恒彦のいうとおり、「排泄」とは文明化という観点から「人間と動物を差異化するものである」(239)。上記の貨車の場面では、「人類が築き上げてきた動物との差異化の産物としての文明を否定して」(239)屈辱感と恥辱感をこの少女とエヴァに与えている。

もちろんアウシュヴィッツ収容所内においてもこの恥辱感と「血」のイメージは継続して用いられる。ガス室へ送られる者と強制労働のために生かす者を選別する場面で、小説は「屈辱感」と「血」をことさらに強調している。

わたしは歯医者です。左へ。働ける者の方角。（略）死者の登録。どうぞ右へ。身につけていた服をきちんと掛けなさい。どこに掛けたか覚えておきなさい。フックに掛けなさい。ここにタオルがあります。これが石けんです。（略）服を脱いでください。あなたがたは天国へ行くのですよ。生理ナプキンが取り剥がされる。至るところに血が。恥。恥。（163–64）

アウシュヴィッツ絶滅収容所を生き残り、ベルゲン＝ベルゼン収容所でイギリス軍に解放されたエヴァは、ジェリーというイギリス兵に声をかけられる。半ば冗談でジェリーは彼女にイギリスに来るようにいうのだが、収容所での仕事を終えたイギリス軍は帰還する。一人になったエヴァは自分の居場所が、世界中どこをみても存在しないことに気がつく。そのようななかジェリーの言葉を思い出し、単身海を渡ってロンドンへいく。ジェリーの家のドアを開けると出迎えたのはジェリーではなく、妻であった。帰宅したジェリーはエヴァをパブへと連れだし会話を始めようとするのだが、共通の言葉が見つからない。エヴァは突然「あなたはこんな人ではなかったはずでしょう」（196）と怒鳴りだして、病院へと運ばれる。このときから彼女は「言葉を放棄」（196）する。これまでの体験のトラウマから正気を失ってしまったと考えられる。

入院先の病院でエヴァは自殺をはかる。お見舞いにジェリーが持ってきたケーキを切るためのナイフを密かに入手していたのである。エヴァの担当医の医療日誌では、やはり「血」が強調されている。

はじめは彼女がどこでナイフを見つけたのか分からなかったが、しかし入手はそれほど難しいことではなかったようだ。結局のところ、われわれは彼女に自殺のリスクがあるとは考えていなかったのだから。（略）エヴァは友人のジェラルド・アルストンさんが持ってきたケーキを切るために使おうとしていた。（略）それほど彼女は重篤な症例だとは考えていなかった。ひきつけなどの症状もなかったのだし。しかし悲しいことかな、我々は間違っていた。血がたくさん流れていた。彼女は動脈を切ったのだ。まるで自分でどうすべきか分かっていたかのように。たくさんの血。（187–88）

作中での「血」のイメージは、ポートヴュフォーレからエヴァの最期に至るまで用いられている。「血」という表現を見るたびに読者は、それ以前に出てきた「血」の場面を思い出すことになり、こうした「血」にまつわる表現により、何層ものイメージが読者の中で生み出されて積み重なることになる。小説『血の性質』において「血」という換喩は、ポートヴュフォーレ、オセロ、そしてエヴァにかかわる三つの物語をつなぐ文学的な仕掛けとして機能している。

さらに作中における「血」は、例えばポートヴュフォーレの村のユダヤ人たちを結びつけるものであった。他方で血は、ナチスの政策に明らかであるように、ユダヤ人とほかの民族を切り離す要因にもされた。近代ヨーロッパ以降のパラノイア的な「血」への執着を、わたしたちはこの『血の性質』のなかに読み取ることができるのだ。

四　キャリル・フィリップスから遠藤周作へのバトン・リレー――『留学』――

フィリップスは、二〇一一年出版のエッセィ集『ぼくをイギリス色にして』に収録された「遠藤周作――真の信者の告白（2003）」において、遠藤作品から少なからぬ影響を受けたことを告白している。自分の作品を執筆する際はいつも遠藤周作の作品を、とりわけ『沈黙』を、取り上げて読むそうだが、これをフィリップスは「虹色の作家連盟から成るありえない組み合わせのチームのバトン・リレー」（214）だとしている。一九九〇年代のフィリップスの作品は、比喩表現のレベルで遠藤の『沈黙』（一九六六年）や『留学』（一九六五年）と重なり合う部分が少なくない。

単純にフィリップスによる遠藤周作への言及があるがゆえに、本論文でフィリップスと遠藤の作品を扱おうというのではない。マイケル・ロスバーグの「多方向の記憶」という概念も、マックス・シルバーマンの「パリンプセスト・メモリー」という概念も、最近の一部の「メモリー・スタディーズ」における自閉性を打開するために考案されたものである。本論文で扱う遠藤周作の作品は『留学』に収録された「爾もも、また」であり、この小説は直接に太平洋戦争やナガサキの原爆投下について言及されているわけではないため、厳密な意味で「アウシュヴィッツ以降の」文学という範疇には入らないかもしれない。しかしここには一九五〇年代に欧州へと渡り、圧倒的な文化的差異を目の当たりにしつつも、必死になってなんとかその文化を吸収しようとする人々が描かれている。この作品は、主人公が味わう敗戦国出身者としての劣等感や戦後の混乱期からくる肉体的精神的な貧困状態などを扱っており、その意味においては、太平洋戦争ときわめて関わりの深い作品だといえる。ゆえに直接にホロコーストを描いた『血の性質』と、遠藤の『留学』を並置して分析することは、それほど的外れな読みではないと思う。シルバーマンは、暴力を受けたのちの人間性の回復には、異なった暴力がじつは相互に関連していることを知ることが大切であると、指摘している。

戦後すぐの時期においては、つまり収容所からの帰還者や、起きたばかりの破壊について表現する者たちや、植民地主義によって非人間とされた人々が、人種化された暴力や恐怖について理解しようとしていた時期においては、べつべつの時代に起こった暴力がじつは相互に連結していると認めることは、弔う際、人間性を再び回復するのに重要である。(4)

タイトルが示す通り『血の性質』においては文字通り「血」のイメージが優勢であったが、遠藤周作の『留学』においても「血」は支配的なイメージであるといえる。「血」という「換喩的連想」が『血の性質』と『留学』をつなぐ機能としてはたらいているようにも思われる。一九六五年に出版されたこの小説は三章から構成される。第一章は「ルーアンの夏」と題され、太平洋戦争直後にカトリック教会を通じてフランスへ派遣された工藤にまつわる話である。第二章は「留学生」という題で、一七世紀に留学生としてローマへ渡った荒木トマスに関する物語である。第三章は一番分量があり「爾も、また」と題されていて、一九六〇年代にマルキ・ド・サドの研究をするためにパリへやってきたフランス文学者の田中に関する物語である。いずれの物語もヨーロッパの文明を理解しようと奮闘する留学生たちを扱ったものであるが、かれらは少なからぬ挫折感をそれぞれに味わう。

本節では第三章の「爾も、また」を取り扱いたい。作者遠藤周作と同様に、主人公の田中は肺病を患い、研究半ばで帰国を余儀なくされる。田中は東京の私立大学に勤める教員であるが、在外研究の機会を得てパリへとやってきた。自身の研究対象であるマルキ・ド・サドの研究を深めて、帰国後に博士論文を提出しようと考えていたのである。しかし彼はパリの日本人社会になじめない。同じホテルに逗留する向坂によればパリの日本人には三種類あるという。「巴里にくる日本人には三つの型があるようですな。その重みを全く無視する連中と、その重みを小器用に猿まねする奴と」(96)、そして「そんな器用さがないために、ぼく［向坂］みたいに轟沈してしまう人間」(147) である。向坂は結核のため帰国を余儀なくされる。建築学を学ぶ向坂に連れて行かれたトロカデロの建築・文化財博物館で、田中はこう聞かされる。

疲れるのも当たり前だ。二千年間のあいだにこの国が作り上げた文化を、たかが一年間や二年間で吸いとろうと言うんだから。それがもともと不可能だとしりながら、何一つ見落とすまい、見逃すまいと毎日神経を弓弦のようにピンと張ってなくちゃならないんだし……田中

さん。この病気は結局、この国との闘いでの敗れた哀れな結末ですよ。(147)

向坂の帰国後、田中は孤独のなか研究に没頭する。西欧文明という大きな壁を前に、フランス文学を少しでも理解しようと田中は奮闘するのである。自らの外国文学者という立ち位置も不安定材料であった。つまり自分は何者かというアイデンティティの問題に、つねに頭を悩ませながら研究をしなくてはならなかったからだ。田中は身も心も消耗する。外国文学者とは「創造という仕事をやりはしない。他人の創造を翻訳し、解説するだけである」(227)と劣等感を抱き、外国文学者とは「自分とは異質の偉大な外国精神を目の前において、それとの距離感をたえず味わい、劣者として生きていく人間なのだ」(231)と絶望する。しかし、サドの研究が軌道に乗り始めるようになると、帰国直前に向坂がいった「河」(155)にぶつかってみたいと思うようになる。向坂の言葉である。

田中さん。こんな詰まらん小さな美術館一つに入っても、ぼくら留学生はすぐに長い世紀に亙るヨーロッパの大河の中に立たされてしまうんだ。ぼくは多くの日本人留学生のように、河の一部分だけをコソ泥のように盗んでそれを自分の才能で模倣する建築家になりたくなかっただけなんです。河そのものの本質と日本人の自分とを対決させなければ、この国に来た意味がなくなってしまうと思ったんだ。田中さん。あんたはどうします。河を無視して帰国

しますか。(154-55)

胸に違和感を覚えて病院に行った田中は、レントゲン写真を見た医者から影があることを指摘される。向坂と同じ病気かもしれないと不安を感じながらも、正式な診断結果を待つ間、南仏にあるサドの居城を訪れることを決意する。じつは数ヶ月前も行ったのだが、そのときは雪のために城までたどり着くことができなかったのである。田中は衝動的にリヨンで途中下車する。観光地のフルビエールの丘にのぼる。彼は丘の上からリヨンの街を一望したとき、理由は分からないが、彼は「急に涙が出そうなほどの感動に捉えられる」(280)。

(これがヨーロッパだ)

ふいに田中はそう思った。これがヨーロッパなのか、自分でもはっきりわからなかったし、日本にいた時のほうが、同じ質問を誰かに受けたなら、もっと明快に答えられたかもしれぬ。しかし、今、考えてみるとあんなものは書物の上での知識だった。僅かだが、この国に来て生活しているうちに自分が以前、考えていたのとは別のヨーロッパを感じはじめたのだ。その感じが今、リヨンという街を通して眼の前にある。この灰色の哀しそうな生活の拡がり。車の音、人々のざわめき。そしてそのみすぼらしい人生の中に尖塔へ曇った空の割れ目から数条の光線が落ちている。田中にはヨーロッパというものが、長い長い間、本質的にはこのような姿でうずくまってきたような気がしてならなかった。その姿の芯に、向坂が「河」と呼んだものがあった。そして彼のサドも結局はこの姿勢をとって生き、この河の人だった。(281)

皮肉なことには、フランスに到着して以来ずっと求め続けてきたヨーロッパという何かを捉え始めたかと思った瞬間に、そのフランスでの滞在の終結をつげる出来事が田中を襲う。サドの居城ラコスト城での喀血である。以下の引用文では、雪の白さと赤い血の対比が色鮮やかになされている。

城の外に出た時、雪のまぶしい白さが眼を射した。突然、咽喉の奥から、何かがこみあげてきた。うつむいてそのこみあげてきたものを吐きだした。鮮血が雪に飛び散った。続いて胸の底から生あたたかい液体が、口まで溢れてきた。今よりも多量の血が口をおおった指の間から流れ、洋服をよごし、雪の上に滴った。眼鏡がその血だらけの手にぶつかって、ころげ落ちた。彼はぼんやりと雪と血とをみつめた。先ほどの壁の染みと同じ色だ。ふしぎなことにこれが彼の最初に思ったことだったのである。(291)

こうして田中は帰国を余儀なくされる。小説末部で彼は短かった留学生活について内省する。

> あの銀世界にはいた自分の血は、日本人の血だったのか。それとも僅かではあったがこの西洋から体内に流し込まれたものに耐えられなくて吐いた血なのか。(302)
>
> しかし、違った型の血液を送り込まれれば、人間は死んでしまうように、違った型の精神を注入された者が砕かれぬ筈はない。菅沼は器用に利口に、それに目をつぶり、俺は愚かにもこの国に来てから、ぶつかってしまった。しかも、ぶつかって、それを克服したのではなく、ただ、このように撥ねかえされただけだ。(308)
>
> 自分や向坂がこの巴里で生きたもの、こうして病気にまでなったことは日本人にとって無駄で意味のない棄石だったのか。それともこのあとの外国文学者たちが、そこを分で前に進んでくれる踏石の意味を持っていたのか。(309–310)

志半ばでパリを離れざるを得なかった田中や向坂にとって、パリとは「ぶつかって」「撥ねはえされた」(308)西洋文明の集約点であった。まるでパリンプセストを思わせるように、彼らにとってパリとは何層にも積み重ねられた、排他的で、他人種の受け入れをそうやすやすとは認めない西洋文明の集約点だった。ほかのパリの日本人とは違って彼らはこのことに気がついている。西洋文明という血を少しだけ輸血された結果、吐き出してしまったからだ。これが無駄な行為なのか、それとも後に続く者たちへの踏み石になるのかは読者の解釈に委ねられることになろうが、まさに小説末部で田中の逗留するホテルに新たな日本人がやってきたことが示されているのを考慮すれば、後者であってほしいという作者の願いがここに込められていると考えてもよいのだろう。

結び

「アウシュヴィッツ以降の文学」に可能性があるとすれば、それは、ある民族の集団的記憶をその民族だけにとどめずに、外へと、ほかの民族へ、世界へと開いていくことで、「共有」という包摂的な意識を人々の間に醸成することになるということではないだろうか。マイケル・ロスバーグとともに『イェール・フレンチ・スタディーズ』(二〇一〇年)の特集号を編んだマックス・シルバーマンは、「パリンプセスト・メモリー」という概念を創出しているが、集団的記憶とは「ダイナミックでパリンプセスト的な構造」(1)をもつものであり、「記憶の結び目」(7)と呼ばれる地点で、植民地主義や奴隷制やジェノサイドといった大量虐殺をともなう行為が、複数化され多層化された記憶として立ちあがってくると説明している。キャリル・フィリップスが並置して描くホロコーストと奴隷制の表象と、遠藤周作の被爆地ナガサキを扱った作品をともに分析することができれば、植民地主義やホロコーストや原爆に関する集団的記憶が「記憶の結び目」の場で立ち現れてくるようすが明らかになるのではないだろうか。複数の民族の複数の記憶や複数の歴史や複数の物語が、幾重にも重なり合って密接に結び合わされるようすを目の当たりにするならば、ある歴史とほかの歴史を区別したうえで優劣をつけるという非建設的な思考方法は、必ず軌道修正を迫られることになるだろう。

＊本論文は二〇一七年度成蹊大学長期研修制度（海外）の成果刊行物である。

引用文献

Adorno, Theodor W. "Cultural Criticism and Society." 1951. *Prisms*. The MIT Press, 1967, pp. 17–34.

遠藤周作、『留学』。一九六五年。新潮社、二〇一六年。

Frank, Anne. *The Diary of Anne Frank*. 1947. Pan Horizons, 1989.

Guber, Susan. *Poetry after Auschwitz: Remembering What One Never Knew*. Indiana UP, 2006.

Harrison, Tony. "Sonnets for August 1945." *Tony Harrison: Collected Poems*. Penguin Books, 2016, pp. 196–203.

ユスチナ・カシヤ、「遠藤周作とわたし、そして〝長崎〟」。『遠藤周作と「沈黙」を語る』。長崎文献社、二〇一七年。

加藤恒彦、『キャロル・フィリップスの世界　ブラック・ブリティッシュ文学の現在』。世界思想社、二〇〇八年。

Ledent, Benedicte. *Caryl Phillips*. Manchester UP, 2002.

Levi, Primo. *The Drowned and the Saved*. 1988. Abacus, 1989.

——.『アウシュヴィッツは終わらない　あるイタリア人生存者の考察』。一九七六年。朝日選書、二〇〇八年。

Mantel, Hilary. "Black is not Jewish: *The Nature of Blood* by Caryl Phillips." *Literary Review*, 1 February 1997, pp. 38–39.

Phillips, Caryl. *The European Tribe*. 1987. Vintage Books, 2000.

———."Shusaku Endo: Confessions of a True Believer (2003)." *Colour Me English*. Harvill Secker, 2011, pp. 208–14.

———.*The Nature of Blood*. 1997. Faber and Faber, 1998.

Rothberg, Michael. *Multidirectional Memory: Remembering the Holocaust in the Age of Decolonization*. Stanford UP, 2009.

———. "Introduction: Between Memory and Memory." *Yale French Studies*, no. 118/119, 2010, pp. 3–12.

Silverman, Max. *Palimpsestic Memory: The Holocaust and Colonialism in French and Francophone Fiction and Film*. Berghahn, 2013.

Spivak, Gayatri C. *A Critique of Postcolonial Reason: Toward a History of the Vanishing Present*. Harvard UP, 1999.

評言節の歴史語用論的考察
――イギリス一五世紀書簡から一九世紀小説まで――

田辺春美

はじめに

二〇一〇年以降、「歴史社会言語学」および「歴史社会語用論」という言葉がタイトルに入った書物が矢継ぎ早に出版された。二〇一一年の『歴史社会語用論入門』(高田、椎名、小野寺編)に端を発し、二〇一四年の『歴史語用論の世界』(金水、高田、椎名編)、二〇一五年の『歴史社会言語学入門』(高田、渋谷、家入編)、二〇一八年の『歴史語用論の方法』(高田、小野寺、青木編)と続いている。それぞれ、序論や第一章で「歴史社会言語学」や「歴史社会語用論」の学問領域、研究の歴史、扱うデータ、研究方法、主な研究テーマなどを概観し、それぞれの研究分野のケーススタディを紹介するという構成である。日本でこのような書物が出版された背景としては、二〇〇五年に日本語用論学会で「歴史語用論：その可能性と課題」と題するシンポジウムが開催されたことがきっかけとなり、共同研究の研究会が開催され、そのメンバーが中核となり、活発に研究を進めてきたことがある。言語学研究は英語を研究対象として始まり、やがて他の言語にも応用されてきた経緯があるが、日本語用論学会では英語に限定せずに初めから様々な言語の研究者が共同で研究を進めてきたため、これらの書物が扱う言語も日本語、英語、ドイツ語など多岐にわたる。また、このメンバーは、二〇一七年には、HiSoPra（Historical Socio-pragmatics）という研究会を立ち上げ、共同研究の他のメンバーや日本語用論学会会員だけでなく、さらに多くの研究者との交流の場が開かれるようになった。

従来の英語史研究の中でも、語用論が扱う言語使用の場面や聞き手と話し手の関係などへの関心は常にあったが、歴史語用論（Historical Pragmatics）という名称を初めて用いてこの分野の研究を一つの概念にまとめたのは、ユッカー（Andreas Jucker）編集の『歴史語用論』*Historical Pragmatics*（一九九五年）という論文集であった。その後、歴史語用論は欧米では国際語用論学会（IPra）、国際歴史言語学会（ＩＣＨＬ）、国際英語歴史言語学会（ＩＣＥＨＬ）などのシンポジウムやパネルでしばしば取り上げられ、二〇〇〇年には『歴史語用論』（*Journal of Historical Pragmatics*）という学術専門誌が発行されるに至る。ユッカー以降多くの論文集が出版され、二〇一〇年には、分野を総括するユッカーとターヴィツァイネン（Jucker and Taavitsainen）編の『歴史語用論』（*Historical Pragmatics*）が語用論ハンドブック八巻として出版された。詳しい経緯は、二〇一五年の高田他編の序論を参照のこと。

歴史社会言語学、歴史社会語用論、歴史語用論とは

最近日本で出版された本のタイトルにある「歴史社会言語学」、「歴史社会語用論」、「歴史語用論」という用語の指し示す分野について述べておきたい。

「歴史語用論」は、従来語用論が扱ってきた会話の原則、ポライトネス、発話行為、含意、呼びかけ語、人称代名詞の使い分け、談話分析などについて、過去のある時期の状況について共時的に研究し、過去から現在まであるいは過去のある期間内において、これらの言語事象がどのように変化したのかを解明することを目的としている。歴史語用論の扱う研究分野は、ジェイコブスとユッカー（Jacobs and Jucker）によって示されたように、三つに分類することができる。一つ目は、ある特定の過去の時代における語用論的な特徴を共時的に研究する語用論的文献学（pragmaphilology）である。これは、例えば古英語や中英語の作品における発話行為や呼称など、従来の伝統的な文献学でも研究されてきたことがテーマとなる。ブリントン（Brinton）（'Historical Discourse Analysis', 225）は、このような研究を真正歴史的談話分析（historical discourse analysis proper）と呼んでいる。二つ目は、談話や語用論的な現象に関する通史的な研究で、史的語用論（diachronic pragmatics）、ブリントンの用語では、通史的談話分析（diachronic(ally oriented) discourse analysis）である。発話行為や談話標識の歴史的な変遷がそれに該当する。三つ目は、言語変化をもたらす談話および語用論的な要因を研究する語用論的歴史言語学（pragma-historical linguistics）である。ブリントンは談話的通史的言語学（discourse-oriented diachronic linguistics）と呼ぶ。この分野では、特定の語彙の意味や機能の変化、語順の変化などの現象を文法化（grammaticalization）や語彙化（lexicalization）、主観化（subjectification）などの観点から説明しようとする。

「歴史社会言語学」の方は、従来現代語に対して行われてきた社会言語学の研究方法で、研究対象を史的なデータにも適用しアプローチするものである。具体的には、言語使用者の社会的な属性、すなわち社会階級、年齢、性別、力関係、言語コードなどによる変異を歴史横断的に解明しようとする。さらに、研究対象は言語に止まらず、共同体や文化などマクロな社会学の関心事にも広げることもできる。高田、渋谷、家入編（二〇一五年）の『歴史社会言語学入門』には、言語計画や翻訳などのテーマで歴史的なトピックについての論考が含まれているのは、その広がりを反映しているといえる。

では、「歴史社会語用論」と「歴史語用論」はどのような関係になっているのだろうか。ユッカーとターヴィツァイネン編の『歴史語用論』（二〇一〇年）では、カルペッパー（Culpeper）が歴史語用論の方法論と位置付けられていることからわかるように、歴史語用論の下位区分である。リーチ（Leech）の図に示されるように（一一）、一般語用論の下に完全に語用論的言語学と社会語用論が入るわけではなく、それぞれ語用論的言語学は文法研究へと広がり、社会語用論は社会学への拡張が可能である。前者は、英米の研究者が行ってきた統語論、意味論、語用論的な研究であり、認知言語学などにも広がりを見せている。後者はヨーロッパの研究者が得意としてきた文化・社会的コンテクストの中で言語使用を研究するもので、言語学、社会学、心理学の研究分野をも包括している（カルペッパー　六九—七〇）。一般語用論がこの両者を含有するのと同様に、歴史語用論も史的な理論言語学と関連を持ちながら言語使用の変化やそのメカニズムを追求し、言語研究から離れた社会・文化背景の探求を共有しながら、社会言語学の方法論で言語使用の変異を研究する分野である。

英語史研究とデータ・コーパス

次に、歴史語用論の分野で、特に英語の研究においてデータがどのように活用されてきたか、先行研究とともに概観する。ユッカーに先立つ歴史語用論の先駆的研究として、中期スコッツ語における関係代名詞のバリエーションが性別や階級とどのように関わっているのか明らかにしたロメイン（Romaine）（一九八二年）とブラウンとギルマン（Brown and Gilman）（一九八九年）のシェイクスピアの戯曲におけるに人称代名詞の使い分けの研究がよく知られている。後者は、人称代名詞 you と thou の選択が話し手と聞き手の力関係によってなされていることを明らかにしたブラウンとギルマン（一九六〇年）を、シェイクスピアの悲劇に応用した語用論的文献学の例である。八〇年代は現代語を対象とした社会言語学への関心が高まってきた時期であり、ロメインの研究は多くの英語史研究者の関心を引いたが、日本の古英語や中英語の研究者にとって、すぐにそれを応用できるような資料が手に入らず、ロメインに続く研究は行うのが難しかった。それに対して、文学作品の言語を詳細に分析することは従来の文献学の中で十分に行われており、著名な作家の作品は古くから手作業で、あるいはコンピューターを活用して、コンコーダンスの作成や文法や語彙の緻密な調査が行われてきたため、語用論的文献学研究は英語史研究者の研究方法と親和性が高い。

一九九一年にヘルシンキ大学によって編纂・公開されたヘルシンキコーパス（The Helsinki Corpus of English Texts）は、コーパス言語学だけでなく、歴史社会言語学にとっても大きな意味があった。電子テキストデータベースであるコーパスは、一九六〇年当時のアメリカ英語を一〇〇万語集めたブラウン・コーパス（Brown Corpus）を皮切りに日進月歩で発達してきたが、その発展は規模とアノテーション（annotation、情報付与）の進化とも言える。ブラウンコーパスは、各ジャンルから均等にテキストをサンプリングしただけであったが、古英語から一七一〇年までの様々なジャンルのテキストを集めたヘルシンキコーパスでは個々のテキストに二六ものテキスト情報がパラメーターとして付与されている。[1] パラメーターの例としては、著者、テキストファイル名、方言、著者の社会情報、写本の年代、原本の年代、テキストのタイプ、読み手、著者の年齢、著者の性別などである。これらを活用することで、社会言語学的な研究も可能であったが、男女差や方言差について調べようとしても、古いテキストには欠けている情報も多く、パラメーターを多く設定すればするほど、個々の条件に合致する例文数が少なくなり説得力のある結論を導くことが難しくなる。そのため、実際は年代の情報を利用した高頻度の文法や語彙の経年変化やジャンルによる違いを調査する研究が多く行われた。

その後、コーパスは、ジャンルごとに均等に編集したデータベースではなくて、様々な特定ジャンルのコーパスが次々と編纂されるようになる。その中でも、ヘルシンキ大学が一九九八年に構築した初期英語書簡コーパス（Corpus of Early English Correspondence、ＣＥＥＣ）は、一四一八年から一六八一年までに書かれた手紙約六〇〇〇通を集めたもので、一つ一つに書き手の年齢、性別、社会的身分などの社会的な情報が付与されており、このコーパスこそが初めてコーパスを用いた大規模な歴史社会言語学的調査を可能にしたと言える。このコーパスをもとに行われた研究としては、歴史社会言語学の成果を世に知らしめたネヴァライネンとラウモリン・ブルンバーグ（Nevalainen and Raumolin-Brunberg）（一九九六年、二〇〇三年）などがある。しかし、当初一般に公開されたのは、初期英語書簡コーパスサンプラー（ＣＥＥＣＳ）と呼ばれる著作権のない全体の約二〇パーセント程度の書簡のみで、これには社会情報タグは付いていない。現在では、ＣＥＥＣに品詞と社会情報のアノテーションをつけた情報付与初期英語書簡コーパス（Parsed Corpus of Early English Correspondence、ＰＣＥＥＣ）が、オックスフォード・テキスト・アーカイブ（Oxford Text Archive）から利用できる。また、同じ手法で一八世紀の書簡に拡張した拡大初期英語書簡コーパス（Corpus of Early English Correspondence Extension、ＣＥＥＣＥ）も現在構築されている。

この他に、初期近代英語の政治、宗教、経済、科学に関する論文集であるランピーターコーパス（The Lampeter Corpus of Early Modern English Tracts）、初期近代英語医学テキスト（Early Modern English Medical Texts 1500–1700）、一七世紀から現代までの裁判記録であるオールドベイリーコーパス（The Old Bailey Corpus）などがある。オールドベイリーコーパスは、品詞、社会情報、語用論情報、テキスト情報などがタグ付けされているため、様々な研究への活用が期待される。特定ジャンルコーパスの編纂は活発に行われており、上記の例は一部である[2]。

今後、ますます品詞タグ、社会情報、語用情報のアノーテーションが付与されているコーパスが重要な役割を果たすようになると思われるが、ＯＣＲ読み込み時のエラー、タグ付けソフトの精度の問題は常に生じており、注意が必要である。

データとしての書簡・文学作品の有用性

語用論的文献学の研究においては、伝統的にはコーパスを使わずに文学作品などを精読しながら用例を集めて、文法や語彙、語用論的な事象も研究されてきた。歴史語用論の研究者は、できるだけ過去の時代における口語的な言語を復活させる必要性から、研究対象のデータをなるべく口語的資料に求めてきた。近年では裁判証言記録、法廷記録、議会議事録、劇、小説や詩のセリフ、さらに日記、書簡、説教、パンフレット、料理のレシピ、教訓的対話集などがデータとして活用されている。データとして書簡や文学作品はどのような位置づけになるのだろうか？公的な書簡と私的な書簡はしばしば混交して記録されることがあるため、厳密に公的なものと私的なもの分けることはできないが、個人が実用的な内容を記した書簡は、音声データを利用できない過去の自然な話し言葉として、言語研究の資料として利用されてきた。また、適切に保管された書簡には、発信者と受信者、発信年月日、執筆場所などが明示されているため、テキストに関する社会言語学的な情報が得られることで、歴史語用論の研究に資することができる。他方、フィッツモーリス（Fitzmaurice）は、コミュニケーションのデータ分析対象として、文学作品は最も信頼性の低い資料であるが、歴史語用論研究をするものは利用できる資料はなんでも使わなくてはならないとも述べている（六七九）。ここでフィッツモーリスは文学作品をセリフに限定しているわけではなく、人間のコミュニケーションとしての文学作品をもっと広い視野で見る。[3] 口語がいかに再現されているかということへの関心の高さから、文学作品については、作家や詩人が人工的に再現した言語であることを了解した上で、セリフの部分にその有効性が認められている。シャーロックホームズのホームズの挿入詞について研究した秋元（二〇一一年）も述べているように、文学作品の言語をデータとする利点は、対象とする言語表現が、どのような登場人物が誰に対してどのようなコンテクストで発話したかが明確にわかるということである（九二）。また、登場人物の社会的な情報も十分に得られるということも大きな強みと言える。

書簡と小説の評言節

このセクションでは、書簡と小説をデータとし、評言節がどのような社会言語学的な属性を持った筆者あるいは登場人物によってどのように使われているのか、社会言語学の立場と語用論の立場から、特に性差に注目して実証的研究の紹介をする。使用したテキストは三種類あり、時代順に述べると、一五世紀の『パストン家書簡集』(Paston Letters)、一五世紀から一七世紀までの初期近代英語書簡集(CEECS)と一九世紀初頭のジェイン・オースティン(Jane Austen)による小説『高慢と偏見』(*Pride and Prejudice*)のセリフの部分である。『パストン家書簡集』と『高慢と偏見』における評言節の研究は、ジェイコブスとユッカーの分類によると、語用論的文献学の範疇にはいる。初期近代英語書簡集(CEECS)における評言節の研究は、期間が短いものの史的語用論研究と呼べるであろう。

評言節とは何か

書簡や小説のセリフで話し言葉の特徴として話し手の主観性を表す時に頻繁に使われている手立ての一つとして、I believe, I hope、I dare say などの評言節と呼ばれる句がある。評言節を使うことで、話し手は補文の内容に関して認識的、主観的な態度を表明したり、聞き手との関係を調整したりすることができる。以下の(1)と(2)は現代英語の例である。

(1) Its paneled rooms, discolored with the dirt of a hundred years, I dare say; (COHA 2002 MAG *Child Life*)

（そのパネルの貼ってある部屋、多分一〇〇年分の塵で色あせている。）

（2）My public character is well known, my private one is, I hope, irreproachable. Our difference in political sentiments will, I hope, be no bar to my happiness.（COHA 1993 FIC *Split Heirs*）

（私が社会に向ける性格はよく知られている、私的な性格にはきっと落ち度はないだろう。政治に関する心証の違いは、私の幸福の邪魔になることがないと良い。）

（1）の I dare say や（2）の I hope のような句が評言節の例である。この他に、I think、I believe、I suppose、I am sure、I know など様々な句があり、発話者の認識的、主観的な態度を微妙なあやを持って表しているが、日本語では動詞を含む同等の表現はなく、「ね」「よ」「だ」などの終助詞として現されたり、「きっと」「多分」「おそらく」のような副詞として訳出されたりするが、訳文には表せないことも多い。

名称について

「一人称代名詞＋動詞現在形」の句は、いろいろな名称で呼ばれている。まず、クワーク他（Quirk et al.）では評言節（comment clause）（一一一四―一一一八）、ウィエルツビッカ（Wierzbicka）は認識的な句（epistemic phrase）、ブリントン（Brinton）（*Pragmatic Markers, Evolution*）は一人称認識的挿入句（first person epistemic parenthetical）、二〇〇八年 *Comment Clause* では評言節と呼んでいる。挿入句と呼ぶ研究者も多い。日本では、二〇一〇年に秋元編著『Comment Clause の史的研究』が出版され、古英語から現代英語まで「一人称代名詞＋認識動詞」の通史的な発達について、執筆分担者が古英語、中英語、初期近代英語、後期近代英語、現代英語とそれぞれの担当の時代の評言節について調査した上で、その特徴と発達について論じている。他にも、秋元は I'm afraid（二〇〇二年）やシャーロック・ホームズの英語に見られる挿入詞（二〇一一年）に関する研究を行っている。本論では、think などの認識動詞以外の動詞や形容詞も扱うので、評言節という名称を用いる。

評言節の定義と機能

評言節の定義と機能について簡単に述べておく。まず、クワーク他（Quirk et. al）では、評言節は挿入的な離接詞（disjuncts）であり、文頭、文末、文中の位置に生じるとする。現代英語の場合には、特別な音調で発音されるため、評言節は容易に補文を伴う主節と区別できる。クワーク他の分類によると評言節には様々なタイプがあるが、本研究では、次の例のような評言節が主節の母型文になるタイプ（ｉ）と as で導かれる節のタイプ（ⅱ）を研究対象とする。

There were no applicants, I believe, for that job.

I live a long way from work, as you know.（クワーク他、一一一六）

タイプ（i）では、述部は動詞だけでなく、I am afraid のような形容詞の句も含む。
意味的な機能としては、（a）母型節の命題が真実であるかどうかについて話し手が断言を避け不確かであることを表すヘッジ（*I believe, I think, I suppose, I dare say* など）、（b）話し手の確信の度合を表す（*I know, I'm sure* など）、（c）母型節の内容に関する感情的な態度（*I hope* など）、（d）聞き手の注意や同意を求める、話し手の聞き手に対する親しさを表す（*you know, you see* など）などがある（クワーク他、一一一五）。ブリントン（*Evolution*）では、評言節の持つ意味を（a）認識的（epistemic）、（b）主観的（subjective）、（c）証拠的（evidential）、（d）対人的（interpersonal）の四つに分けている。一つの評言節がこれらの意味を、同時に複数持つこともある。

評言節の起源と発達モデルについて

評言節の発達経路について、ふた通りのモデルがある。一つ目は、一九九一年にトムソンとマラック（Thompson and Mulac）が提示した、（一）that 節を伴う母型節から、（二）that が落ち、（三）評言節は自由に文中や文末に移動することができるようになり、母型節から挿入句へと発達するという「母型節仮説」（The matrix clause hypothesis）である。この名称は、トムソンとマラックは使用しておらず、ブリントンの命名による（*Comment Clause*）。

モデル一　母型節仮説：

I think that SVX > *I think* 0 SVX > SVX, *I think.* or SV, *I think,* X.

ブリントンによればこのモデルでうまく説明できるのは、I say, I daresay, I see, 多分 I gather であり、他の評言節ではデータが不足しているため、実証しづらい。

モデル二　*As* の省略：

As I think > 挿入句 *I think*

二つ目のモデルは、as で導かれる従属節から、as が落ちたとする説である。

以下では、それぞれのテキストにおいて、評言節の使用状況について概観し、社会言語学的および語用論的な分析を加えていく。

一五世紀『パストン家書簡集』の評言節

イギリス東部のノーフォーク（Norfolk）にあるパストン（Paston）村のパストン（Paston）家では、一四二五年から一五一〇年まで約百年近く家族や友人知人の間で交わされた一〇〇〇通以上の書簡、証文、遺言などがまとまって保存されていた。パストン家はジェントリー階級に属し荘園を管理していた。度重なる政情不安な時期に一族の領地を守るため文書管理は最重要課題であったことが、この書簡集が現在まで保存されていた大きな理由と言える。四代にわたって書簡をやりとりした家族のメンバー一五人は、社会的に均質な集団を構成し、荘園管理に関わる事務的なことだけでなく、ロンドンで法律家として活躍する夫や息子とノーフォークに残った家族との間で、家族の結婚や買い物依頼のような日常的な事柄についても頻繁なやりとりを残した。

田辺（「パストン家」）は、この『パストン家書簡集』において、評言節がどのように使われているかを調査したものである。テキストは、ノーマン・デーヴィス（Norman Davies）の編集した刊本とそのコンコーダンスを使用した。調査の対象とした評言節は、ブリントンが『カンタベリー物語』と『トロイラスとクレシダ』における認識的意味を持つKNOW動詞群の評言節を調査したのにならい（*Pragmatic Markers*, 九〇）、I believe (2)、I deem (6)、I doubt (4)、I guess (1)、I know (9)、I leve（＝believe）(0)、I suppose (40)、I think (6)、I trow（＝believe）(30)、I understand (25)、I undertake (0)、I wene（＝think）(6)、I wot（＝know）(18) を調査し、さらに頻度の高い I hope (11) と I trust (32) も調査対象に追加した（カッコ内の数値は頻度数）。この中では、I suppose、I trust、I trow、I understand の順に使用頻度が高い。

さらに、発信者情報から評言節の男女別の使用状況を知ることができるため、社会言語学的な調査も行った。当時の女性の書簡は書記が代筆、おそらく口述筆記したものであるが（デーヴィス、一巻、xxxvii–xxxviii）、ウッド（Wood）（二〇四—二一二）によればマーガレットの書簡には書記の言語と異なる表現が見られることから、書簡にはマーガレットをはじめとするパストン家とその周辺の女性たち自身の言語が十分に反映されていると考えられる。発信者は五二名、その内女性六名、男性四六名で、評言節の使用頻度は、女性三四例、男性一五三例である。出現数だけを見ると、圧倒的に男性による使用が多いように見えるが、マーガレットが多く使った I hope と I suppose について、使用者の男女比を見てみると、I hope は女性が一一例中七例で六四パーセントを占めている。I suppose は男性が四〇例中二六例と六五パーセントになるが、女性発信者の書簡数が全体の2割弱であることを考えると、女性は男性の約三倍使ったことになる。いずれの評言節も女性が好んで多く使ったことは、興味深い。(1) はマーガレットが使ったI suppose の例である。I suppose は I hope と同様に、発話の陳述内容をやわらく伝えることで相手への配慮を表す評言節である。

(1) Thay ere moch the boldere, I suppose, by-cause that ye be where as ye be. (184.015 MP 1465 to JP2) [翻訳は筆者による]

(あなたがいるべきところにいるゆえに、思うに、彼らはさらに大胆になっています。)

他方、男性発信者は、人によっては I hope や I suppose も多用するが、共通しているのは自分の陳述を確実にする機能を持つ I know、I trust、明確な情報源を要求する I understand を用いることがわかった(一〇三)。

一五—一七世紀『初期英語書簡コーパス・サンプラー(CEECS)』の評言節

CEECSは、三世紀にわたって書かれた書簡集なので、言語使用の経年変化を見ることができる。前述したように、CEECSには品詞情報タグも社会情報タグもついていない平テキスト(plain text)であるが、Tanabe ("Comment Clause") では、書簡の書き手の名前から男女別を判断して、男女別のサブコーパスを作り調査した結果、初期近代英語期の評言節に性別による選択の違いがあることを明らかにした。

まず、『パストン家書簡集』の調査と同様の動詞について評言節の頻度を調査した。ただし、文中または文末に生じる挿入的用法のみを計上している。結果は、I believe (19)、I doubt (14)、I guess (1)、I hope (105)、I know (38)、I suppose (16)、I think (138)、I trow (=believe) (5)、I trust (73)、I understand (14)、I wot (=know) (1) である(カッコ内の数値は頻度数)(七九)。高頻度の評言節は、I think、I hope、I trust であることがわかる。これらの経年変化を見ると、I hope は一六世紀、一七世紀と破竹の勢いで増加し、I think は一六世紀に激増した後一七世紀は減少した(七九)。

次に、発信者の性別による評言節の選択の違いについて述べる。CEECSは、一四一八年から一六三八年の書簡を集めたCEECS1と一五八〇年から一六八〇年のCEECS2から成り立っている。CEECSの一部の書簡が一七世紀にかかっているため期間が重複しているが、時代としては前半と後半に相当する。このサブコーパスを活用して、I believe、I hope、I know、I think の四種類について男女別の経年変化を見ると、図1に示すように、女性発信者の使用頻度は、前期と後期で比較するとどの評言節でも大きく伸びているが、逆に男性の場合は know と think で減少し、増加している believe と hope においても増加の伸び幅が女性とは比べ物にならないほど少ない(八一—八四)。

CEECSの調査から、評言節の I hope や I think は一六、一七世紀に特に女性の書簡で急激

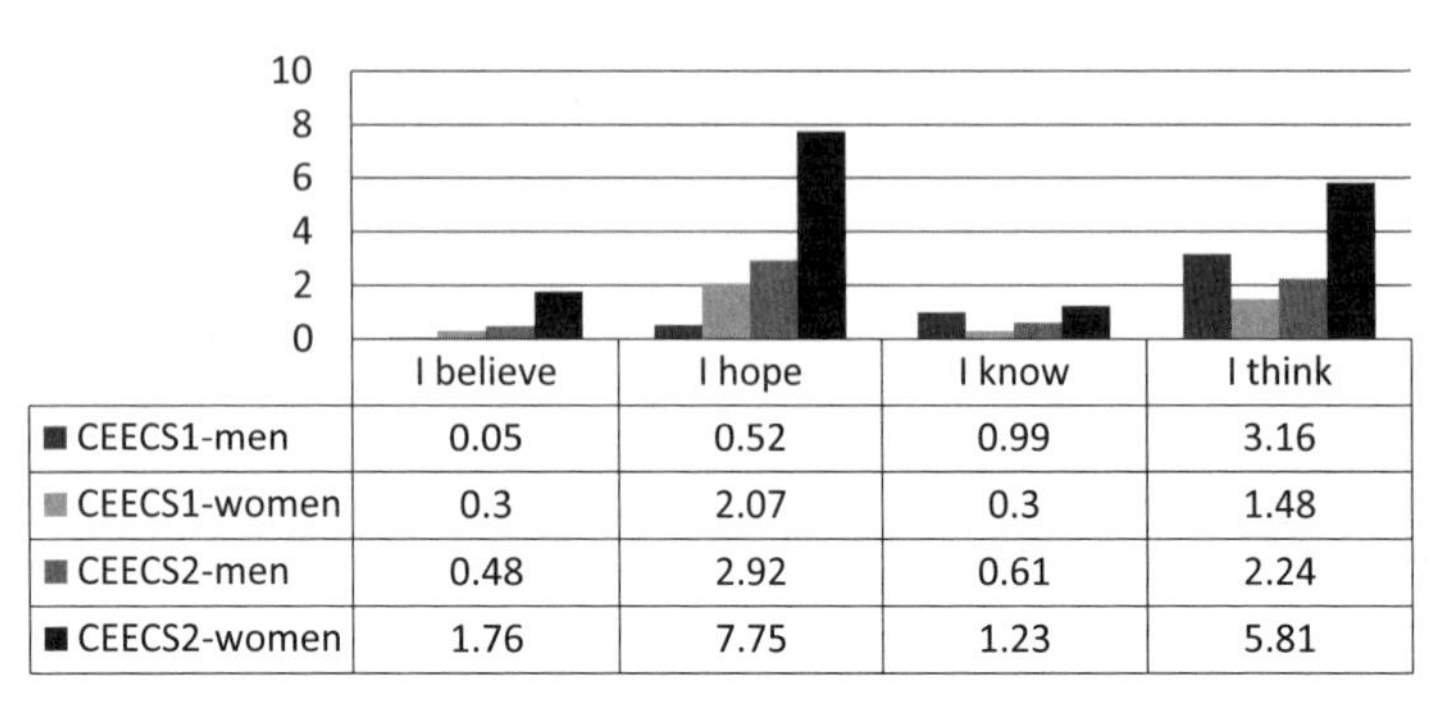

	I believe	I hope	I know	I think
■ CEECS1-men	0.05	0.52	0.99	3.16
■ CEECS1-women	0.3	2.07	0.3	1.48
■ CEECS2-men	0.48	2.92	0.61	2.24
■ CEECS2-women	1.76	7.75	1.23	5.81

図１　CEECSにおける男女別評言節の頻度比較（10000語ごと）
（Tanabe 2012年、83頁、Table 4に加筆）

に増加したことがわかった。『パストン家書簡集』では、I suppose や I trust、I understand も頻度が高かったが、CEECSではI suppose と I understand は女性の使用例はゼロ、I trust は後半のサブコーパスで男女共に頻度が下がった。結局、一五世紀から一七世紀の書簡集では、発話内容を和らげたり躊躇を表したり、確信を持って発話したりする I think や義務的なモダリティー、発信者の認識的な感情を表す I hope のような評言節は、女性こそが頻度増強の牽引役となったと言える（八四—八五）。

ジェイン・オースティン『高慢と偏見』の評言節

オースティンの英語については、フリップス（Phillips）（一九七〇年）やペイジ（Page）（一九七二年）、日本では末松（二〇〇四年）において、文法項目が詳しく分析されているが、評言節については特に言及されておらず、法助動詞の関連で I dare say について全作品で一九一例あることなどの記述があるのみである（一七四—一七五）。オースティンの語学的研究は、語彙に関するものや語りに関するものが多く、それらは登場人物の性格付けに結びつけて論じられており、オースティンの評言節そのものについて論じた論文は見当たらない。

『高慢と偏見』における評言節の分析(4)

『高慢と偏見』は、イギリス南部の田舎町のベネット家の夫妻、娘たち、近隣に越して来た富裕な青年とその周辺の人物を中心に繰り広げられる恋愛小説である。会話から成り立つダイアローグが多く、総語彙数の約半分が直接語法の会話で成り立っている。全体の総語数一二一六一〇語のうち、語りの部分は六五一九三語（五三・六パーセント）、ダイアローグは五六四一七語（四六・四パーセント）、ダイアローグの男女別内訳は、女性が三六六七三語、男性が一九七四四語であった。(5) なお、『高慢と偏見』の語りの散文には一人称代名詞は現れない。評言節は全てダイアローグの部分にのみ現れるため、これ以降ダイアローグのみを分析対象とする。登場人物が交わす会話は、実際に起きた会話をそのまま記録したものではないが、小説家があたかも本当に起きた発話であるかのように再現したもので、I believe、I hope、I dare say などの評言節を効果的に使うことで、登場人物の会話に現実味が加えられている。

評言節の種類と頻度

評言節は、文頭に位置する場合、主節として機能している用法と区別をつけることが難しい。一五世紀以降、主節であってもthatを省略することが徐々に増えており、実際、一五世紀の『パストン家書簡集』では、調査した動詞五七五例中二八パーセントの一六六例がthatを伴っていたが、一六四〇年から一七一〇年には七〇パーセント（リッサネン 二七六）、一九世紀の『高慢と偏見』では、thatを伴った例はI hope、I know、I assure you、I confess、I fancyに生じており、三〇八例中合計でわずか一〇例（三・二パーセント）にしかすぎない。Thatを伴わない文頭の「一人称代名詞＋動詞」を評言節とするのか、thatが省略された補文を伴う主文と判断するのかは、長く議論となっている。Thatを伴っていない場合は、文頭に置かれた「一人称代名詞＋動詞」除き、文中と文末の例のみを評言節として考察の対象とする考え方もあるため（カルテンボーク、四七）、本節では文法化の進行状況を見る時には文中と文末位置の出現状況を考察する。表1は『高慢と偏見』にはどのような評言節が現れているのか示すために、頻度の高い順に並べたものである。'I hope that SV'のようなthatを伴う構文は数値に入っていない。

　表1から、I am sureとI hopeが特に高く、次にI believe、I think、I dare sayが高いことがわかった。[6] I am sureは、クワーク他によると話し手の命題に対する確実性を表し、I dare sayはI thinkやI believeと同様に、話し手のためらいを示している（一一一三）。I assure youはク

表1　『高慢と偏見』のダイアローグにおける評言節頻度一覧

I am sure	61	I think	30	I trust	5	I fear	2
I hope	50	I suppose	25	I confess	3	I imagine	2
I believe	31	I know	17	I beg	3	I presume	1
I dare say	31	I assure you	15	I fancy	3	I suspect	1

ワーク他では触れられていなかったが、話し手の命題に対する確実性だけでなく、二人称代名詞を目的語として取っていることから、対人的機能も表す評言節と言える。CEECSと比べて、『高慢と偏見』ではI am sure、I dare say が好まれ、I think、I know が少ないことが特徴と言える。

次の表2では、出現回数一〇回以上の評言節が文中のどの位置に現れるかを示したものである。

『高慢と偏見』では、CEECSと比較してI think の頻度が低かったのだが、文中と文末の出現率は調査した句の中で最も高く、次にI suppose、I believe と認識的な意味をもつ句が続いていることがわかる。これらの評言節はほぼ同じくらいの割合で、文中および文末の位置をとっていることで、同程度文法化が進んでいることがわかる。I hope は頻度が高かったにも関わらず、文頭位置が多く文末がゼロであることから文法化が進んでいないと言える。通例、評言節として機能するI know も挿入的用法があまり多く見られない。I assure you、I am sure、I dare say は、文頭位置の頻度が高い一方で文末の頻度の高さはI think、I suppose、I believe よりも高いことは注目に値するだろう。

表2 『高慢と偏見』のダイアローグにおける評言節の出現位置別頻度

	文頭	文中	文末	合計
I believe	9（29.03%）	18（58.06%）	4（12.90%）	31
I suppose	6（24.00%）	16（64.00%）	3（12.00%）	25
I think	6（21.43%）	19（67.86%）	3（10.71%）	28
I know	11（64.71%）	5（29.41%）	1（5.88%）	17
I hope	32（64.00%）	18（36.00%）	0	50
I am sure	29（47.54%）	19（31.15%）	13（21.31%）	61
I dare say	17（54.84%）	8（25.81%）	6（19.35%）	31
I assure you	6（40.00%）	3（20.00%）	6（40.00%）	15
合計	116	106	36	258

登場人物の男女別による評言節の使用頻度の違い

次に、『高慢と偏見』の登場人物の使う評言節が男女で異なっているかどうかを調査した。登場人物は女性一五人に対して男性は一〇人で、男女別の総発話語数が異なっているので、一〇〇〇語に揃えて算出した。調査にあたっては、表1の全ての評言節を取り上げるのではなく、一〇例以上の頻度をもつ評言節のみを対象とした。表3は、その結果を表している。

一〇〇〇語ごとの数値の合計で男女比を比べると、女性が五・二六語、男性が三・二九語で、女性の方が一・六倍多く評言節をつかっていることがわかる。女性の使用頻度が高い評言節は、高い順番にI am sure、I hope、I dare sayとなり、I suppose、I think が続いている。男性の評言節の使用頻度は、I hope とI believe を除くとどれも低く、逆に女性はあまりI believe を用いていないので、比較的高頻度のI believe と頻度は低いものの女性よりわず

表3　『高慢と偏見』のダイアローグの男女別サブコーパスにおける評言節の頻度一覧（1000語毎に標準化）

	女性頻度	男性頻度	合計	1000語毎の女性頻度	1000語毎の男性頻度
I believe	18	13	31	0.49	0.66
I suppose	23	2	25	0.63	0.10
I think	22	6	28	0.60	0.30
I dare say	26	5	31	0.71	0.25
I know	11	6	17	0.30	0.30
I hope	35	15	50	0.95	0.76
I am sure	50	11	61	1.36	0.56
I assure you	8	7	15	0.22	0.35
合計	193	65	258	5.26	3.29

かながら頻度の高い I assure you が男性の評言節の使用状況を特徴づけている。女性は、発話の命題に対して認識を弱める I think、I dare say、I suppose や確実性を与える I am sure、感情的な態度を表す I hope を織り交ぜて頻繁に使うことで、巧みに聞き手との関係を調整しながら、自らの発話に主観的な意味を与えている。

登場人物による評言節の使用状況の違い

さらに、登場人物ごとのサブコーパスにおいて、誰がどのような評言節をどのくらい使っているのかを調査した。総語彙数が高い女性登場人物七名と男性登場人物五名を選び、出現頻度を一〇〇〇語ごとに標準化して比較すると、評言節の使用率が高い人物はビングリー氏（一〇・六四回）、ベネット夫人（九・七回）、リディア（六・一三回）、ガーディナー夫人（五・八九回）であった。ビングリー氏の総語彙数は低いため統計数値は斟酌する必要があるが、最も使用頻度が高い。逆に、使用率が低い人物は、コリンズ氏（一・八一回）、ダーシー氏（二・九二回）、ベネット氏（三・一六回）、ウィカム氏（三・三八回）であった。持って回った堅苦しい話し方をするコリンズ氏が最も低い。女性の中で最も低いのは、エリザベスで、三・五一回であった。ウィカム氏、ダーシー氏は全体的な使用頻度は低いが、I believe の使用頻度がそれぞれ一・九三回、一・二三回と高い。

I believe は、believe の語彙的な意味を残しており I think よりも強く話し手の命題に対する意見を述べることができる。ウィエルツビッカは認識的な I believe は、I think よりも注意深く考慮され自信を伴う意味をもち、より知的で制御され格式張って聞こえると述べている（二一四）。この記述はまさにダーシーの性格とぴったり合っている。以下のダーシーとエリザベスの会話を見てみよう。(7)

（3）<DARCY> "... I have faults enough, but they are not, I hope, of understanding. My temper I dare not vouch for. It is, I believe, too little yielding—certainly too little for the convenience of the world. ... My good opinion once lost, is lost forever."
<ELIZABETH> "That is a failing indeed!" cried Elizabeth. "Implacable resentment is a shade in a character. But you have chosen your fault well. I really cannot laugh at it. You are safe from me."

<DARCY> "There is, I believe, in every disposition a tendency to some particular evil—a natural defect, which not even the best education can overcome." (Ch. 11)

（ダーシー：「僕にもいろいろ欠点はあります。知性の欠陥ではないことを願っていますがね。もっとも、人格が円満かと言う点になると、保証はしかねます。…少なくとも、世間とはうまく折り合ってゆくなんて芸当はできませんね。…いったん悪く思った人間のことは、いつまでも悪く思ってしまう」

エリアベス：「たしかに、それは欠点ですよね！」エリザベスは思わず大声を出していた。「怒りを忘れることができないというのは、いい傾向じゃありませんわ。でも、うまい欠点をお選びになったものね…だって、そんな欠点を笑うなんてことできませんもの。私に笑われる危険はないから、安心なさって」

ダーシー：「思うに、誰の性格にも、何かしら良くない傾きはあるものですよ。そういうものは、いくら立派な教育を受けても直せません」）

（4）<DARCY> Much as I respect them, I believe I thought only of you. (Ch. 58)

（ダーシー：「皆さんを尊敬してはいても、僕が考えていたのはあなたのことだけです」）

（3）のシーンでは、エリザベスはダーシーのことを嫌っており、ダーシーも無愛想でぶしつけな男性として振る舞っている。I believe は、通例話し手のためらいを表すが、ホームズ

(Holmes) によれば、I think に二つの用法があり、ためらいの他に強く慎重に考慮して自説を主張する時にも使われる。ホームズは前者を仮の (tentative) 用法、後者を熟慮 (deliberative) の用法と呼んでいる。ここでは、I believe についても同じことが言える (三二―三四)。ダーシーは自分でよくわかっている自らの性格のことを述べており、それに関して確信を持って強調することで自説に固執し柔軟性のない感じの悪さが印象付けられる。(4) は、最後にダーシーがエリザベスと心を通わせるシーンで、このI believe も躊躇ではなく、自信を持ってダーシーがエリザベスに本当の深い愛情をいだいているという確実性を表し、むしろ愛情表現を効果的に強めている。このような強い評言節の用法は、ダーシーの性格描写として効果的に機能している。

次の例は、レディー・キャサリンとベネット夫人の会話である。

(5) <LADY CATHERINE> "I hope you are well, Miss Bennet. That lady, I suppose, is your mother." Elizabeth replied very concisely that she was.
<LADY CATHERINE> "And that I suppose is one of your sisters."
<MRS BENNET> "Yes, madam," said Mrs. Bennet, delighted to speak to Lady Catherine. "She is my youngest girl but one. My youngest of all is lately married, and my eldest is somewhere about the grounds, walking with a young man who, I believe, will soon become a part of the family."

<LADY CATHERINE> "You have a very small park here," returned Lady Catherine after a short silence.
<MRS BENNET> "It is nothing in comparison of Rosings, my lady, I dare say; but I assure you it is much larger than Sir William Lucas's." (Ch. 56)
（レディー・キャサリン：「元気そうね、ミス・ベネット。あちらの女の人はお母様ね」エリザベスは簡潔に、はい、と答えた。
レディー・キャサリン：「それとあちらは、妹さんのお一人かしら」
ベネット夫人：「さようでございます」貴婦人と直接に話ができるというので、ミセス・ベネットは嬉しそうだった。「下から二人目でございますのよ。末の娘は最近結婚いたしまして、長女は若い男の方と庭を散歩に出かけたところですが、その方と近く結婚の予定でございます。」
レディー・キャサリン：「こちらの庭、とても狭いのね」しばらく黙っていたあと、レディー・キャサリンは言った。
ベネット夫人：「ええ、もちろんロージングズとは比べ物になりませんでしょう。でも、サー・ウィリアム・ルーカスのところのお庭よりはずっと大きいんでございますよ」）

(6) <MRS BENNET> "... She is a very fine-looking woman! and her calling here was prodigiously civil! for she only came, I suppose, to tell us the Collinses were well. She is on

her road somewhere, I dare say, and so, passing through Meryton, thought she might as well call on you. I suppose she had nothing particular to say to you, Lizzy?" (Ch. 56)

（ベネット夫人：「本当に押し出しのいい方ねえ！わざわざこんなところに来てくださるなんて、とっても親切だわ。だって、お伝えになれることなんか、コリンズ夫妻の様子くらいだもの。おそらく、どこかにいらっしゃる途中でメリトンを通りかかったものだから、あなたの顔を見て行こうとお思いになったのね。特にどういうお話はなかったんでしょ、リジー？」）

（5）は、家柄が不釣り合いなエリザベスがダーシーと結婚しようとしていることを聞きつけたレディー・キャサリンが、ベネット家を訪問し、エリザベスに結婚を諦めさせようとするシーンである。レディー・キャサリンのセリフ "I hope you are well, Miss Bennet." は、I hope を使い相手の健康を気遣う物言いは、礼儀にかなっている。"That lady, I suppose, is your mother." とそれ続く、"And that I suppose is one of your sisters." では、断定を避けるヘッジであるI suppose を使っている。しかし、ベネット夫人は待ちきれず自ら他の娘たちが結婚していることや結婚間近であることを述べて自分の母親として技量を吹聴しようとするが、それに対してレディー・キャサリンは、冷酷にもベネット家の庭が狭いことを指摘する。レディー・キャサリンの無礼さが極まるセリフであるが、ベネット夫人は負けずにレディー・キャサリンの邸宅のあるロージングスよりは狭いだろうとI dare say をつけて推量し自分の考えを述べている。my lady という呼びかけ語で相手に敬意も表しながらも、貴族であるサー・ウイリアム・ルーカス邸の庭よりは広いことをI assure youを使って相手の同意を引き出すよう巧みに反撃している。このようにベネット夫人は様々な評言節を使って、相手との関係を見事に調節している。

こののち、レディー・キャサリンはエリザベスと二人きりで庭を散歩しながら、何度もエリザベスにダーシーとの婚約の可能性はないと言わせようと躍起になり、二人は丁々発止と火花と飛ぶようなやりとりをかわす。その緊迫した会話の中で、二人とも一度も評言節をつかわないことは、ベネット夫人の評言節の多さと好対照をなしている。ついにレディー・キャサリンは怒ってわざとベネット夫人に挨拶もせず帰ってしまう。(6)は、そのことを知ったベネット夫人のセリフである。二人の会話の内容を知らないベネット夫人は、レディー・キャサリンが何を言いにきたのか色々と想像をめぐらす。自分に言い聞かせるように不確実で証拠に乏しい推量を表すI suppose とI dare say を繰りかえす。

このように、登場人物がどのような評言節を使うか、どのくらい使うかは、登場人物の性格を良く表している。噂話が好きで軽薄なベネット夫人はI dare say を多用し、逆にダーシーとエリザベスは評言節を使わない、すなわち単刀直入な物言いを好むという共通点があり、最終的に二人が結ばれることは納得できるだろう。

まとめ

口語を反映した書簡集や小説の会話部分は、文脈を考慮しやすく十分に評言節のデータをえることができる。このような資料は、歴史社会言語学や歴史語用論研究のデータとして興味深い結果を与えてくれる。

一五世紀の『パストン家書簡集』、一五世紀から一七世紀のCEECSを性差という社会言語学的な観点から見ると、女性がI hope、I suppose、I think、I believe、I knowを男性よりも多く使用していることがわかった。特にCEECSを前半と後半で比較すると、女性によるI hopeとI thinkの増加がめざましい事から、認識的な意味をもつI thinkの語用論標識として文法化を強く牽引したことは明らかである。さらに、一九世紀初頭の小説『高慢と偏見』においては、女性登場人物は男性登場人物と比べて評言節の総合的な頻度が一・六倍高く、I am sure、I hope、I dare sayの頻度が高い。女性の頻度が低いI believeとI assure youの頻度が高めであることが男性の特徴となっている。それぞれのデータの社会言語学的分析結果も、通史的に見ると女性が評言節の発達に貢献したことを示している。

評言節は、小説の登場人物の性格付けとも関連している。様々な評言節を駆使して他者との関係を巧みに構築するベネット夫人と使用頻度の低いエリザベスやダーシーは対照的な語用論的ストラテジーを用いている。I am sure、I hope、I dare say、I assure youは、語彙的な意味を強く保持すると同時に、挿入的な用法も早くから見られるため、さらなる歴史語用論の知見を生かした調査が必要である。

注

（1）現在は、品詞情報タグのついたコーパス（TEI XML edition）も利用可能になった。最新版は、二〇一一年に公開された。詳細は、次のＵＲＬを参照。http://www.helsinki.fi/varieng/CoRD/corpora/HelsinkiCorpus/HC_XML.html

（2）詳しくはヘルシンキ大学の Corpus Resource Database（CoRD）のサイトで検索することができる。以下のＵＲＬを参照。http://www.helsinki.fi/varieng/CoRD/index.html

（3）フィッツモーリスは、文学作品そのものがコミュニケーションの一つのタイプとして真正であり、著者と読者との相互的なコミュニケーションであるとするセル（Sell）を引用している。このような立場では、言語的な語用論的研究からさらに文学理論、物語論、哲学、歴史学なども含むマクロな研究も射程に入る。

（4）この節は、二〇一八年六月二三日に近代英語協会大会において「Jane Austen の英語における comment clause について」という題で行なった口頭発表の一部に加筆修正をしたものである。

（5）総語数を算出するにあたり、プロジェクト・グーテンベルグより電子テキストをダウンロードしカウントした。散文とダイアローグの総語数の計算は、エディター TexEdit Plus を使って電子テキストを分割しカウントした。ダイアローグは引用符で囲まれている部分が対象となっている。男女別の総語彙数の算出には、手作業で個々のセリフに発話者と性別のタグをつけて、エディターで編集しカウントした。

(6) 田辺（「パストン家」）とTanabe（“Comment Clause”）では、I am sure、I dare say、I assure youは調査しなかったが、改めて『パストン家書簡集』とCEECSを調べたところほとんど例が見られないか、あっても他の評言節と比べてごく少数であった。

(7) 例文は、プロジェクトグーテンベルグからダウンロードしたテキストから引用した。http://www.gutenberg.org/ebooks/1342 例文に付加された< >内の登場人物名は、本研究のためにタグとして挿入した。日本語訳は、すべて小山太一訳の『自負と偏見』新潮文庫版による。下線は筆者による。

引用文献

一次資料

Austen, Jane. *Pride and Prejudice*. <http://www.gutenberg.org/ebooks/1342>, 1818.

CEECS = *Corpus of Early English Correspondence Sampler*. Compiled by Terttu Nevalainen, Helena Raumolin-Brunberg, Jukka Keränen, Minna Nevala, Arja Nurmi and Minna Palander-Collin at the Department of Modern Languages, University of Helsinki, 1998.

COHA = *Corpus of Historical American English*, edited by Mark Davies. <https://corpus.byu.edu/coha/>

Davis, Norman, editor. *Paston Letters and Papers of the Fifteenth Century, Part I*. Clarendon P, 1971.

Davis, Norman, editor. *Paston Letters and Papers of the Fifteenth Century, Part II*. Clarendon P, 1976.

二次資料

Akimoto, Minoji. “On the Grammaticalizaion of ‘I'm afraid’” *Studies in English Historical Linguistics and Philology: A Festschrift for Akio Oizumi*, edited by Jacek Fisiak. Peter Lang, 2002, pp. 1–9,

秋元実治編『Comment Clause の史的研究：その機能と発達』新潮社フェニックス、二〇一〇年

秋元実治「シャーロック・ホームズの英語に見られる挿入詞の機能」高田博行他編『歴史社会語用論入門』所収、二〇一一年、九一―一〇九頁

Brinton, Laurel J. *The Comment Clause in English: Syntactic Origins and Pragmatic Developments*. CUP, 2008.

———. *The Evolution of Pragmatic Markers in English: Pathways of Change*. CUP, 2017.

———. “Historical Discourse Analysis”, *The Handbook of Discourse Analysis*, edited by Deborah Tannen, Heide E. Hamilton and Deborah Schiffrin. 2nd. Ed. Wiley-Blackwell, 2015, pp. 222–243.

———. *Pragmatic Markers in English: Grammatializtion and Discourse Functions*. Mouton de Gruyter, 1996.

Brown, Roger and Albert Gilman. “Politeness Theory and Shakespeare’s Four Major Tragedies”. *Language in Society*, vol. 18, no. 2, 1989, pp. 159–212.

———. “The Pronouns of Power and Solidarity”. *Style in Language*, edited by Thomas A. Sebeok. MIT P, 1960, pp. 253–276.

Culpeper, Jonathan. “Historical Sociopragmatics”, In Jucker and Taavitsainen, 2010, pp. 69–94.

Fitzmaurice, Susan, “Literary Discourse”, In Jucker and Taavitsainen, 2010, pp. 679–704.

Holmes, Janet. “Sex Differences and Miscommunication: Some Data from New Zealand”, *Cross-Cultural Encounters: Communication and Miscommunication*, edited by J. B. Pride. River Seine, 1985, pp. 24–43.

Jacobs, Andreas and Andreas Jucker. "The Historical Perspective in Pragmatics", in Jucker, 1995, pp. 3-33.

Jucker, Andreas, editor. *Historical Pragmatics: Pragmatic Developments in the History of English*, John Benjamin, 1995.

Jucker, Andreas and Irma Taavitsainen, editors. *Historical Pragmatic. Handbooks of Pragmatics*. Vol. 8, De Gruyter Mouton, 2010.

Kaltenböck, Gunther. "Spoken Parenthetical Clauses in English: A Taxonomy". *Parentheticals*, edited by Nicole Dehé and Yordanka Kavalova. John Benjamins, 2007, pp. 25-52.

金水敏・高田博行・椎名美智編『歴史語用論の世界』ひつじ書房、二〇一四年

Leech, Geoffrey N. *Principles of Pragmatics*. Longman, 1983.

Nevalainen, Tertu and Helena Raumolin-Brunberg, editors. *Historical Sociolinguistics*. Pearson, 2003.

Nevalainen, Tertu and Helena Raumolin-Brunberg, editors. *Sociolinguistics and Language History: Studies Based on the Corpus of Early English Correspondence*. Rodopi, 1996.

オースティン、ジェイン『自負と偏見』小山太一訳、新潮社、二〇一四年

Page, Norman. *The Language of Jane Austen*, Basil Blackwell, 1972.

Phillipps, Kenneth C. *Jane Austen's English*, Andre Deutsch, 1970.

Quirk, Randolph, Sidney Greenbaum, Geoffrey Leech and Jan Svartvik. *A Comprehensive Grammar of the English Language*. Longman, 1985.

Rissanen, Matti. "On the History of *that*/zero as Object Clause Links in English". *English Corpus Linguistics: Studies in Honour of Jan Svartvik*, edited by Karin Aijmer and Bengt Altenberg, Longman, 1991, pp. 272–289.

Romaine, Suzanne. *Socio-Historical Linguistics: its Status and Methodology*. CUP, 1982.

Sell, Roger. *Literature as Communication*. John Benjamins, 2000.

末松信子『ジェイン・オースティンの英語：その歴史・社会言語学的研究』開文社出版、二〇〇四年

高田博行・椎名美智・小野寺典子編『歴史社会語用論入門』大修館書店、二〇一一年

高田博行・渋谷勝己・家入葉子編『歴史社会言語学入門』大修館書店、二〇一五年

高田博行・小野寺典子・青木博史・白井敬尚編『歴史語用論の方法』ひつじ書房、二〇一八年

田辺春美「一五世紀『パストン家書簡集』における Comment clause について」秋元編所収、二〇一〇年、八一―一〇九頁

Tanabe, Harumi. "The Comment Clause in the *Corpus of Early English Correspondence Sampler*: Development and Gender Difference", *Studies in Modern English*. Vol. 28, 2012, pp. 77–86.

Thompson, Sandra A. and Anthony Mulac. "A Quantitative Perspective on the Grammaticalization of Epistemic Parentheticals in English". *Approaches to Grammaticalization*, Vol. II, edited by Elizabeth Traugott and Bernd Heine, John Benjamins, 1991, pp. 313–330.

内桶真二編 *A Concordance to Paston Letters*.［CD―ROM］大学教育出版、二〇〇七年

Wierzbicka, Anna. *English: Meaning and Culture*, OUP, 2006.

Wood, Johanna L. "Structures and Expectations: A Systematic Analysis of Margaret Paston's Formulaic and Expressive Language". *Journal of Historical Pragmatics*, Vol. 10, no. 2, 2009, pp. 187–214.

派生語と非派生語に見られる完全中和と不完全中和

平山真奈美

1　はじめに

英語の *missed* と *mist* は、発音は似ているが語の内部構造が異なる。*missed* は *miss* と過去形の *-ed* という二つの形態素が合わさったものであるのに対して、*mist* は一つの形態素からなる語である。つまりこの二語は［t］の発音の要素の性質が異なる。*Missed* の［t］は、過去形の /d/ が基になっているが（先行する音の性質のために）変化して［t］と発音される。*Mist* の［t］は、もともと（基底で）/t/ であり、それが［t］と発音される。つまり、これら二語にある［t］は基底の出自は異なるが（*missed* は /d/、*mist* は /t/）、発音のレベルではどちらも［t］である、というのが言語学においてなされてきたスタンダードな分析である。実際、英語話者は、発音としてはどちらも同じ［mɪst］であると思っているだろう。

日本語の似た例を出すと、「洋服箪笥」の「箪笥（だんす）」と「洋ダンス」の「ダンス」の発音が同じだと日本語話者が思うのと似ている。「洋服箪笥」の「箪笥（だんす）」は「たんす」が基の形で、「洋服」が先行して複合語になったことで語頭の /t/ が［d］となり「だんす」と発音されるが、「洋ダンス」の「ダンス」は「たんす」が変化したものではなく、もとから「ダンス」である。つまり、「洋服箪笥」の「箪笥」の語頭音は /t/ が［d］に変化したものであるのに対して、「洋ダンス」の「ダンス」は基から /d/ で「洋服」と複合語を作っても同じく［d］と発音される。基底形は異なるが、音声レベルでは同じ［d］となるというのが標準的な言語学の分析である（Ito and Mester 2003など）。

この現象は、音の対立（opposition, contrast）がある環境の下でなくなるという意味で中和（neutralization）現象と呼ばれる。先の日本語の例でいうと、/t/ と /d/ は語頭では *tansu*（箪笥）と *dansu*（ダンス）のように対立して他の語を作りうるが、ある種の複合語の中におかれた環境においては（/t/ が *d* になることから）*d* しか生起しない。つまり /t/ と /d/ の対立がある種の複合語の中という環境で中和される。

しかし、これまで中和されると分析されてきた対立が、特に一九八〇年代からの研究により、実は音声レベルでは同じではないという結果が報告されている。この文脈での典型的な例は後述（第二節）のロシア語などの語末での中和である。先の英語の例も、中和を広く捉えると該当する例の一つで、*missed* と *mist* は実は音声を分析すると同じではない、ということが報告されている（Plag, et al. 2017, Godfrey 2014など）。ただし、中和の起こらない環境で認められるような差があるるわけではないので、不完全中和（incomplete neutralization）と呼ばれる。

本稿では、この（不）完全中和現象を取り上げ、言語事実を報告しどのような説明が妥当かを考える。第二節では、英語やロシア語などの（不）完全中和についての先行研究を紹介し、言語事実を確認する。第三節では、本研究で行った日本語の音声実験を報告する。第四節では、文献に見られる（不）完全中和の分析を議論した上で、本研究のデータを音韻論的に分析する。そこで鍵となるのは、音韻表示である。第五節は本研究のまとめと今後の展望である。

本稿では言語学の慣例に従い、基底表示（話者の心的音韻表示）を／／で、実際の発音を［］で記述する。

2　英語やロシア語における事例

本節では、伝統的に中和であると分析されてきた対立が音声レベルで実は同一ではないと報告されている事例、および実際に中和していると報告されている事例をいくつか紹介する。音韻論の教科書で中和現象の例として典型的に挙がる例が、ロシア語やドイツ語に見られる、語末での声の中和である。（1）はドイツ語の例で、'wheel' を表す *Rad* と 'council' を表す *Rat* は語末に /d/ と /t/ をそれぞれ有するが、語末で中和しどちらも［t］で表記されている。語中では前者は［d］後者は［t］であるから、基底ではそれぞれ有声音の /d/、無声音の /t/ であり、語末の位置に現れた時にこの声の対立が中和され［t］になる、という分析が伝統的なものである。

（1）ドイツ語の語末における声の中和（Roettger et al. 2014: 11,（1））
a．Rad［ʁaːt］'wheel'（cf. Räder［ʁɛːdɐ］'wheels'）
b．Rat［ʁaːt］'council'（cf. Räte［ʁɛːtə］'councils'）

しかし、近年の音声研究によれば、この対立は語末で完全には中和しておらず、基底の /d/ からくる［t］と基底の /t/ からくる［t］とを比べると前者は後者よりも［d］に幾分近いという（Port and O'Dell 1985, Roettger et al. 2014など）。同じような語末の声の不完全中和が、カタラン語（Dinnsen and Charles-Luce 1984）、オランダ語（Ernestus and Baayen 2006, Warner et al. 2004）、ポーランド語（Slowiaczek and Dinnsen 1985）、ロシア語（Matsui 2015など）といった他言語でも報告されている。

北米英語で /t/ と /d/ がある音環境下でどちらも［ɾ］となる（*latter* と *ladder* など）Flapping（弾音化）という現象においても、両者の中和が不完全であるという報告がある（Braver 2011, Herd, Jongman and Sereno 2010）。

上の例は、語が構造的に複雑（一語の中に二つ以上の形態素が含まれる）であるかどうかは関係なく、ある音韻環境に生起する時に（例えば語末）対立が中和するというものであるが、第一節で紹介したような、語構造が関わる例については、接辞がついたり（英語の過去形）や他の語と複合語を作ったりする（日本語の連濁）結果、伝統的には「同じ」音になると分析されてきたものである、という点で一般化できる。

第一節では英語の過去形の接尾辞 *-ed* /d/ が［t］になる場合（*missed*）と基底から /t/ の［t］（*mist*）の不完全中和を取り上げたが、*-s* /z/ に関しても同様の不完全中和が報告されている。例えば *tacks* は *tack* に接尾辞の *-s* がついており、接尾辞の *-s* は基底では /-z/ と分析されることから、基底では /tæk-z/ である。この /z/ が、先行音が無声子音 /k/ であるため声の同化が起こって［s］と無声音になり、音声レベルでは伝統的には［tæks］と表記される（語頭の帯気音など、議論の対象外の音声事実表記は省略する）。これに対して、*tax* はこのような形態素接続の結果ではなくて基底から /tæks/ であり［tæks］と発音される。結果、*tacks* /tæk-z/ ＞［tæks］と *tax* /tæks/ ＞［tæks］が同じ発音になるというのが伝統的な分析である。しかしこれは音声的に不完全中和であるという（Plag, et al. 2017, Godfrey 2014など）。

他の言語でも同様の、語形態の関与した不完全中和が報告されており、例えば広東語の声調（Yu 2007）などがある。

ただし、中和するあるいは「同じ発音」になると分析されてきたものが全て不完全中和であるわけではない。音声を観察した結果、中和している／同じ発音であるという報告の現象もある。例えば、先に不完全中和の例として議論した語末の無声化について、ドイツ語では完全中和を報告する研究もある（Piroth and Janker 2004）。オランダ語における母音の長音化の研究（Lahiri et al. 1987）においても同様に、基底に含まれる長母音と派生した長母音が（完全）中和しているという報告がある。韓国語における音節のコーダ位置にある調音様式の中和についても完全中和であるという報告がある（Kim and Jongman 1996）。

以上、通言語的に完全中和および不完全中和が報告されていることを概観した。これを受け、本研究では日本語の連濁と促音化を取り上げ、これらのプロセスが関与して派生した音と基底からある音の中和が完全であるかどうか、実験的手法を用いて検証する。

3　日本語の中和についての実験

本節では日本語の促音化と連濁に焦点をあて、それぞれのプロセスに関わる対立において中和が完全であるかどうかを産出実験によって調査する。本研究は被験者の人数が少ないなど、実験デザインの点でパイロット研究であり、結果はその限界を踏まえた上で分析する必要があるものの、この段階の実験結果として、促音化の関係する対立では不完全中和、連濁の関係する対立では完全中和が見られた。以下、実験方法について3・1節で記述し、実験結果を3・2および3・3節で報告する。

3・1　実験方法

本研究では、促音化というプロセスを経て派生された促音とプロセスを経ることなく基底に含まれる促音が、音声上同じものかどうか、また連濁を経て /t/ から［d］に変化した［d］と基底に含まれる/d/の[d]が音声上同じかどうか、の二点を検証する。促音とは日本語の正書法で小さな「っ」で示される、長子音のことである。本節では促音に関する実験の方法を3・1・1節に、[d]に関する実験の方法を3・1・2節に述べる。

3・1・1 促音

まずテスト語について述べる。基底では促音を持たないが促音化によって派生された促音を含む語は（2a）から（2e）の五語である。日本語では、オノマトペの語幹に「と」をつけて副詞として使われる一連の語があり、この時に促音化が起こる（Hamano 1998など）。本研究は、このプロセスを経て形成される語を扱う。（2）では形態素境界を「+」の記号で表す。例えば（2a）は「ど」という語幹に「-と」がついて「（会場が）どっと（わく）」という時に使う「どっと」が派生される。

（2）促音化に伴う促音を持つテスト語（+：形態素境界）

a. ど+-と→どっと *dotto*（わく）
b. は+-と→はっと *hátto*（する）
c. すき+-と→（頭が）すきっと *sukítto*（する）
d. ふ+-と→ふっと *hútto*（気づく）

e．に+-と↓にっと *nítto*（笑う）

これに対して、基底から促音を持つ語を、（2a）から（2e）に対応する形で用意した。これらを（3）に挙げる。例えば（3a）の「ドット」は「水玉模様」の意味であり、単一形態素からなる語である。（3）は全て英語からの借用語であり、日本語としては単一形態素から成ると前提する。つまり基底に促音を含む。（2a）から（2e）に挙げた語と（3a）から（3e）の語についてそれぞれのペア（例えば（2a）「どっと」と（3a）ドット）の違いは、派生した促音を含むのか、基底から促音を含むのかという点である。アクセントの位置（acute アクセント記号で示す）もペアごとに統一されている。

（3）基底に促音が含まれる語

a．ドット *dotto* 'polka dots'

b．ハット *hátto* 'hat'

c．スキット *sukítto* 'skit'

d．フット *hútto* 'foot'

e．ニット *nítto* 'knitted clothing'

これらの語を「これは×です」（×部に当該の語が入る）というキャリア文に入れて7人の東京式アクセントの話者に読んでもらった。ただし、基底に促音の含まれる語（3）については、ダミー語も含めてランダマイズしたリストを作り、4人の話者と3人の話者で読むリストの順番を変えた。

促音化を経た促音を有する語（2）は、（3）の語とは分けて録音した。促音のない語形を文脈とともに提示し、その文脈に合わせて語を発音してもらった。例えば「どっと」の場合、「どと」と「会場が＿とわく」という文脈を添えて提示し、文脈に合うように発音してもらうようお願いした。つまり明示的に指示は出さないが、話者が自主的に促音化の規則をかけて発音するようにした。

録音は東京外国語大学または国立国語研究所の録音室にて、マランツ社のデジタルレコーダ（PMD661）をサンプリング周波数44.1k Hz、量子化24 bitの設定で行った。マイクは6人の被験者にはヘッドセットを使い（Countryman ISOMAX、周波数応答 20–20,000 Hz）、残りの一人の録音にはピンマイク（Audio-Technica AT831b、周波数応答 40–18,000 Hz）を用いた。どちらも単一指向性コンデンサーマイクである。

全般的に、話者はデザインされた通りのアクセント型を用いて発音したが、デザイン通りでない型を使った場合、修正して再度発音してもらった。この修正録音に漏れたものは、分析から除外した。

(4) 話者WT「これはニットです」の発話　CC: *nitto* CCV: *nitto*

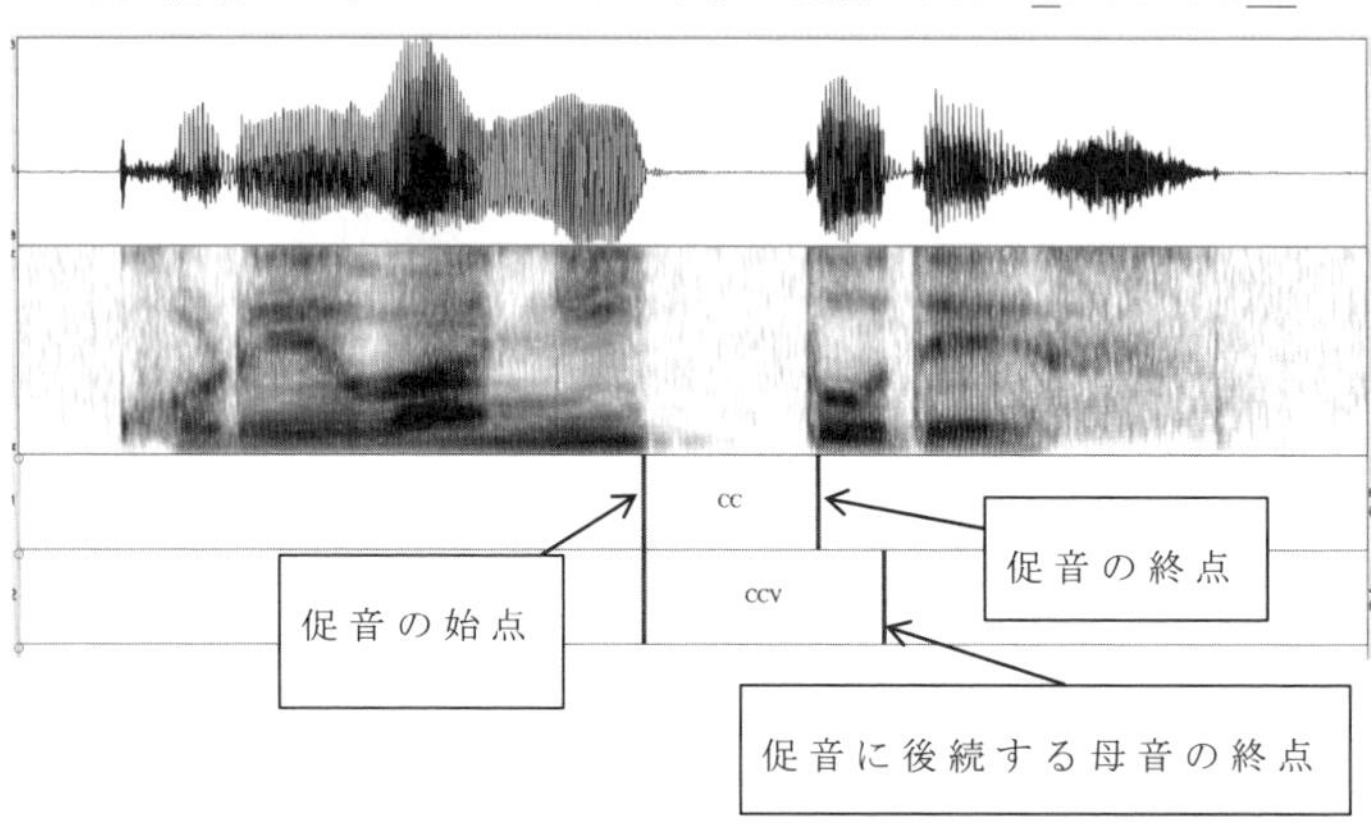

録音した音声の分析方法について述べる。音響分析ソフトPraat（ver. 5.4.01, Boersma and Weenik 1992-2014）を用い、促音（子音）の部分CCとその促音に後続母音を合わせた部分CCVの長さを計測し、後者を分母、前者を分子とする比を取った。長さを計測した理由は、日本語における促音の音声事実として子音の持続時間が重要な要素であることがわかっているためである（Kawahara 2015および所収の参考文献を参照）。（4）は話者WTの「これはニットです」の音響分析画像である。CCV（*nitto*）の長さに対するCC（*nit-to*）の長さの比を取った。促音の始点は先行する母音の終点を取り、終点は後続母音の始点を取った。周期性を帯びた波形および第2および第3フォルマントが現れていることを基準に母音の始点／終点を判断した。

　以上のように計測し算出した比について、基底からの促音と促音化によって派生した促音が異なるかどうかを調べるため、R（ver. 3.1.2; R Core Team 2014）と*lmerTest*パッケージを用いて、比を従属変数、促音のタイプ（基底のものか派生したものか）を独立変数として線形混合効果分析を行った。モデルには、話者とアイテムをランダム効果として加えた。(1)

3・1・2 [d]

次に[d]に関しての実験方法を述べる。基底に/d/を含む語と、基底では/t/であるが連濁プロセスを経て有声化した[d]を含む語を用意した。連濁とは、ある種の複合語の形成や接辞がつく形態変化が起こった時、2番目の要素の語頭子音が有声化するというプロセスである（Vance 1987: 133, Vance 2005, 2015など）。例えば「すし」の語頭は無声子音/s/であるが、他の語の後ろにきて複合語を形成すると「巻きずし」のように有声子音[z]になる。（連濁のターゲットになる子音は厳密に言えば阻害音と呼ばれる一連の音である。）本実験では連濁のターゲットとなる子音の一つである/t/を用いる。

テスト語を（5）と（6）に示す。（5）は、基底では/t/であるが連濁を経て派生された[d]を含む語である。例えば（5a）は「偽（にせ）」と「箪笥（たんす）」が複合語「にせだんす」を形成し、「たんす」の語頭の/t/が複合語では[d]と有声化する。連濁で有声化した[d]を[d^R]と表す。これに対して、（6）の語は基底の/d/を含む語で、例えば（6a）は「にせ」と「ダンス」が複合して「偽ダンス」を作るが、「ダンス」の最初の[d]は/t/が有声音化したのではなくて、基底から /d/ である。分節音や音節構造の点でミニマルペア（（5a）と（6a））かそれに近い3組のペアの語を用意した。複合語としてのアクセント位置も同じである。

（5）連濁の実験に使用したテスト語：派生された［d］（</t/）
　a．偽 nise ＋ 箪笥 tansu → 偽箪笥［nise d^{R}ánsu］
　b．偽 nise ＋ 太鼓 taiko → 偽太鼓［nise d^{R}áiko］
　c．偽 nise ＋ 狸 tánuki → 偽狸［nise d^{R}ánuki］

（6）連濁の実験に使用したテスト語：基底の［d］（</d/）
　a．偽 nise ＋ ダンス dánsu → 偽ダンス［nise dánsu］
　b．偽 nise ＋ 大工 dáiku → 偽大工［nise dáiku］
　c．偽 nise ＋ ダリア dária → 偽ダリア［nise dária］

これらの複合語を「姉は＿と言った」というキャリア文に入れた（例えば「姉は偽箪笥と言った」）。各ペアが同じリストに入らないようにし、更にテスト語でない語（ダミー）も入れて読み上げリストを作成し、順序をランダマイズしたものを8つ用意した。これを東京式アクセントの話者六人に読んでもらった。

録音は、国立国語研究所の録音室で行い、マランツ社のデジタルレコーダー（PMD661）を促音の実験と同じ設定で使用した。マイクはダイナミックヘッドセットマイク（SHURE SM10A, 周波数応答 50–15,000 Hz）を使用した。

基底が /t/ か /d/ かで表層の［d$^{(R)}$］が異なるかどうかを検証するため、以下の項目について両者を比較する。［d$^{(R)}$］の前後に関して、基本周波数（f0）、第一フォルマント（F1）、第二フォルマント（F2）、そして［d$^{(R)}$］の閉鎖区間の有声率、［d$^{(R)}$］の閉鎖区間の持続時間、［d$^{(R)}$］に先行する母音（「にせ」の［e］）の持続時間、［d$^{(R)}$］の閉鎖に伴うバーストから後続母音［a］までの持続時間（バーストが観察される場合のみ）。これらを比較項目とした理由は、通言語的に無声と有声の対立を示す指標としてこれらが報告されているからである（Kingston and Diehl 1994など）。例えば無声阻害音の前後の母音は有声阻害音の前後の母音より f0および F1が高く、有声阻害音の前の母音は無声阻害音の前の母音より長いことが多くの言語で観察されている。

日本語に関していえば、Kawahara（2006）が、語中における単子音と促音（重子音）の両方について上の項目を調べたところ、子音の前で F1の差がなかった以外は通言語的な傾向が見られた。Voice Onset Time（VOT）については通言語的には有声子音と無声子音に関するキューであると報告されているが、日本語では語頭では差があるものの、語中においてはそのような差はないようである（Kawahara 2006, M. Takada, pc. 2017年夏）。

上記の項目を計測する時、以下のように基準を設けた。（7）に示されているように、［d$^{(R)}$］

（7）連濁の実験における計測基準

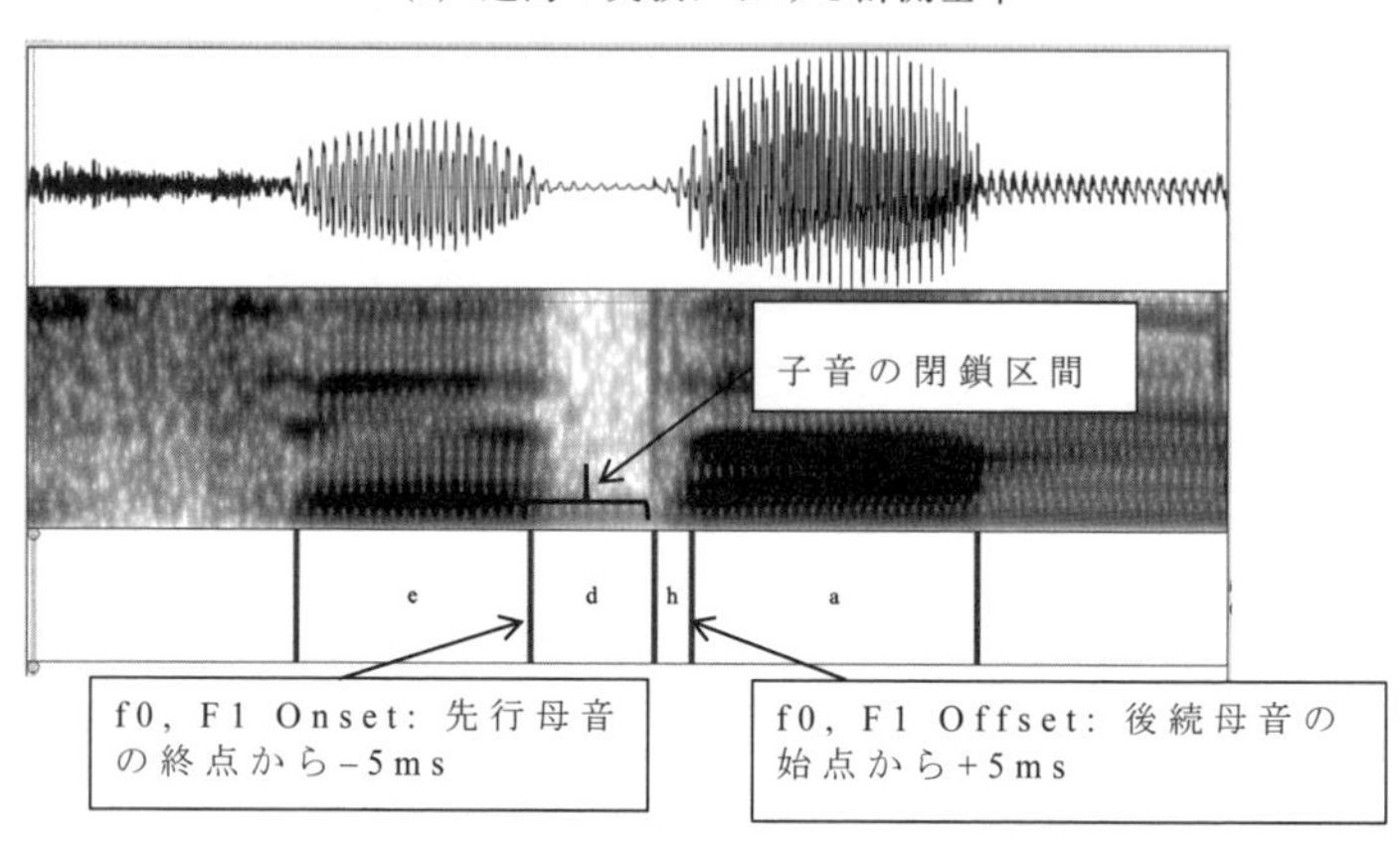

の前後の母音は、周期的な波形が見られること及び母音のフォルマントが確認できることを基準に分節した。そのように分節された間に［$d^{(R)}$］の閉鎖区間を認め、バーストが認められた場合、閉鎖はその時点で終点とした。バーストから後続母音の始点をVOTとした。F0およびF1のオンセットとオフセットは分節した点からそれぞれ母音の方向へ5msの区間を計測した。分節は筆者が手作業で行い、数値の計測はPraat（ver. 5.4.01, Boersma and Weenik 1992-2014）とスクリプト（Kawahara 2010を本実験のために修正したもの）を用いて自動で行った。先行母音［e］の持続時間およびVOTの長さ（（7）で［h］とラベルがついている部分）に関しては、ProsodyPro（Xu 2013）のスクリプトを用いて計測した。

基底が/t/の［d^{R}］と基底が/d/の［d］が音声的に同じであるかどうかを見るため、先の基準で計測されたそれぞれの項目の数値を従属変数、基底の性質

(8) 促音の実験に関する統計結果

	β	t	p
Intercept[1]	75.8239	61.909	$<0.001^{***}$
促音（基底）	−1.5673	−3.132	0.0202^{*}

[1] 派生された促音がデフォルト

（/t/か/d/か）を独立変数として、基底の性質が計測数値に対して影響があるかどうかを、R（ver. 3.1.2; R Core Team 2014）と*lmerTest*を用いて線形混合効果分析によって調べた。促音の実験と同様、スピーカーとアイテムをランダム効果としてモデルに加えた。(2)

3・2 結果：促音

基底に含まれる促音（例えば「ドット（水玉模様）」）であるか派生された促音（例えば「（会場が）どっと（沸く）」）であるかという要因が計測結果である促音比に影響を及ぼすかどうか、4・1節に記述した通り統計をかけた結果、（8）に示すように影響があるという結果が出た（p=0.0202、N=341）。派生された促音（CC／CCV比の推定値75.8）の方が、基底の促音（CC／CCV比の推定値74.2≈75.8239−1.5673）よりも比にして長いことがわかった。

話者は上の統計モデルにおいてランダム効果として含まれているため、バリエーションの要因としての話者間の違いは（8）の結果に加味されているが、個々の話者のパターンを概観する。（9）は話者ごとに計測値を示したものである。グラフ中グレーが派生された促音、白が基底の促音である。両者の差は大きくはないものの、話者全員に全体傾向通りのパターンが見ら

(9) 促音の実験に関する話者ごとの結果

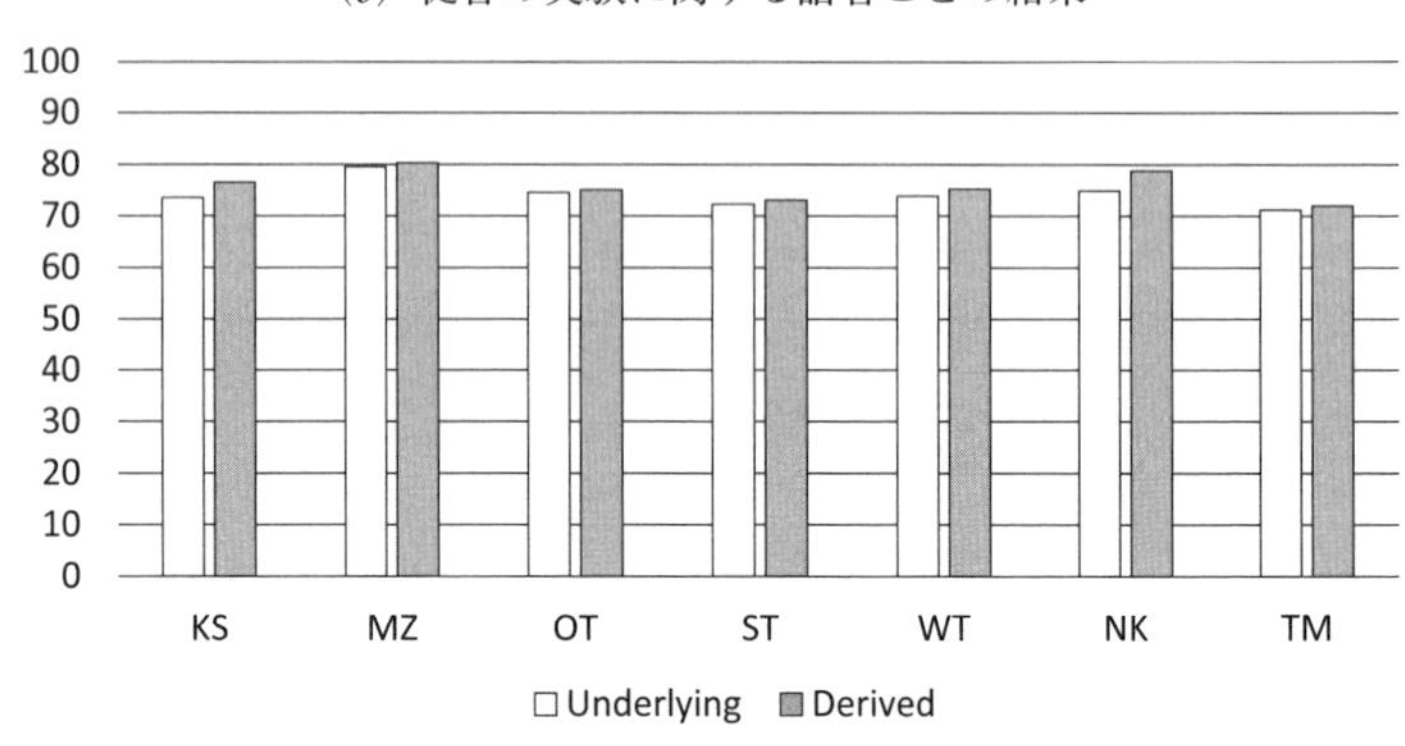

れ、派生された促音の方が（比の単位で）長いことが確認できる。

3・3　結果：[d]

次に基底が /t/ で連濁プロセスを経る事により有声化した [d^R] と基底が /d/ の [d] の比較について結果を述べる。(10) に示す通り、計測した全ての項目において、基底での差が計測値に影響を及ぼさないという結果が出た。この結果は、基底が /t/ の [d^R] と基底が /d/ の [d] の間に（計測した項目について）音声的な差がないことを示唆している。

促音の実験同様、話者はランダム効果として統計モデルで処理されているが、個々の話者の結果を概観する。(11) はそれぞれの比較項目について、話者ごとに平均をグラフ化したものである。白いバーが連濁を経た [d^R]、グレーが基底からの [d] を示す。両者の数値は、それぞれの話者で違いがほとんどないが、差が見られる話者もいる。例

(10) /t/ [d^R] と /d/ [d] の比較に関する統計結果

要因		β[1]	t	p
f0 onset	Intercept(/d/[d])	225.320	10.734	<0.001***
	/t/([d^R])	1.006	0.801	0.462586
f0 offset	Intercept(/d/[d])	246.21914	10.153	<0.001***
	基底 /t/([d^R])	0.01902	0.009	0.993373
F1 onset	Intercept(/d/[d])	485.441	19.634	<0.001***
	基底 /t/([d^R])	4.761	1.025	0.349
F1 offset	Intercept(/d/[d])	636.400	15.43	<0.001***
	基底 /t/([d^R])	14.125	0.81	0.456
閉鎖区間有声率	Intercept(/d/[d])	68.919	7.953	<0.001***
	基底 /t/([d^R])	7.998	1.534	0.17337
閉鎖区間長	Intercept(/d/[d])	40.152	11.466	<0.001***
	基底 /t/([d^R])	−1.826	−1.595	0.172
先行母音長	Intercept(/d/[d])	62.0719	14.541	<0.001***
	基底 /t/([d^R])	−0.9517	−0.312	0.769
VOT	Intercept(/d/[d])	17.9635	8.173	<0.001***
	基底 /t/([d^R])	−0.7796	−1.312	0.203347

1　推定値の単位は、f0 onset、f0 offset、F1 onset、F0 offset は Hertz、閉鎖区間の有声率はパーセンテージ、持続時間に関する項目についてはミリセカンドである。

えば、(11e) の閉鎖区間の有声率では、両者に比較的大きな差がある話者がAKやKN、MKである。しかし、これは基底の性質(/t/か/d/か)が関係しているとは考え難い。なぜなら、基底の性格が関係するのであれば、基底が無声子音である[d^R](白いバー)の方が、基底が有声である[d](グレーのバー)よりも有声率が低いと予測されるのに対し、結果は反対だからである。この予測は語頭の特徴から立てられる。読み上げリストに入れたダミー語の中に語頭の[t](「たぬき」

(11) /t/ [d^{R}] と /d/ [d] の比較に関する話者ごとの結果（値は平均値、横軸が話者）

a. f0 onset　　　　b. f0 offset

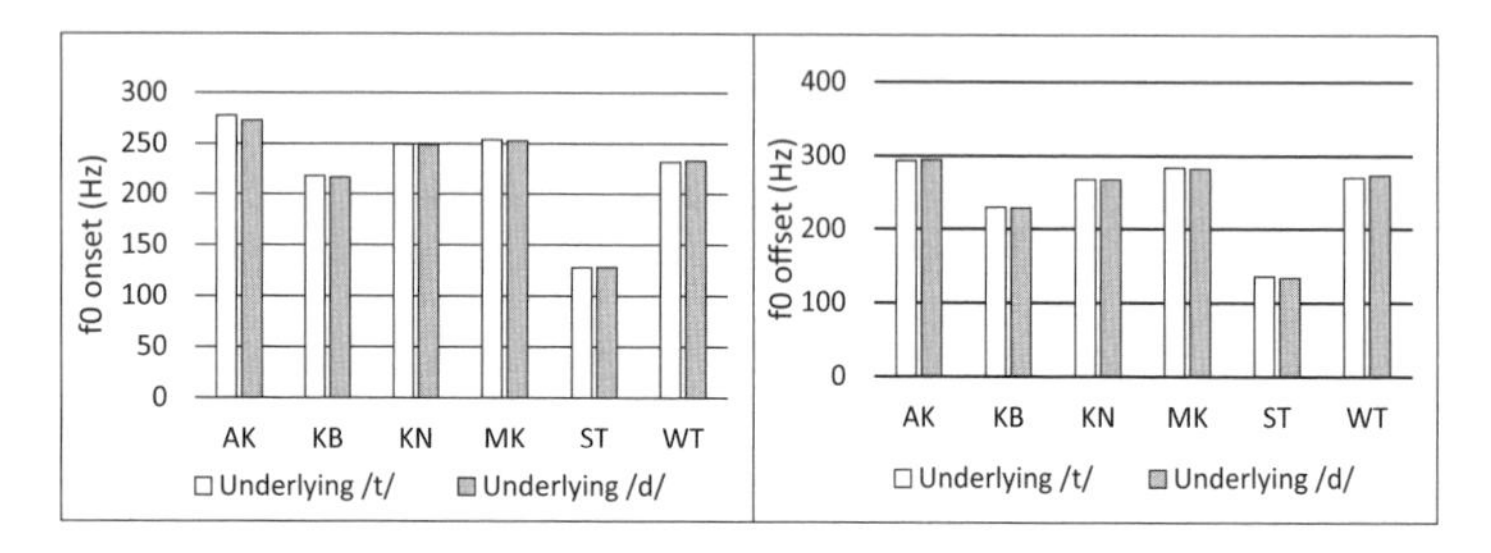

c. F1 onset　　　　d. F1 offset

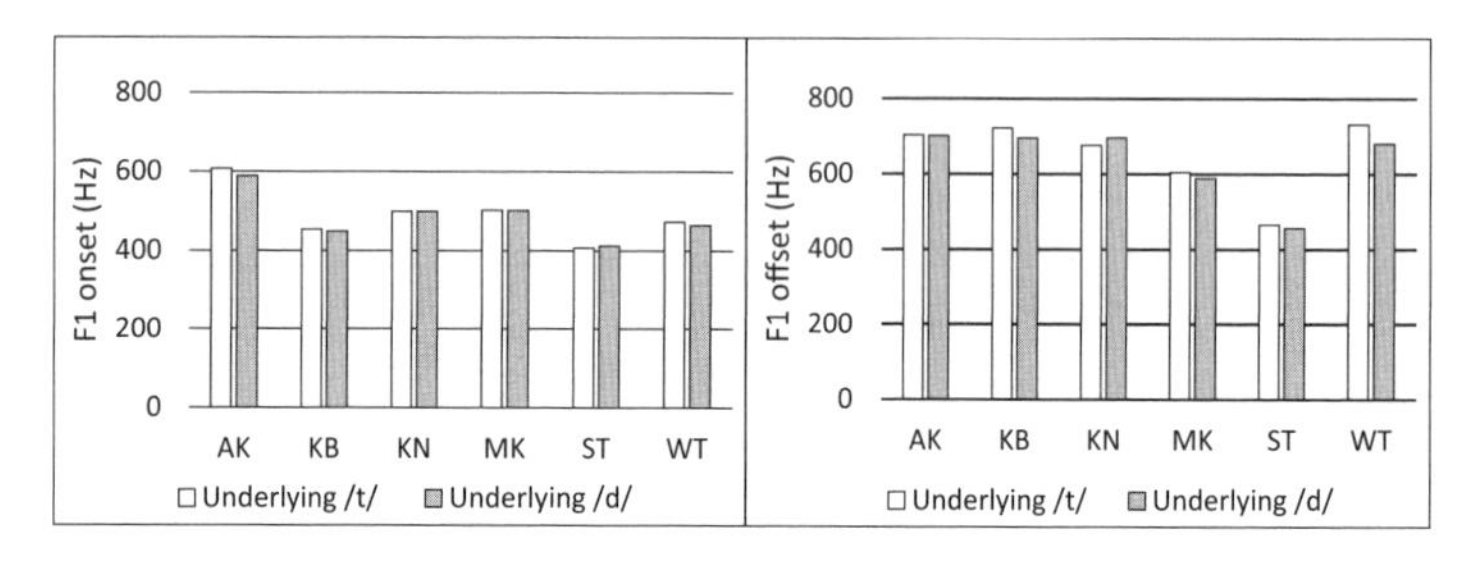

e. 閉鎖区間有声率　　　　f. 閉鎖区間長

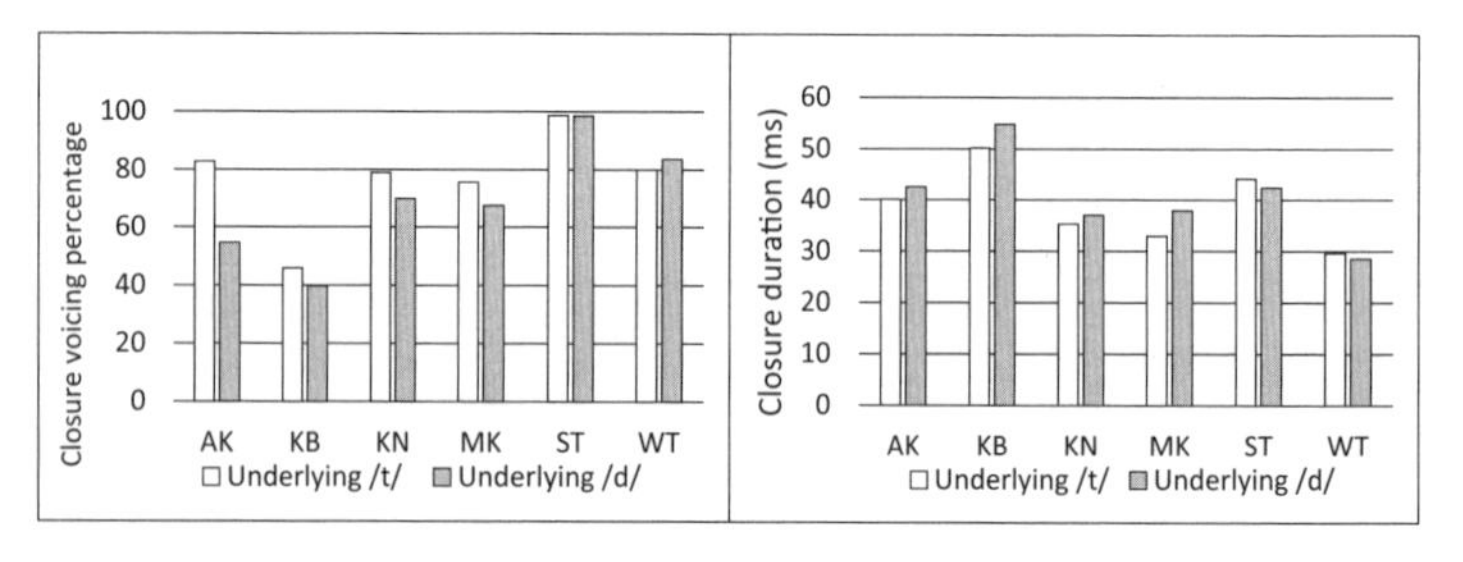

g. 先行母音[e]の持続時間　　　　h. VOT

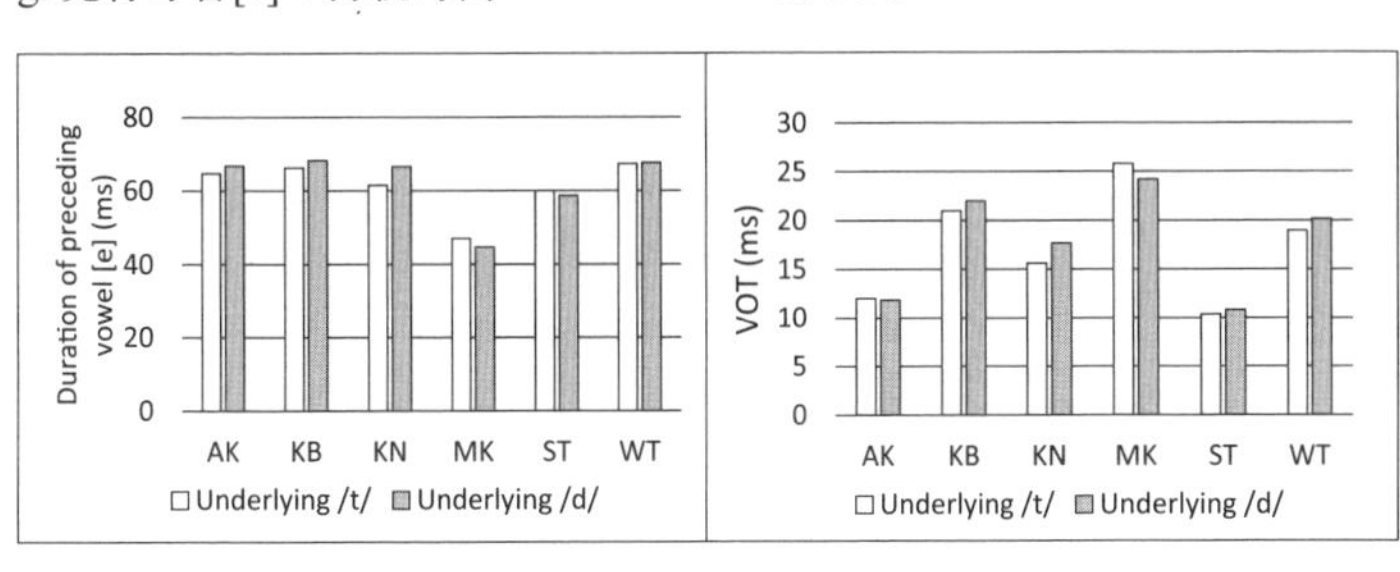

「太古」など）と［d］（「ダリア」「大工」など）を含む語を入れ、上記と同じ項目を計測したが、この位置では文献の報告と同じ傾向が見られた[3]。このことから、語中でもし基底の性格が影響しているとしたら、基底の/t/から派生されている［d^R］は語頭の［t］に近い性質を帯びると予測できる。しかし結果はそうではなかった。即ち、基底が/t/か/d/かであることが関係した差であるとは考えにくい。

また、（11f）（閉鎖区間長）、（11g）（先行母音長）、（11h）（VOT）では、基底の/t/と/d/との間で値が異なる話者もいるが、話者間で一貫した方向性が見られず、基底が/t/の値の方が大きい話者もいれば基底が/d/の値の方が大きい話者もいる。つまり全体としては、基底が/t/か/d/かという要因での差であるとは言えないと結論するのが妥当である。

本節の結果をまとめる。まず、促音の実験では派生された促音と基底に含まれる促音で音声上差があり、前者の方が（比の値として）長かった。連濁を経て派生された［d^R］（/t/）と基底に含まれる［d］（/d/）の発音の間に音声的に異なる側面は見られなかった。

4　分析

前節の結果から、派生したものと基底に含まれるものの音声が同じ（[d^{R}] と [d]）ことも異なる（促音）こともあることが明らかになった。本節では、この結果がどのように説明されるかを議論する。まず4・1節にて、（不）完全中和を扱う文献から二つの分析を紹介する。4・2節にて、そのうちの一つでは本研究の結果が説明できないことを明らかにし、本研究の分析を述べる。

4・1　（不）完全中和の先行研究における分析

（不）完全中和の説明として文献には主に二つのアプローチが認められる。一つは、話者が発音するとき、形態的に関連のある形が同時に想起され（coactivated）、それが発音に影響を与えるという考え方である（Ernestus and Baayen 2006, Gouskova and Hall 2009, Li 2017, Roettger et al. 2014, Steriade 2000, Yu 2007）。例えば、第一節で紹介したドイツ語の語末の不完全中和に関して、Roettger et al.（2014）は、*Rad* を発音するとき、中和していない形 *Räder* も話者の中では活性化（activate）され、そのように *Räder* が *Rad* を発音するときに一緒に活性化される（co-activate）ことが、話者の *Rad* の発音の微細な点に影響を及ぼし、若干 /d/ の性質を帯びた発音になるために、基底で /t/ の *Rat* と完全には中和しない、と説明している。Yu（2007）は広東語の声調について、派生された声調35と基底の声調35が音声的に全く同じでないことについて、関係のある形が一緒に想起され影響を受けるためであると説明している。

上に挙げた文献は、扱う言語や現象、また理論的枠組みが異なることはあるものの、共通して、形態的な情報が発音に直接影響を及ぼすという考え方を取っている。

（不）完全中和の説明として、文献にみられるもう一つのアプローチは、音韻表示（phonological representation）によるものである。そこでは発音の差異は（形態的な情報が直接発音に影響を与えることにより生じるのではなくて）話者の音韻的な表示の差が発音に反映されることにより生じると説明する。例えば語末の有声無声の不完全中和について、van Oostendorp（2008）は、最適化理論（Optimality Theory）を用い、Turbidity Theory を更に用いて、無声化した有声音の音韻表示と基底からの有声音とで表示のされ方が異なるという分析を提案している。

また、英語の派生による接尾辞の *-s* [s]（*tacks*）や *-ed* [t]（*missed*）の発音が単一形態素の語幹の最後の [s]（*tax*）や [t]（*mist*）と音声的に異なるという事実に関して、両者の異なる音韻表示が発音に現れていると分析する研究がある（前述の co-activation モデルで説明する研究もある。詳細は Godfrey 2014を参照）。

4・2　本研究―音韻表示による説明

形態的に関連のある語に同時にアクセスするという分析は、本研究のデータを説明できない。一つには、もしそうだとすると、基底の性格が発音に反映され、不完全中和となることが予測されるが、本研究では完全中和の事例があり、連濁を経た［d^R］と基底 /d/ からの［d］に音声的な違いはなかった。また文献にも完全中和の事例があることは第二節で紹介した通りである。一般的に、co-activation モデルは、不完全中和の説明はできるが、完全中和の場合、なぜ中和が不完全にならないのか、つまり基底の性格の違いがどうして発音に現れないことがあるのか、を説明する仕組みが別途必要であることを指摘したい。

また、促音のペアについては、本研究では派生された促音と基底に含まれる促音の発音に差が見られたが、関連形態が co-activate されるとすると、差の様相が本研究のデータとは逆になることが予測される。本研究では派生された促音の方（「どっと（わく）」など）の方が基底に含まれる促音（「ドット」（水玉模様）など）よりも（比にして）長かった。派生された促音は基底では短い子音であり、それが促音化（＝長子音化）したものであると分析すると（Hamano 1998、以下に詳述）、基底の形が想起（activate）されて発音に影響するなら、派生した促音は基底に含まれる促音よりも短くなることが予想される。しかし結果は、少なくとも比の値からすると逆であった。

以上の二点から、形態的に関連する形が発音時にアクセス可能になり話者の発音に影響を及ぼすというモデルは、少なくともそれのみでは本研究のデータの説明ができない。

本論文では、音韻表示に帰依する分析を以下に提案する。そのような分析であれば本研究の事例は同一メカニズムによって説明することができる。

日本語の基底に含まれる促音の表示（representation）を⑿のように提案する。σは音節、μはモーラを表す。日本語の音節とモーラは、標準的な分析に従い（川越 2014：30-39など）以下のように記述される。音節は（C）V（Cは子音、Vは母音）、（C）VV、（C）VN（Nは撥音「ん」）、（C）VQ（Qは促音「っ」）、を1単位とカウントする単位である。モーラは（C）V、促音「っ」、撥音「ん」を1単位とカウントする単位である。綴り字でいうと、かな一つが1モーラである。例えば「みかん」は音節だと［mi.kaN］と2音節であるが（音節境界を．で示す）、モーラだと［mi=ka=N］と3モーラになる（モーラ境界を＝で示す）。促音も1モーラとカウントされるから、例えば「ハット」［haQto］は、2音節3モーラ語［ha=Q.=to］である。⑿でも2音節、3モーラとなっている（σ／μ一つで1音節／モーラ）。ここで重要なのは、促音の構造である。⑿では一つの子音C（下線部）が二つの音節にシェアされている構造をもって促音が表されている。促音は音声的には長い子音である。このように長い子音（重子音 geminate）の分析として、二つの子音が連続している構造（CC）ではなくて、⑿のように一つの子音（C）が長く、音節の末尾と後続音節の頭子音になっているという構造は、通言語的に多数の文献に見られる（Davis 1994、Hayes 1989など。重子音の表示についてはDavis 2011に詳しい）。

日本語における促音について、本研究では、一つの子音（C）がモーラ構造（の一部）を担っ

（12）日本語の促音（基底）

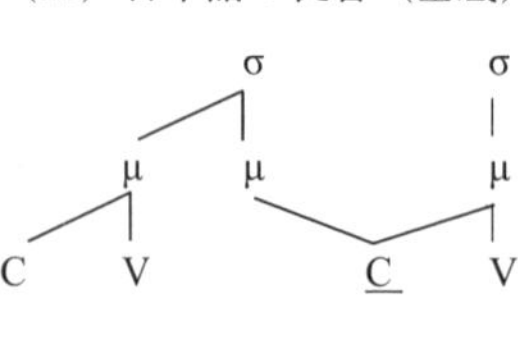

ていながら音節の尾子音（Kubozono 1999など）と後続音節の頭子音（Pierre-humbert and Beckman 1988など）である構造をとると前提する。

これに対して、促音化のプロセスは、Hamano（1998）に従い以下のように分析でき、（13）の構造を提案する。語根としては基底では（長子音ではなくて短子音の）（C）V（例えば「どっと（わく）」であれば「ど /do/」）であり、（13）のC1V1である。これに「と」/-to/ がつく。この接尾 /-to/ は（13）ではC2V2である。この基底の二つの形態素から促音化が起こるプロセスは、Hamano（1998: 31）によれば以下である。日本語の派生語の語幹は少なくとも1フット2モーラなければならないという韻律的な要件がある（Ito 1990）が、語根「ど *do*」だけでは1モーラしかないので、韻律上の必要性からもう1モーラが加わる。これが（13）の$\boxed{C}$が属するモーラμである。このモーラ挿入プロセスを（13）では波線で示す。この結果語根の「ど」C1V1はC1V1$\boxed{C}$となり2モーラなので、語幹として成立する。この語幹C1V1$\boxed{C}$に「と *to*」C2V2がつくのは、Hamano（1998）によれば、日本語の派生語が2音節以上なければならないという要件（Ito 1990）がオノマトペの語彙にも当てはまるという理由による。

Hamano（1998）の分析では促音化のプロセスは以下のようにまとめるこ

（13）語幹に「と」がついて派生した促音
（Hamano 1998を若干変更）

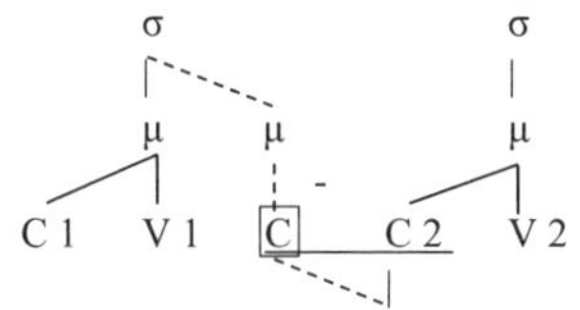

C: 韻律上の必要性から挿入された、モーラを担う子音

とができる。まず語根のC1V1（「ど」など）が基底にあり、韻律上の理由から1モーラ加わるために音節末の子音Cが加わる。そして *-to*（C2V2）がつく。発音されるときには、促音としてCの音価は後続子音の *t* となり、「どっと（わく）」の「どっと」は[dot:o]（[:] は発音が長いという記号）となる。

（13）の促音部分の構造に注目すると、子音CC2（下線部）が連続している。これを（12）と比較すると、促音部分の構造が違うことがわかる。（13）では二つの子音CCが隣り合っているのに対して、（12）では一つの子音C（が長い）という構造である。

実際「と」のついたオノマトペの派生副詞が子音連続の構造を有することを示唆する独立した根拠がある。Hamano（1998）によれば、"expressive contexts"（p.14）では「と」が取れた形も使われることがある。例えば（14）のように動詞が現れれば「ぐっと（鳴る）」となるが、動詞がないと「ぐっ」のみが使われ得るという。

（14）「と」なしの例（Hamano 1998: 15,（6d））（斜体はオリジナル、下線および比較の文と日本語は筆者が加筆）

Hara-no musi-ga *guQ*.
stomach-GEN insect-NOM
「腹の虫がぐっ」'My stomach growled.'
Cf. hara-no musi-ga *guQto* natta. 腹の虫がぐっと鳴った。

この場合、「と」がない形で使われる時には動詞が現れ（てはなら）ないことから、典型的な用法ではないかもしれないが、*gutto* が *guQ* と *to* に分割されうることは、（13）の構造からは予測できることである。なぜなら、促音部分は発音上長い子音であるが、構造上は二つのＣＣに分かれているため、最初のＣと次のＣの間で切り離すことが可能であることが予測される。これに対して、構造上単一の子音Ｃを有する（12）の構造では、そのＣを二つに分けることはできない、つまり基底に含まれる「ドット（水玉模様）」などの促音は「ドッ」と「ト」に分割できないと予測される。実際にこのように二つの部分に分かれてしまったらもはや他の語であるから「水玉模様」としての「ドット」という語は促音部分を分割できないということがわかる。まとめると、「と」のついた副詞では「と」を前の部分から切り離せるが、基底に促音が含まれる語ではそのような分割が不可能であるということからも、同じ「促音」と呼ばれるものであっても、前者は

（15）喉頭（laryngeal）に関する音韻表示

a．連濁を経て派生される有声阻害音　　　b．基底の有声阻害音

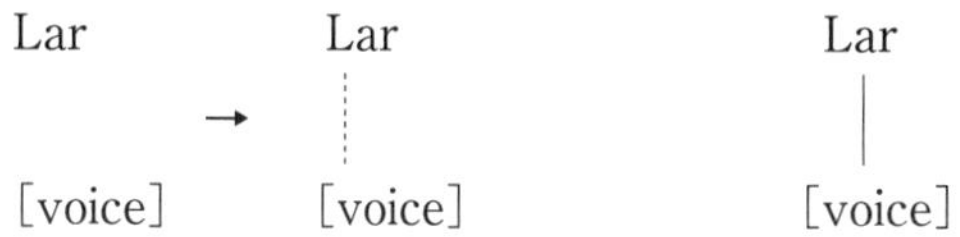

Lar　→　Lar　　　Lar

［voice］　［voice］　　　［voice］

構造上子音が二つ隣り合っており、後者は一つの子音しかない構造をしているという（12）および（13）の分析がサポートされる。

本研究のデータに見られた、基底に促音を含む語と派生した促音の発音の違いは、この構造の違いから生まれたものであると説明できる。特に、派生した促音の方が基底に含まれる促音より（比にして）長いことは、構造上一つの子音ではなくて二つの子音が連なっている表示であるからであると説明できる。

では連濁に関するデータの方はどう説明されるであろうか。実験で二つの種類の［d^R］［d］の間に音声上異なる点は見られなかった。これに関しても音韻表示的アプローチから分析する。

連濁における阻害音の交替（[t]~[d]、[k]~[g]、[s]~[z] など）は、文献に倣い次のように考える。連濁形態素または連濁の起こる形態素境界が関与する時に、有声の素性（feature）（Itô and Mester 2003 によれば [+voice]、Rice 2005によれば Laryngeal Voicing）が関与する交替が起きる。この時の喉頭の表示を（15 a）に示す。基底では有声の素性がないが（ゆえに無声の /t/）、連濁によって有声の素性［voice］が加わり、結果有声 /d/ の表示となる。波線はプロセスを表す。（ここでは基底における underspecification を前提とするがこの点は本研究の分析には関わりがない。また、有声／無声の素性は Clements and Hume（1995）などに従い、Laryngeal node に属すると前提する。）

基底の有声阻害音の表示を（15 b）に示す。この表示は（15 a）で連濁プロセスを経た後の阻害音の表示と同じである。つまり連濁を経た有声阻害音と基底の有声阻害音が同じ表示である。このように音韻表示が中和したことが発音に反映され、発音上も中和する、と分析できる。

5　結論

本稿では、派生された音と基底に含まれる音の中和が発音上完全か不完全か、文献ではどちらの事例報告もあることを確認した上で、日本語を対象とした実験を行った。結果、発音上中和が不完全な事例と完全な事例があり、派生された促音と基底の促音の間には差があるが、連濁によって有声化した子音と基底からの有声子音の間に発音上の差は観察されなかった。

この結果を受け、なぜ中和が不完全であったり完全であったりするのかの説明として、文献には二つの考え方があるが、そのうちの一つ、つまり関連のある形態素が想起され（co-activate）その形が発音に影響を与えるというアプローチによっては本研究の実験データが説明できないことを指摘した。本研究のデータのみならず、このモデルは完全中和を予測しないため、中和が完全なこともあることを説明するメカニズムが別途必要であることも指摘した。

文献に見られるもう一つのアプローチは音韻表示によるもので、そこでは表示が異なれば発音上も異なり表示が同じであれば発音も同じ（中和）であるという考え方を取る。このアプローチは本研究のデータを統一した形で説明できるため、これを用いた分析を提示した。特に派生された「どっと（笑う）」などの副詞は子音が二つ隣り合ったCC構造になっており、基底に含まれる促音は一つの子音Cが隣接した音節にシェアされる構造となっているため、前者の方が発音上少し長めに発音されることができる、と提案した。また、連濁によって派生した有声阻害音は、基底の有声阻害音と構造的に同じ表示のため、発音上も差が見られないという説明を提案した。

最後に、4・1節でも指摘したように、本実験は話者の人数が少ないなどパイロット調査であるため、今後話者を増やしたり他の音声中和現象も対象に入れたりするなどして、（不）完全中和に関する研究を深める必要があることを指摘する。

＊本稿の一部は、International Congress of Phonetic Sciences 2015 Satellite Workshop on 'Geminate Consonants' にてポスター発表したものです。

注

（1）話者にはランダムインターセプトとランダムスロープの両方を、アイテムにはランダムインタセプトのみを入れた（Barr et al. 2013）。

（2）注（1）と同じ設定。

（3）語頭の［t］（基底の /t/）の特徴をみるために使用した語は「たぬき tánuki」、「太古 táiko」、「タンゴ

tángo」、語頭の［d］（基底の /d/）は「ダリア dária」、「大工 dáiku」、「ダンス dánsu」である。f0 offset、F1 onset（marginal effect（p=0.0586））、F1 offset、閉鎖区間有声率、閉鎖区間長、VOT に関して、文献（e.g., Kawahara 2006, Kingston and Diehl 1994）と同じ傾向が観察された。f0 onset については統計的に有意ではなかったものの、［t］の前の方が［d］の前より高いという傾向は文献と同じだった。

参考文献

Barr, Dale J., Roger Levy, Christoph Scheepers and Harry J. Tily. 2013. "Random Effects Structure for Confirmatory Hypothesis Testing: Keep It Maximal." *Journal of Memory and Language* 68: 255–78.

Braver, Aaron. 2011. "Incomplete Neutralization in American English Flapping: A Production Study." *University of Pennsylvania Working Papers in Linguistics* 17(1): 31–40.

Clements, G. N. and Elizabeth V. Hume. 1995. "Internal Organization of Speech Sounds." In *The Handbook of Phonological Theory*, edited by John A. Goldsmith, 245–306. Blackwell Handbooks in Linguistics. Malden, Mass: Blackwell Publishers Ltd.

Davis, Stuart. 1994. "Geminate Consonants in Moraic Phonology." *Proceedings of the West Coast Conference on Formal Linguistics* 13: 32–45.

Davis, Stuart. 2011. "Geminates." In *The Blackwell Companion to Phonology*, edited by Marc van Oostendorp, Colin J. Ewen, Elizabeth Hume, and Keren Rice, 2: 873–897. Malden, MA: Wiley-Blackwell.

Dinnsen, Daniel A. and Jan Charles-Luce. 1984. "Phonological Neutralization, Phonetic Implementation and Individual Differences." *Journal of Phonetics* 12: 49–60.

Ernestus, Mirjam and Harald Baayen. 2006. "The Functionality of Incomplete Neutralization in Dutch: The Case of Past-Tense Formation." In *Laboratory Phonology*, edited by Louis Goldstein, D. H. Whalen, and Catherine T. Best, 8: 27–49. Berlin: Mouton de Gruyter.

Godfrey, Ross. 2014. "Morphologically Conditioned Durational Effects in English: Implementation or Lexical Access?" Generals paper, University of Toronto.

Gouskova, Maria and Nancy Hall. 2009. "Acoustics of Epenthetic Vowels in Lebanese Arabic." In *Phonological Argumentation: Essays on Evidence and Motivation*, edited by Steve Parker, 203–25. London: Equinox Publishing Ltd.

Hamano, Shoko. 1998. *The Sound-Symbolic System of Japanese*. Studies in Japanese Linguistics. Stanford, CA. (CSLI Publications), Tokyo (Kuroshio syuppan): CSLI Publications & Kuroshio syuppan.

Hayes, Bruce. 1989. "Compensatory Lengthening in Moraic Phonology." *Linguistic Inquiry* 20: 253–306.

Herd, Wendy, Allard Jongman and Joan Sereno. 2010. "An Acoustic and Perceptual Analysis of /T/and /D/ Flaps in American English." *Journal of Phonetics* 38: 504–16.

Itô, Junko. 1990. "Prosodic Minimality in Japanese." *CLS* 26: 213–39.

Ito, Junko and Armin Mester. 2003. *Japanese Morphophonemics: Markedness and Word Structure*. Vol. 41. Linguistic Inquiry Monographs. Cambridge, Mass.; London, England: The MIT Press.

Kawahara, Shigeto. 2006. "A Faithfulness Ranking Projected from a Perceptibility Scale: The Case of [+voice] in Japanese." *Language* 82.3: 536–74.

Kawahara, Shigeto. 2015. "The Phonetics of *Sokuon*, or Geminate Obstruents." In *Handbook of Japanese*

Phonetics and Phonology, edited by Haruo Kubozono, 43-77. Berlin: Ge Gruyter Mouton.

川越いつえ　2014「音節とモーラ」菅原真理子（編）『音韻論』30—57. 東京：朝倉書店.

Kim, Hyunsoon and Allard Jongman. 1996. “Acoustic and Perceptual Evidence for Complete Neutralization of Manner of Articulation in Korean.” *Journal of Phonetics* 24: 295-312.

Kingston, John and Randy L. Diehl. 1994. “Phonetic Knowledge.” *Language* 70(3): 419-53.

Kubozono, Haruo. 1999. “Mora and Syllable.” In *The Handbook of Japanese Linguistics*, edited by Natsuko Tsujimura, 31-61. Malden, Mass; Oxford: Blackwell Publishers Ltd.

Lahiri, Aditi, Herbert Schriefers and Cecile Kuijpers. 1987. “Contextual Neutralization of Vowel Length: Evidence from Dutch.” *Phonetica* 44: 91-102.

Li, Yang. 2017. “Complete and Incomplete Neutralisation in Fuzhou Tone Sandhi.” A talk presented at the 14th Old World Conference on Phonology, University of Düsseldorf.

Matsui, Mayuki. 2015. “Voicing Contrast and Contrast Reduction in Russian: Acoustics and Perception.” Ph.D. dissertation, Hiroshima University.

Van Oostendorp, Marc. 2008. “Incomplete Devoicing in Formal Phonology.” *Lingua* 118: 1362-74.

Pierrehumbert, Janet Breckenridge and Mary Beckman. 1988. *Japanese Tone Structure*. Cambridge, Mass.: The MIT Press.

Piroth, Hans Georg and Peter M. Janker. 2004. “Speaker-Dependent Differences in Voicing and Devoicing of German Obstruents.” *Journal of Phonetics* 32: 81-109.

Plag, Ingo, Julia Homann and Gero Kunter. 2017. “Homophony and Morphology: The Acoustics of Word-

Final S in English." *Journal of Linguistics* 53(1): 181–216.

Port, Robert F. and Michael L. O'Dell. 1985. "Neutralization of Syllable-Final Voicing in German." *Journal of Phonetics* 13: 455–71.

Rice, Keren. 2005. "Sequential Voicing, Postnasal Voicing, and Lyman's Law Revisited." In *Voicing in Japanese*, edited by Jeroen van de Weijer, Kensuke Nanjo, and Tetsuo Nishihara, 24–45. Berlin: Mouton de Gruyter.

Roettger, T. B., B. Winter, S. Grawunder, J. Kirby and M. Grice. 2014. "Assessing Incomplete Neutralization of Final Devoicing in German." *Journal of Phonetics* 43: 11–25.

Slowiaczek, Louisa M. and Daniel Dinnsen. 1985. "On the Neutralizing Status of Polish Word-Final Devoicing." *Journal of Phonetics* 13: 325–41.

Steriade, Donca. 2000. "Paradigm Uniformity and the Phonetics-Phonology Boundary." In *Papers in Laboratory Phonology V: Acquisition and the Lexicon*, edited by Michael Broe and Janet B. Pierrehumbert, 313–34. Cambridge: Cambridge University Press.

Warner, Natasha, Allard Jongman, Joan Sereno, and Rachèl Kemps. 2004. "Incomplete Neutralization and Other Sub-Phonemic Durational Differences in Production and Perception: Evidence from Dutch." *Journal of Phonetics* 32: 251–76.

Vance, Timothy J. 1987. *An Introduction to Japanese Phonology*. Albany, N.Y.: State University of New York Press.

Vance, Timothy J. 2005. "Rendaku in Inflected Words." In *Voicing in Japanese*, edited by Jeroen van de

Weijer, Kensuke Nanjo, and Tetsuo Nishihara, 89–103. Berlin: Mouton de Gruyter.

Vance, Timothy J. 2015. "Rendaku." In *Handbook of Japanese Phonetics and Phonology*, edited by Haruo Kubozono, 397–441. Berlin: De Gryuter Mouton.

Yu, Alan C. L. 2007. "Understanding near Mergers: The Case of Morphological Tone in Cantonese." *Phonology* 24: 187–214.

Xu, Yi. 2013. ProsodyPro — A Tool for Large-Scale Systematic Prosody Analysis. In *Proceedings of Tools and Resources for the Analysis of Speech Prosody* (TRASP 2013), Aix-En-Provence, France. 7–10.

社会人に「売れる」英語と英語学習をめぐるディスコース
――ビジネス雑誌の特集記事から――

森住　史

1　はじめに

グローバル化を追い風に、英語の社会経済的ステータスはますます盤石に見える。二〇〇二年の「英語が使える日本人のための戦略構想」、二〇〇三年の「『英語が使える日本人育成』のための行動計画」を皮切りに文部科学省が次々に提示してきた英語教育の改革案（二〇一二年「グローバル人材の育成について」、二〇一三年「グローバル化に対応した英語教育改革実施計画」、二〇一七年の小学校、中学校における学習指導要領改訂と二〇一八年の高等学校の学習指導要領改訂など）からも、日本国内での英語教育への関心の高まりと重要性は見て取れる。

文部科学省の英語教育改革の目玉は、小学校での英語教育導入や、中学・高校で英語は英語「で」教えることにあり、これらは新学習指導要領での改訂のポイントとなっている。しかし、このような「英語教育熱」（金谷、二〇〇八）に懸念を表明する動きが、教育関係者、特に大学で英語教育に携わる研究者の間で多く、文部科学省の文書は批判にさらされている（江利川・斎藤・鳥飼・大津、二〇一四；大谷、二〇〇九；大津、二〇〇六、二〇〇九；金谷、二〇〇八；久保田、二〇一八；津田、二〇〇九；寺島、二〇〇九；鳥飼、二〇一八；山田、二〇〇五など）。また、後に言及するが、Hashimoto は数回にわたって文部科学省文書のディスコースを細かく批判的に分析した研究（Hashimoto, 2000, 2007, 2010）を発表しており、筆者も同様の試みをしている（森住、二〇一六）。

文部科学省の文書から、そのディスコースを分析し、政府のイデオロギーを明らかにし、批判を展開する研究は上記のように多くある一方で、それらの改革がそもそも「経済界からの要望に応えるかたちで進められてきた」（久保田、二〇一八、八頁）のにも関わらず、経済界、あるいは一般の現役社会人が英語や英語教育・英語学習をどう捉えているのかについて言及している研究、つまり、一般に流布している英語をめぐるディスコースそのものを研究対象にしたものは比較的少ない。その中で、寺沢拓敬（二〇一五）の『「日本人と英語」の社会学』は、大規模なデータを分析することで、日本人が一般的に抱いている英語に関する考え方を検証したもので、全体像をつかむのに適した著作である。寺沢は、日本版総合的社会調査（ＪＧＳＳ）という大規模社会調査のデータを利用して、一般人の英語使用の実態を明らかにし、「日本人と英語」にまつわる一般的な言説が、間違っているのにも関わらず真実であるかのように信じられており、それはまるで「都市伝説」である（二五九頁）と断じている。ＪＦＳＳのデータは、現代の日本社会では英語力が不可欠であり、英語力は収入増につながるという、英語にまつわる一般に流布するディスコースは、実態と乖離したものであることを示しており、そこから、英語使用の必要性に関する政府の認識は「実態から遊離した空想的な現状認識」であり、文部科学省の英語教育政策にも「英語使用のニーズが課題に見積もられている」(二四八頁)と寺沢は結論づけ、日本社会に浸透している言語イデオロギーに一石を投じている。

二次資料を使っての研究手法をとった寺沢は、研究者が一次資料を入手する必要性にも言及している。研究者が実際に英語を必要とされる企業で働く社会人にインタビュー調査をした例として、久保田竜子による「アジアにおける日系企業駐在員の言語選択—英語至上主義への疑問」(二〇一五)がある。久保田は、アジアに進出している日系企業駐在員が日本語・英語・現地語をどう選択して使用しているのかに関する調査を実施した。インタビュー調査協力者は、ある日本の製造業大手企業の中国・韓国・タイの駐在員あるいは駐在経験者で、彼らの語る実体験から、日本語や現地語の使用も予想以上に多いことが判明し、それによって英語がグローバル企業におけるリンガ・フランカとして万能な言語というわけではないことを明らかにしている。これも、寺沢(二〇一五)同様、一般的に流布している英語万能主義への反証の例である。

久保田(二〇一八)自身が、二〇一五年の自らの調査研究を振り返り、企業との個人的繋がりがなかったためにインタビュー調査への協力者を確保するのが困難であったと述べているように、大学研究者による一般社会人の英語使用の実態や企業内での英語使用状況に関する研究が少ないのは、研究対象者にアクセスすることが難しいことがその原因である。Tsedal Neeley

（2017）の発表した、楽天の英語公用語化が社員に与えた影響の詳細な調査研究は、そもそも楽天CEO三木谷自身が、彼女に対し、東京本社のみならず北米やヨーロッパなど世界各地の従業員に対して一切の条件をつけずに調査することを許可したということ、フィールド調査のインタビューには一三名のバイリンガルからなるリサーチ・チームを派遣できたことなど、かなり特殊な環境が整っていただけでなく、もともと三木谷がNeeleyにコンタクトを取って始まった（長瀧、二〇一八）ものであり、このように企業から招かれて実施できる調査研究は稀である。

ここで、上で紹介した寺沢（二〇一五）と久保田（二〇一五）の研究は、いずれも、英語ができなければ仕事に就けない、収入や社内の肩書きは英語の能力で決まる、といった、社会人の間に浸透している英語にまつわるディスコースを否定する結果になったという結論を出したことに戻る。それでは、そもそものようなディスコースはどこで生まれて、どのように維持されてきているのであろうかということを考えれば、人々が日常的に接する新聞、雑誌、テレビ、インターネットなどのメディアが一つに考えられる。そこで、本研究では、なかでも一般の社会人に大きな影響を与えるソースとして、ビジネス雑誌の存在に注目したい。数十万人の単位で購読者が存在するビジネス雑誌は、その時々に社会人に受ける（＝売れる）トピックと言葉遣いを選んで共感を呼ぶディスコースを作り上げて提示しているはずであり、そのディスコースをまとった表紙は、購買者の注意を引くだけでなく、販売店の店頭やインターネット上において多くの人の目に触れている。そこで、以下、一般ビジネス雑誌の英語あるいは英語学習（社会人が対象の場合には、学校教育制度を議論する際に使う「英語教育」は当てはまらず、本人が自主的に関わる「英語学習」の方がよりふわさしいと思われる）特集のタイトルに焦点を当て、どのようなディスコースが見いだせるか、更に文部科学省の英語教育関連の文書に見られるディスコースやイデオロギーと比較した場合にどのような相違点があるのかに注目して検証する。

以下、まず簡単に、比較対象とする文部科学省の文書から読み取れる日本の英語教育政策ディスコースを提示する。次に、一般の社会人が日常的に触れる英語や英語学習に関するディスコースを探るために、ビジネス雑誌が英語や英語特集を特集記事で取り上げる際に、その表紙に印刷されている特集タイトルやその他の情報を検証する。ビジネス雑誌が特集として取り上げる以上、それが売れるトピックであり、かつ売れるディスコースであるということを前提とする。

2　英語教育政策の批判的ディスースース分析

一連の英語教育改革が始まってからは、一般人や研究者、英語教育関係者の中でもそれに対する懸念や反対意見が表明されることがあったことは前述のとおりである。それどころか、政府内にも同様の声があり、二〇〇六年、当時の文部科学大臣の伊吹文明がジャパン・タイムズのインタビューに対して、学校は子供たちに日本人として知っていなければいけないルールを教える場である、という考えのもと、子供たちの日本語能力が低下していることへの懸念を述べ、その状況が改善しないのにも関わらず、まずは外国語（英語）を教えようとするのは間違っているという趣旨の発言をした（The Japan Times, 二〇〇六年、一〇月三日）ことがSeargeantによって紹介されている（2009）。Seargeantは、更に、英語教育改革が一歩進められるたびに、ちょうど伊吹元文部科学大臣がそうしたように、日本の文部科学大臣や首相が日本的価値観や日本人らしさがいかに重要かを強調してきていることを指摘している。さらに、日本では英語教育をめぐる議論において、英語も英語教育も、日本人のアイデンティティや日本の伝統的価値観に対して脅威をもたらすものとみなされているのであるとの見解を示している。

政府の人間、それも首相や文部科学省のトップが、英語や英語教育が日本人らしさにとって脅威であるという考えを持っているのであれば、文部科学省の英語教育政策がそれを反映していてもおかしくはない。Hashimoto（2000, 2007, 2010）は批判的ディスコース分析（critical discourse analysis）のアプローチを用いて「日本のフロンティアは日本の中にある」（21世紀日本の構想、二〇〇〇）と「平成17年度文部科学省白書」（二〇〇六）を分析した結果、グローバル化が進行する中で、そのグローバル化から日本を守る必要があり、新しい世代の日本人には日本の伝統的価値観を持たせるような教育をしなくてはならない、という日本政府の意図を明らかにした。

筆者も、以前、Hashimotoにならい、文部科学省の文書である「グローバル化に対応した英語教育改革実施計画」（二〇一三）の分析を試みた（森住、二〇一六）。この書類は英語教育に関する改革案であったのだが、興味深いことに、全7ページの文書のうち7ページ目は「日本人としてのアイデンティティに関する教育の充実について」と題されていた。その中身は国語（日本語および日本文学）や日本文化、日本の歴史、道徳などの教育を一層充実させるための計画である。具体的には、小学校、中学校、高等学校で国語科の授業時間を増やすことや、国の文化遺産の学習時間を新設するだけでなく、そろばんや和楽器を使う時間を割いたり、武道を必修化したりということが列挙されている。日本人のアイデンティティに関する教育についての言及は、他にも1ページ目、3ページ目、6ページ目に記載があり、英語教育の充実は日本人のアイデンティティ育成教育との抱き合わせでないと計画・実行に移してはいけないというイデオロギーが見えてくるようである。

この一見すると矛盾に満ちた文書も、Fishman（1968）が提唱した、言語政策におけるナショナリズム（nationalism）とネイショニズム（nationism）の枠組みから説明が可能である。ナショナリズムを重要視するのであれば、その国の言語政策は国家のアイデンティティを培うことを目的とするものとなるために、その国固有の言語を重視した言語政策が取られる。一方でネイショニズムに基づいた言語政策は、その国の経済活動や行政における効率性や実用性を優先するものになり、結果的に、国内だけでなく国際的にも利便性の高い言語（現在であれば英語）を重視したものとなる。「グローバル化に対応した英語教育改革実施計画」は、経済活動のグローバル化が進む中で、ネイショニズムを国是として英語教育に力を入れると宣言しつつも、同時にグローバル化に脅威を覚え反感を抱く保守派のために、ナショナリズム的配慮をも前面に押し出した形の文書であると言えよう。

以上、文部科学省の管轄下の教育においては、ナショナリズムとネイショニズムという異なったイデオロギーが一体となったディスコースが提示されている様子が伺えるのだが、すでにその教育の現場からは卒業し、グローバル化の進む経済の只中にいるはずの現役社会人は、どのような英語や英語学習をめぐるディスコースにさらされているのだろうか。以下、メジャーなビジネス雑誌4誌の特集記事のタイトルを中心に分析する。

3　ビジネス雑誌と英語・英語学習の特集

先にも述べたように、ビジネス雑誌が特集として取り上げる以上、それが「売れる」トピックであり、かつそこに提示されるのは「売れる」ディスコースであるということを前提とし、ビジネス雑誌が特集記事で英語や英語学習を取り上げる際に作り上げているディスコースを検証する。

取り上げるビジネス雑誌は一般的に4大ビジネス誌とされている『週刊ダイヤモンド』、『週刊東洋経済』『日経ビジネス』『PRESIDENT』とし、その特集のバックナンバーは二〇一〇年一月まで遡って調べることとする。これは、三木谷浩史・会長兼社長が楽天の社内の公用語を英語にすると宣言したのが二〇一〇年一月であり、それ以降、各企業や一般社会人に英語学習のプレッシャーがより大きくのしかかるようになったことで、ビジネス雑誌の英語・英語学習特集が増えてくるきっかけとなったと考えられるからである。毎号の特集をインターネット上のバックナンバーの表紙写真から判断し、英語・英語学習が取り上げられているものをすべて対象とする。また、各特集号のバックナンバーは現物あるいはオンライン版を入手し、必要に応じて記事の内容も確認する。

3・1　週刊ダイヤモンド

『週刊ダイヤモンド』は一九一三年創刊、書店や駅売店での販売部数はビジネス週刊誌のうちトップであり、その数は日本ＡＢＣ協会発表の「販売会社部数」の数値によると、二〇一七年一月から六月ではおよそ39万部であった（週間ダイヤモンド公式ウェブサイト, n.d.）。これに加えて定期購読をしている読者（定期購読者はデジタル版も登録すれば読めるようになっている）がいるが、特に特集記事に惹かれて購入する読者は、定期購読の契約はしておらず、書店や駅売店で雑誌の表紙に大きく取り上げられた特集に興味を持って購入したり、あるいは新聞広告や電車内の吊り広告などで特集が目に入って購入を決めたりした人が多いのでないか、従って特集記事のインパクトも大きかったのではないかと推測される。

『週刊ダイヤモンド』が二〇一〇年一月以降、二〇一八年一二月までに英語・英語学習の特集を組んだのは7回。発行日と表紙に大きく取り上げられた特集のタイトルは以下の通り（335頁—336頁の表1を参照）である。特集タイトルとは表紙中心部に大きく太いフォントで印刷されたものとし、それより小さ目のフォントで印刷されている情報はすべて副題として提示する。副題の並び順は、上から一番目立つものの順になっている。その基準はJohnson, Milani and Upton（2010）を参考にし、表紙の特集タイトルとどれだけ近い位置にあるか、表紙の上部に提示されてるのか、それとも下部なのか、ということに加えて、字の大きさ、色の選択、フォントが他と変えられているかなどによって判断する。また、特集タイトルや副題の中でも特に目立たせるよう大きな文字や、色が変えてあったりする語句には下線を引き、その中でもまたさらに大きな文字であったり別の色になっていたりする箇所には二重下線を引いてある。また、表紙のデザイン上、丸や四角、吹き出しなどで囲われている言語表現は全て四角で囲むこととする。

なお、各雑誌の発行の日付に関しては、雑誌に「〜日発売号」の記述と、表紙に印刷されている「月／日号」や「月．日号」（例：8／23号、6．2号）との2種類があるうち（一般的に発売日の方が雑誌本体に印刷されている発行の号の日付より早い）、ここでは後者の表示に合わせることとする。

『週刊ダイヤモンド』にあって他の3誌に見られなかったのは、英語と中国語のいわば「抱き合わせ販売」である。二〇一一年一月八日号と二〇一二年三月三日号の2回にわたり、それぞれ「今年こそ！英語&中国語」「身につく！英語&中国語」という特集を組んでいる。中国経済の台頭を反映したものだろうが、いずれの特集タイトルも、「英語」の文字が圧倒的に大きく印刷されており、記事の内容も英語について割かれている分量の方がはるかに多く、英語重視であることには変わりがない。

表1　『週刊ダイヤモンド』の表紙

発行日 (～号)	特集タイトル	副題
2011年 1月8日	今年こそ！英語& 中国語	やり直しの人も初めての人も使える！ 目指せ　英語マスター 50歳からの挑戦 陰山メソッドで「英語脳」を鍛える 体験レッスンで徹底比較 ベルリッツ、Gaba、日米会話学院… ビジネスで使える メールNGワード 欧米メディア速読法 会議で使える決め単語 100社アンケート 採用・昇進・転勤で必要な英語力 初めての中国語 中国出張・赴任に便利 秘伝・最強の学習法 付録 切り貼りで使える英文メール文例集 実力判定15分テスト
2012年 3月3日	身につく！英語& 中国語	即効！英語&中国語・/TOEIC 攻略法 ビジネス英語を「話す」「書く」 ゼロから挑戦！中国語 ハイコスパな英語学習
2014年 1月11日	即効！英語勉強法	中学英語から再スタート！よく効く英語上達法決定版 読む　聞く　書く　話す　――　レベル別英語力アップ TOEIC　TOEFL「傾向と対策」徹底分析 カリスマ講師が誌上講義 英語再入門‼

2014年 8月23日	ビジネスに勝つ英語 ENGLISH	プレゼン、メールからTOEIC対策まで網羅 中学レベルでも戦える スキマ時間を無駄なく使うスマホ速習法 非ネイティブのアジア英語に学ぶ　サバイバル上達術 企業のグローバル化であなたは生き残れるか 再短期間で最大効果 出世の指標TOEICはこう攻めろ！
2015年 4月4日	禁断の英語攻略 NHK英語の秘密 TOEICのなぞ	2大英語ブランド　その舞台裏を解き明かす TOEIC問題の完全逆解析で判明！ 驚異の特典アップ術 90年の歴史を凝縮！ NHK英語講座 レベル別活用法
2016年 12月10日	商社の英語	門外不出のサバイバル習得法 商事、物産、住商… 6大商社が明かす30通りの勉強法 双日体育会軍団 TOEIC300点からの逆転ホームラン ビジネスで使える！ “キメ”単語&メールテンプレート 語学エリート厳選 間違いのないスクール&教材
2017年 12月2日	究極の省エネ英語	中学3年間を教科書でおさらい スマホ3分　ITツール活用法 3語の英語 S+V+Oで簡潔に

特徴的なのは、今のビジネス界では英語ができないと大変なことになるぞ、と読み取れる、脅しのディスコースである。例えば、「採用・昇進・転勤で必要な英語力」(2011.01.08) や「出世の指標 TOEICはこう攻めろ!」(2014.08.23) からは、仕事をしていく上で、英語力がないと採用や昇進に不利である、という前提が見える(以下、傍点は筆者による)。また二〇一四年八月二三日号は「ビジネスに勝つ英語 ENGLISH」という特集を組み、「中学レベルでも戦える」「非ネイティブのアジア英語に学ぶ サバイバル上達術」「企業のグローバル化であなたは生き残れるか」との副題と共に、ビジネスとは勝ち負けのある戦場であり、そこで生き残るためには英語が必要であるとのディスコースが展開されている。「サバイバル」という語は二〇一六年一二月一〇日号の「商社の英語」の特集の副題でも「門外不出のサバイバル習得法」のように使われている。

英語ができないと勝ち残れないと脅すと同時に、今からでも遅くない、とのメッセージも送られているのも特徴である。二〇一一年一月八日号では「今年こそ!英語&中国語」の特集を組み、「やり直しの人も初めての人も使える!」と英語学習を諦めないようにとの訴えかけをしているだけでなく、特に英語に苦手意識がありおそらく挫折経験もあるような人に対して「中学英語から再スタート!」(2014.01.11)、「中学レベルでも戦える」(2014.08.23)、「中学3年間を教科書でおさらい」(2017.12.02) のように、彼らが最初に英語を学んだ中学のレベルの英語がまずできるようにしよう、と、挑戦のハードルを低くしてみせたり、「双日体育会軍団 TOEIC3

00点からの逆転ホームラン」のように、英語学習はこれまでおろそかにしてきて苦手意識のある体育会系のような人にでもまだこれからチャンスがある、とスポーツのメタファーを使って励ましたりしている。

また、これは他のビジネス雑誌にも見られる傾向だが、時間や労力をなるべくかけずして英語が上達する方法がある、と、なかなか英語学習の時間が取れない（あるいは取りたくない）社会人にアピールする表現を使っている。二〇一七年一二月二日号はその特集のタイトルもまさに「究極の省エネ英語」であり、TOEICの勉強法も「最短時間で最大効果　出世の指標　TOEICはこう攻めろ！」（2014.08.23）と、なるべく時間をかけずに勉強しても効果が上がる方法があるとしている。

文部科学省の英語教育に関する諸文書と比較すると、グローバル化のなか英語力が不可欠であるという前提は共有されており、かつ、それを表す表現はより過激である（「サバイバル」「戦う」など）。一方で、日本人らしさや日本文化を重要視するディスコースは見当たらない。文部科学省の文書には利益追求型のネイショニズムと国のアイデンティティを保護し育成しようとするナショナリズムとのせめぎ合いが見られたが、『週刊ダイヤモンド』ではネイショニズムに沿ったディスコースのみが展開されている。

他に言及すべき点としては、二〇一四年八月二三日号の「非ネイティブのアジア英語に学ぶサバイバル上達術」の副題がついている内容記事で、ここでは国際的なコミュニケーションは英語のノンネイティブ同士で多く発生するのだから、英語はネイティブ至上主義でなく世界共通語としての英語、それもグロービッシュさえできれば良い、という主張がなされている。グロービッシュとは、フランス人のジャン＝ポール・ネリエールが提唱した、簡易化された実践ビジネス用英語であり、必要なのは特に使用頻度の高い1500単語だけ、複雑な構文は不要、英語ネイティブらしいイディオムも不要、という特徴を持っている（Nerrier & Hon, 2009）。文部科学省文書は、この点に関しては矛盾を抱えている。二〇〇三年の「「英語が使える日本人」の育成のための行動計画」においては、英語が使えるようになるには「実際にコミュニケーションを目的として」使える能力が必要である、という目標を掲げながら、同時にそのための指導体制としてネイティブスピーカーをより一層活用することをあげている。つまり、文部科学省が前提とする英語を使ってのコミュニケーションは、日本人と英語ネイティブスピーカーの間でのコミュニケーションであり、現実にはより多い英語ノンネイティブ同士の英語でのコミュニケーションはそこに入っていない。『週刊ダイヤモンド』がノンネイティブ同士の英語コミュニケーションを重視し、グロービッシュを支持しているのは、より現実的であるからということも理由であろうが、また、先に述べたように、英語を苦手とする読者層にはその方がより受け入れられやすく、「売れる」ことも理由であろう。

3・2　週刊東洋経済

『週間東洋経済』は一八九五年 に創刊、日本で最も長い歴史を持つ週間ビジネス誌であり、出版社の東洋経済新報社は、一九三六年より『会社四季報』（上場企業の特色や数値データ情報を掲載）も出版している。オンライン版は、オンライン・ビジネス雑誌の中でもっとも多い読み手数を誇る（San-an, 2007）。

『週刊東洋経済』が二〇一〇年一月以降、二〇一八年一二月までに英語・英語学習の特集を組んだのは、二〇一一年三月の臨時増刊号を含めて5回。発行日と表紙に大きく取り上げられた特集のタイトルと副題は以下の通りである。また、表2のまとめ方は、3・1において『週刊ダイヤモンド』の英語・英語学習の特集記事タイトルをまとめたやり方を踏襲する。

『週刊東洋経済』は前出のグロービッシュの影響を最も強く受けている。二〇一〇年九月一八日には「非ネイティブの英語術　1500語だけで話せる！」というタイトルの特集を組み、おそらくそれが成功したのであろうと思われる。その半年後、二〇一一年三月には、二〇一〇年九月一八日号に40ページ分の新しい記事を加えた臨時増刊号を「非ネイティブの英語術＋40ページ新企画」とのタイトルで発行している。

また、他のビジネス雑誌になかったディスコースが二〇一二年六月二日号の「脱TOEIC英語術」で展開されている。TOEICの点数をいかにあげるか、でなく、TOEICというテストは「日本人ばかりがありがたがる〝ガラパゴス検定〟」（四〇頁）であり、それに振り回される

表２　『週刊東洋経済』の表紙

発行日（〜号）	特集タイトル	副題
2010年9月18日	非ネイティブの英語術 1500語だけで話せる！ 年齢不問	「留学なし」の英語上達法！ 学生、やり直し派にお勧め
2011年3月25日臨時増刊号	非ネイティブの英語術 ＋40ページ新企画	非ネイティブ必読！年齢不問・留学なしの英語上達術 1500語だけで話せる！ 会議、プレゼンなど、シーン別にグロービッシュを習得！ 小柴昌俊、藪中三十二…著名人に英語でインタビュー！ 2011年ダボス会議　スピーチ収録！
2012年6月2日	脱TOEIC英語術	英語で「話す」「書く」ための勉強法はこれだ！ TOEICの実態① カラパゴスな検定試験 受験者の８割弱は日韓 TOEICの実態② 800点でも話せない人、56％ 800点でも書けない人、70％ 脱TOEIC 「話す」「書く」力を鍛えよ！
2015年1月10日	最強の英語力	TOEIC＋250点 すぐ役立つ　文例＆表現240 近道はないが、王道はあった！ 英語の学び方改革 聴けて読めれば、書ける・話せる！ 会話力もUP！

		今年こそ、絶対に上達する！ 「魔法のメソッド」公開
2016年 1月9日	今年こそ！英語	新 TOEIC 対応 すぐ役立つ文例＆表現 305 新 TOEIC　ココを重点強化で200点アップ 会話、文法、メール、決算書、プレゼン、商談で差をつけろ 電話、会議、オフィス… シーン別　お役立ちフレーズ88 納得スマホアプリ26選

のもおかしな話である、と説く。ＴＯＥＩＣの受験テクニックがいかに備わっていても、それは使える英語ではなく、特に書く能力と話す能力はＴＯＥＩＣの勉強ばかりしていては伸びないということとともに、ＴＯＥＩＣブームの弊害（英会話学校を辞めてＴＯＥＩＣの勉強時間を作り出す社員がでてくる、企業内の約7割の社員が英語を全く使わない環境にいるにも関わらずＴＯＥＩＣの団体特別テストはほぼ毎日実施されて点数上げる圧力がかかっている、など）も紹介している。大学の英語教育関係者であれば目新しい話ではないが、そもそもＴＯＥＩＣありきといった様相の一般企業の英語への向き合い方に慣れている社会人にとっては、ある程度新鮮な見方なのかもしれない。あるいはＴＯＥＩＣに振り回されている人にとっては「よく言ってくれた」と胸のすく思いのする特集であったのかもしれない。いずれにしても、何かとＴＯＥＩＣありきの社会人の英語学習のトピックが多い中で、新鮮なアプローチをとっていた。

　しかし、「脱ＴＯＥＩＣ」の掛け声のもとＴＯＥＩＣ至上主義を否定するディスコースはこの一回展開されたきりだった。「脱TOEIC」の特集の次に英語が特集されたのは、そのほぼ2年半後の二〇一五年一月一〇日号。「最強の英語力」の特集タイトルで、「TOEIC+250点」の文字が表紙に踊り、記事の内容を見ると、試験対策法や教材の選び方が書かれている。一年後の二〇一六年一月九日号では「今年こそ!英語」の特集で、「新TOEIC対応」と、二〇一六年五月から導入される新しい形式のTOEIC対策を取り扱っている。具体的には、よりリアルな会話をリスニングセクションで導入したり、複数の文書の関連性を理解することも求めるようなリーディング問題が出たりといった変更点を解説しており、加えて「TOEIC受験力UPトレーナー」による「レベル別 TOEIC完全対策」(五八―六二頁)も掲載しており、TOEICそのものに疑問を持つ姿勢はここには見られない。

以上、『週刊ダイヤモンド』にあったような「脅しのディスコース」は『週刊東洋経済』にはなく、TOEICを中心に関心を集めようとしていること、グロービッシュの影響が大きいことが特徴である。また、『週刊ダイヤモンド』同様、「省エネ」での英語上達法は読者に人気のコンテンツなのであろう。「すぐ役立つ 文例&表現」(二〇一五年一月一〇日号、二〇一六年一月九日号)のような文例集・表現集がある。それどころか「魔法のメソッド」(2015.01.10)までもあるようだが、これは記事(六八―七一頁)を読むと、通訳者が訓練に使う音読、ディクテーション、シャドーイング、リテンション、同時通訳の演習を指すようで、表紙の「魔法の」という表現に惹かれた読者はがっかりするかもしれない。外国語取得に楽な近道はないのは当たり前のことであるが、そうでない方に期待してしまう心理に訴えた究極の省エネが「魔法」の表現に集約されているると言える。

また、『週刊ダイヤモンド』の二〇一一年一月八日号の特集にもあった「今年こそ！」の表現が、『週刊東洋経済』の二〇一六年一月九日号にも使われている。『週刊東洋経済』は二〇一五年の一月にも「最強の英語力」の特集をしていることから、社会人の「一年の計は元旦にあり」の気持ちに便乗し、元旦ではなくとも一月に英語特集を組むことで、英語の学習をしなくてはいけないという潜在的な気持ちを持っている読者の購買意欲に訴えているのではないか、と考えられる。

文部科学省の英語教育に関する諸文書と比較すると、グローバル化のなか英語力が不可欠であるというストーリーは特に強調されておらず、それよりもＴＯＥＩＣ対策や「１５００語だけで話せる」（2010.09.18）など、なるべく簡単に実利を得られる方法があるというメッセージが中心である。そして、日本人のアイデンティティや文化を大事に、というようなナショナリズムは見られず、読者にとってＴＯＥＩＣ受験は仕事の一部になっていること、従って彼らが簡単にＴＯＥＩＣの点数を上げることを望んでいることを前提としたディスコースが展開され、さらにグローバビッシュの提唱を受けて、１５００語の単語だけでビジネスに必要な英語が身につくという、英語を苦手とする社会人であればありがたく思えるアイデアを提示している。今やビジネスの場では英語ノンネイティブ同士のコミュニケーションの方が対ネイティブとのコミュニケーションよりも多く、そこで必要とされる英語の種類もレベルもより簡単なもので良いのだ、と説く姿勢は『週刊ダイヤモンド』と共通している。必要なレベルの英語は簡単なもので良い、と言われた方が、読者としてはより読む価値があると判断するであろう。

3・3　日経ビジネス

『日経ビジネス』は一八九五年に創刊、日本で最も長い歴史を持つ週間ビジネス誌であり、日本ABC協会二〇一七年度認証部数によれば『週刊ダイヤモンド』が82,876部、『週刊東洋経済』が57,908部のところ、181,169部と、週刊ビジネス三誌のうち最も多い読者数を記録している（日経BP社、二〇一八）。二〇一五年に編集部長の西頭恒明が競合ビジネス雑誌との違いについてインタビューの中で言及し、『PRESIDENT』、『週刊ダイヤモンド』、『週刊東洋経済』は「ビジネスパーソンのパーソナルの部分に焦点を当てたような特集企画」が多いのに対し、『日経ビジネス』は企業や経営者、働く人の「オンタイム」の部分にフォーカスしている、と述べている（大堀、二〇一五）。また、定期購読者が9割というのも大きな特徴である（San-an, 2017）。

『日経ビジネス』が二〇一〇年一月以降、二〇一八年一二月までに英語・英語学習の特集を組んだのは、二〇一七年一二月四日の1回のみ。次頁の表3のまとめ方は、3・1において『週刊ダイヤモンド』の英語・英語学習の特集記事の表紙情報をまとめたやり方を踏襲する。

『日経ビジネス』は調査対象とした9年間のうち、一度しか英語特集を組んでいない。これは

表3　『日経ビジネス』の表紙

発行日(～号)	特集タイトル	副題
2017年12月4日	英語公用化の虚実	TOEIC500点で生き残れるか

西頭が言ったように、「オンタイム」つまり実際に仕事に携わっている時の企業人のあり方や仕事に焦点を当てて編集をしている『日経ビジネス』の特徴ゆえであると思われる。オフの時間に社会人がどのように英語を学習すべきか、目指すべき英語がどのようなものか、といったことは本来扱うべきトピックとはされていないのであろう。

表紙のタイトルにある「英語公用化の虚実　TOEIC500点で生き残れるか」からは、『週刊ダイヤモンド』にも見られた、社会人は競争の中で戦っており、その戦場で生き延びるには英語力が必要であるという「脅しのディスコース」が感じられるが、表紙を離れて特集の内容の複数の記事に目を通すと、メッセージの焦点は不明確になる。特集記事のPart 1と題して「あなたを襲う英語〝強制〟圧力」という記事がまず掲載されており、ここには確かに「脅しのディスコース」がある。英語は日本の働く人々を「襲う」ものであり、人々はその犠牲者である。かつ、英語は強制的な圧力として存在するものであるから、望まない物であるにも関わらず受け入れなければならないもの、として描かれる。それができなければ、つまり英語が使える状態にならなければ、襲われたまま、圧力に屈したままになってしまう。その一方で、特集記事のPart 2では「英語偏重の副作用　先達に見る8つの教訓」というタイトルで、楽天やファーストリテイリング、匿名のメーカーや金融サービス企業などの社員から見た、英語公用語化の「副作用」（二八頁）が挙げられている。英語偏重の結果職場の雰囲気が悪くなった、英語公用語化といっても実際に英語を使っているのは本社内のそれも経営陣だけにとどまっている、外資を買収した側の日本企業なのにも関わらず英語力優先で連携の担当者を選んだ結果、次第に相手のペースで進められてしまった、等々、英語公用語化を唱えた結果のデメリットが列挙されているのである。そしてPart 3で「脱・ＴＯＥＩＣ至上主義　本当に使える英語術」という記事が掲載され、ここでＴＯＥＩＣ９００点でも英語を話すのが不安という人も多くいる一方で「ＴＯＥＩＣ５００点で臆せず外国人に溶け込める人もいる」との、人材研修企業の社長の言葉を引用している（三二頁）。しかし、ＴＯＥＩＣ５００点で「生き残れる」のかどうかについては、最後まで直接言及されていない。『週刊ダイヤモンド』と『週刊東洋経済』でしばしば紹介されているような、簡単に手早く英語を学べる「省エネ」式学習法にも触れられていない。

特集記事の内容は、企業の英語公用語化の現状、それもマイナス面の提示が多くを占めており、英語学習者のための教材的機能はほとんど果たしていないのが、他のビジネス雑誌との大きな違いである。読者に学びの一助として読んでもらうことは目的とせず、あくまでも企業の分析や経済の動向を伝えることを編集方針としている『日経ビジネス』の特徴が、記事の中身からもうかがわれる。

文部科学省の英語教育に関する諸文書と比較してみると、グローバル化のなか英語力が不可欠であるというストーリーは一部で強調され、しかし一部では英語偏重主義の弊害やそれについての警鐘が前面に押し出される、という側面が目立つ。日本人のアイデンティティや文化を大事にすべきであるというナショナリズムを含んだディスコースは見られず、また英語をネイショニズムの観点から受け入れようという積極的な姿勢も見られない。

3・4 PRESIDENT

他の3誌と異なり、『PRESIDENT』のみが隔週の発行である。創刊は一九六三年で、『日経ビジネス』の西頭編集部長が二〇一五年に語っていたように、『PRESIDENT』は働く人のパーソナルなニーズに応える特集が多く、ビジネスのスキルだけでなく人生全般のスキルやノウハウ（お金の使い方、お葬式の出し方など）を扱っている。従って、「自身のスキルアップなど自己研鑽の意識が高い人」たちが読者層の中心にある（San-an, 2017）と考えられる。二〇一七年の四月―六月の印刷部数は、日本雑誌協会によると32万部を超えており、ビジネス誌では圧倒的に多い（Business Journal, 2017）.

『PRESIDENT』が二〇一〇年一月以降、二〇一八年一二月までに英語・英語学習の特集を組んだのは、5回である。また、次頁の表4のまとめ方は、3・1において『週刊ダイヤモンド』の英語・英語学習の表紙情報をまとめた方法に倣う。

表4　『PRESIDENT』の表紙

発行日（～号）	特集タイトル	副題
2014年6月2日	これが日本一のメソッドだ！「英語」の学び方	1000人調査 使える英語教材ランキング
2015年4月13日	日本一やさしい「英語」の学び方	1000人調査〈最高の英語テキスト・英会話学校〉ランキング
2015年9月14日	実践！あなたの脳は変えられる「英語」0秒勉強法	みるみる上達！〈英語テキスト＆英会話学校〉人気トップ5 こんな奥の手があったのか！
2016年3月14日	まったく新しい「英語」の学び方 まんが de 図解	独自調査［最高の英語テキスト・英会話学校］ランキング2016 「TOEIC 出題方式」大変更！
2017年4月17日	世界が証明　1500単語で大丈夫 「中学英語」でペラペラ話す	〈最高の英語テキスト・英会話スクール〉2017ランキング トランプ大統領 vs 孫社長「世界一やさしい英会話」解明 TOEIC レベル別100点アップ！ ワンポイントアドバイス
2018年4月16日	たった1日、たった3語で話せる 最新！「英語」の学び方	〈最高の英語テキスト＆アプリ、英会話スクール〉2018ランキング 編集部員も効果実感！ TOEIC レベル別「100点アップレッスン」付き

『PRESIDENT』の英語特集表記でまず目にとまるのは、「英語」と必ずカギ括弧付きでの表記になっていることである。また、「日本一」という表現が二〇一四年六月二日号、二〇一五年四月一三日号と2年連続で使われているのも目立つ。加えて、すべての英語特集号において、英語教材や英会話スクールのランキングが掲載されているのも特徴としてあげられる。

英語ができないと…という「脅しのディスコース」はない代わりに、英語学習は大変なものではなく実は簡単であるというメッセージが繰り返されているのも特徴的である。「日本一やさしい「英語」の学び方」(2015.04.13)、「世界が証明　1500語で大丈夫」(2017.04.17)、「「中学英語」でペラペラ話す」(2017.04.17)、「たった1日、たった3語で話せる　最新！「英語」の学び方」(2018.04.16)からは、ほんの少し勉強するだけで必要な英語力がつくのだなと思わせられる。「世界が証明　1500語で大丈夫」という特集タイトルは、『週刊東洋経済』の特集記事分析で紹介したグロービッシュの影響を受けている。また、『週刊ダイヤモンド』で好まれていた「中学英語」の表現も、二〇一七年四月一七日号の特集タイトルで使われている(「「中学英語」でペラペラ話す」)。ここでは、中学英語といえば英語学習をスタートした時点の、語彙も文法も基本的なレベルの英語である、ということが前提として読者と共有されており、難しい知識や今更覚えなくてはならない知識は不要であり、昔学んだことを思い出しさえすれば良い、従ってたいした努力は必要ない、というディスコースが提示されている。「たった1日、たった3語で話せる」(2018.04.16)と「「英語」0秒勉強法」(2015.09.14)からは、『週刊ダイヤモンド』や『週刊東洋経済』に見られた省エネ勉強法に加えて、「即効性」が強調されている。これも英語学習の時間をなかなか取れない（取りたくない）社会人には魅力的に聞こえるはずである。

ＴＯＥＩＣに関しては、二〇一六年三月一六日号、二〇一七年四月一七日号、二〇一八年四月一六日号で扱っている。「出題方式大変更」や「レベル別１００点アップ」といった表現から見えてくるのは、ＴＯＥＩＣを受験するのは社会人にとって当たり前のことであり、点数アップの方法や出題方式についての記事は読者に歓迎されるはずであるという編集側の考えであると推測できる。

最後に、文部科学省の英語教育に関する諸文書と比較する。『PRESIDENT』の対象の読者層は英語ができることを是としていることが前提であり、英語ができればどのような利点がある、あるいはできないとどのような不利益を被る、とうことには改めて言及しておらず、また、直接ビジネスと結びつける表現も見当たらない。グローバル化の中で英語の運用能力が備わっていることが重要であるというディスコースは特に明示されていない。また、ネイショニズムと言えるほど確固とした利益追求のための英語学習の図式はない。一方で、日本人のアイデンティティや日本文化を尊重せよとのナショナリズムも皆無である。

4　まとめと結論

以上、一般人の間に流布する英語をめぐるディスコースを検証することを目的として、大きな影響を与えると考えられるビジネス雑誌で展開されるディスコースを検証した。具体的には、対象を4つのビジネス雑誌とし、二〇一〇年の一月まで遡り、それぞれの英語(学習)特集号のタイトルを中心に分析を試みた。その結果、以下のようなことが分かった。

まず、「生き残る」「サバイバル」「勝つ」といった表現を使い、社会人の活躍の場を戦場に見立て、英語ができないと命取りであると脅すディスコースが特に『週刊ダイヤモンド』を中心に展開されていた。また、学校教育制度の中での英語教育・英語学習と異なり、効率性を追求した英語学習への関心が高く、なるべく短い時間と少しの努力で英語の勉強はできるものだ、とのディスコースは全般的に見られた傾向である。「省エネ」「魔法」といった表現にそれは顕著に現れている。中学英語を改めてやり直そうというメッセージも繰り返し出てきており、そこには中学校で学んだレベルの英語が重要であるという考えだけでなく、中学校で学んだ内容を思い出すだけであれば大した努力は必要ないという考えも伝わってくる。省エネ型英語学習を歓迎する社会人に対しては魅力的なディスコースだろう。また、TOEICに関する特集はやはり多く、それも点数を上げるためのアドバイスやテストのための勉強法の紹介がほとんどである。TOEICに対して批判的な特集は『週刊東洋経済』が一度組んだが、その後はまたTOEIC対策に積極的な記事を載せている。全般的にTOEIC受験の意義に疑念を抱くことなく、TOEICとは社会人であれば受験するものであることを前提とするディスコースが支配的である。

文部科学省の文書にあったようなナショナリズムを反映した日本文化や日本人のアイデンティ

ティ尊重の訴えはなかったが、「非ネイティブの英語」で良いと繰り返していることで日本人らしさの残る発音や語彙の選択も許容しており、その点では少なくとも英語帝国主義への抵抗にはなっている。その一方で、英語力を身につけることが、グローバル化した経済活動の中では、働く人のために、ひいては企業のためにそして国の繁栄のために必須であるというネイショニズムの立場は、上で述べた「脅しのディスコース」に顕著に現れている。

一般人に受けが良く「売れる」タイトルと内容の英語に関する言説は、公式な学校教育制度の中で英語教育に携わる教育者や研究者からはまともに相手にされないことも多い。しかし、そのディスコースに共感してビジネス雑誌を購入する人々がいることも確かである。また、購入しないまでも、日常の生活の中でこれまでに描写したようなディスイースに多くの一般人がさらされていることも否定できない。それだけでなく、そのような一般社会人が親として自分の子供の英語教育にも影響力を持つことや、就職活動中の大学生が将来の雇用主や上司、同僚となる人々との英語に関するディスコースに触れる機会が多いことなども考えれば、学校教育制度の中の英語教育も聖域のままではないと考えるべきだろう。科学的に証明できる言語現象のみを対象にしがちな言語学の中でも、言語の様々な面において必ずしも科学的に正しくなくともそれを真実だと一般人が信じていることを対象にする研究として folk linguistics が成立する（Niedzielski & Preston, 2003）ように、一般人の間に浸透している英語学習に関するディスコースと正面から取り組むことで、最終的にはそこに組み込まれたイデオロギーを明らかにすることも可能なはずである。寺沢（二〇一五）や久保田（二〇一五）は、寺沢が都市伝説と呼んだ英語至上主義のイデオロギーを否定する大変興味深くまた意義深い調査研究を行なったが、その都市伝説自体を観察し直すこともまた重要ではないだろうか。

なお、今回の研究では、ビジネス雑誌の表紙タイトルに焦点を当てて、多くの一般人に共有されている英語や英語学習に関するディスコースを探る試みをしたが、ビジネス雑誌の読者の大多数が男性であるため、今後、女性を対象にした媒体でも検証したいと考えている。また、英語教育がビジネスであり、グローバル化人材育成を背景に英語が「おいしいビジネスチャンス」を出版業も含めた経済界にもたらしている（久保田、二〇一八、一五七頁）側面からも掘り下げた、より深いメディアのディスコース分析も今後の課題としたい。

参照文献

Business Journal（2017, 8月24日）日本雑誌協会平均印刷部数斜め読み！
https://biz-journal.jp/2017/08/post_20314.html

江利川春雄、斎藤兆史、鳥飼玖美子、大津由紀雄（2014）『学校教育は何のため？』東京：ひつじ書房

Fishman, J. A. (1968). Nationality-nationalism and nation-nationalism. In J. A. Fishman, C. A. Ferguson & J. D. Gupta (Eds.), *Language problems of developing nations*, (pp. 39–51). New York: John Wiley & Sons.

Hashimoto, K. (2000). 'Internationalisation' is 'Japanisation': Japan's foreign language education and national identity. *Journal of Intercultural Studies*, 21(1), 39–51.

Hashimoto, K. (2007). Japan's language policy and the "lost decade". In A. B. M. Tsui & J. W. Tollefson (Eds.), *Language policy, culture and identity in Asian contexts*, (pp. 25–36). Mahwah, NJ: Lawrence Erlbaum.

Hashimoto, K. (2013). The Japanisation of English language education. In J. W. Tollefson (Ed.), *Language policies in education: critical issues*. (pp. 175–190). New York and Abingdon: Routledge.

Johnson, S., Milani, M. T., and Upton, C. (2010). Language ideological debates on the BBC "Voices" website: Hypermodality in theory and practice. In S. Johnson and T. Milani, (Eds..), *Language ideologies and media discourse*: Texts, practices, politics (223–251). London: Continuum.

金谷 憲(2008)『英語教育熱』 東京：研究社

久保田竜子(2015)『グローバル化社会と言語教育 クリティカルな視点から』 東京：くろしお出版

久保田竜子(2018)『英語教育幻想』 東京：筑摩書房

長瀧菜摘(2018, 11月08日)「楽天は「英語公用語化」でどう変わったのか」『東洋経済オンライン』 https://toyokeizai.net/articles/-/248186

文部科学省(2002)「英語が使える日本人のための戦略構想」http://www.mext.go.jp/b_menu/shingi/chousa/shotou/020/sesaku/020702.htm#plan

文部科学省(2003)「英語が使える日本人育成のための行動計画」http://www.mext.go.jp/b_menu/shingi/chukyo/chukyo3/004/siryo/04031601/005.pdf

文部科学省(2006)「平成17年度文部科学省白書」http://www.mext.go.jp/b_menu/hakusho/html/hpba200

501/index.htm

文部科学省（2013）「グローバル化に対応した英語養育改革実施計画」http://www.mext.go.jp/b_menu/houdou/25/12/1342485.htm

文部科学省（2017）「小学校学習指導要領（平成二九年告示）解説　学国語活動・外国語編」http://www.mext.go.jp/component/a_menu/education/micro_detail/__icsFiles/afieldfile/2018/05/07/1387017_11_1.pdf

文部科学省（2017）「中学校学習指導要領」（平成二九年告示）解説　外国語編　http://www.mext.go.jp/component/a_menu/education/micro_detail/__icsFiles/afieldfile/2018/05/07/1387018_10_1.pdf

文部科学省（2018）「高等学校学習指導要領」http://www.mext.go.jp/component/a_menu/education/micro_detail/__icsFiles/afieldfile/2018/07/11/1384661_6_1_2.pdf

森住　史（2016）「英語教育政策と日本人のアイデンティティ育成のディスコース」『成蹊大学文学部紀要第51号』六七―七二頁

Neeley, T. (2017). *The language of global success: How a common tongue transforms multinational organizations*. Princeton and Oxford: Princeton University Press.

Nerrier, J. P. and Hon, D. (2009). *Globish: The world over*. International Globish Institute.

21世紀日本の構想（2000）「日本のフロンティアは日本の中にある　自立と協治で築く新世紀」https://www.kantei.go.jp/jp/21century/houkokusyo/index1.html

日経ＢＰ社公式ウェブサイト（2019）https://business.nikkeibp.co.jp/nbs/lp/1901cp/?n_cid=nbpnb_goad_1901_002

日経ビジネス　二〇一七年一二月四日号　日経ＢＰ社

Neidzielsi, N. A. and Preston, D. C. (2003). *Folk linguistics*. Berlin: Mouton de Gruyter.

大堀航（2015，12月8日）日経ビジネスはダイヤモンドや東洋経済と何が違うのか『ログミー』https://logmi.jp/business/articles/105896

大谷泰照（2009）「学習指導要領が映すこの国の姿」『英語教育』二〇〇九年五月号、三四―三七頁

大津由紀雄（編著）（2006）『日本の英語教育に必要なこと ― 小学校英語と英語教育政策』東京：慶應義塾大学出版会

大津由紀雄（編著）（2009）『危機に立つ日本の英語教育』東京：慶應義塾大学出版会

大津由紀雄、江利川春雄、斎藤兆史、鳥飼玖美子（2013）『英語教育、迫り来る破綻』東京：ひつじ書房

PRESIDENT.（2014, 6月2日）二〇一四年六月二日号　プレジデント社

PRESIDENT.（2015, 4月13日）二〇一五年四月一三日号　プレジデント社

PRESIDENT.（2015, 9月14日）二〇一五年九月一四日号　プレジデント社

PRESIDENT.（2016, 3月14日）二〇一六年三月一四日号　プレジデント社

PRESIDENT.（2017, 4月17日）二〇一七年四月一七日号　プレジデント社

PRESIDENT.（2018, 4月16日）二〇一八年四月一六日号　プレジデント社

斎藤兆史、鳥飼玖美子、大津由紀雄、江利川春雄、野村昌司（2016）『「グローバル人材育成」の英語教育を問う』東京：ひつじ書房

San-an.（2017）.「4大ビジネス誌比較！！ビジネス誌へ広告を出すならどれがオススメ?」https://www.san-an.co.jp/blog/2017/06/16/105

Seargeant, P.（2009）. *The idea of English in Japan: Ideology and the evolution of a global language.* Bristol, Tonawanda, NY, and Ontario: Multilingual Matters.
週刊ダイヤモンド（2011, 1月8日）二〇一一年一月八日号　ダイヤモンド社
週刊ダイヤモンド（2012, 3月3日）二〇一二年三月三日号　ダイヤモンド社
週刊ダイヤモンド（2014, 1月11日）二〇一四年一月一一日号　ダイヤモンド社
週刊ダイヤモンド（2014, 8月23日）二〇一四年八月二三日号　ダイヤモンド社
週刊ダイヤモンド（2015, 4月4日）二〇一五年四月四日号　ダイヤモンド社
週刊ダイヤモンド（2016, 12月10日）二〇一六年一二月一〇日号　ダイヤモンド社
週刊ダイヤモンド（2017, 12月2日）二〇一七年一二月二日号　ダイヤモンド社
週間ダイヤモンド公式ウェブサイト．http://dw.diamond.ne.jp/list/about_dw
週刊東洋経済（2010, 9月18日）二〇一〇年九月一八日号　東洋経済新報社
週刊東洋経済（2011, 3月25日）臨時増刊号　東洋経済新報社
週刊東洋経済（2012, 6月2日）二〇一二年六月二日号　東洋経済新報社
週刊東洋経済（2015, 1月10日）二〇一五年一月一〇日号　東洋経済新報社
週刊東洋経済（2016, 1月9日）二〇一六年一月九日号　東洋経済新報社
寺沢拓敬（2015）『「日本人と英語」の社会学』東京：研究社
寺島隆吉（2009）『英語教育が亡びるとき』東京：明石書店
鳥飼玖美子（2018）『英語教育の危機』東京：ちくま新書
津田幸男（2009）「日本人は英語が使えなければならないのか？——「英語信仰」からの脱却と「日本語本

位の教育」の確立」大津由紀雄（編著）『危機に立つ日本の英語教育』(118–134) 東京：慶應義塾大学出版会
山田雄一郎（2005）『英語教育はなぜ間違うのか』東京：筑摩書房

執筆者紹介（掲載順）

執筆者はすべて成蹊大学文学部英語英米文学科の専任教員である。

権田　建二（ごんだ　けんじ）
アメリカ文学、アメリカ研究。東京都立大学大学院博士課程修了。博士（文学）。論文「タバコを吸うのは権利か――アメリカにおける喫煙と権利の問題、社会学・歴史学からのアプローチ」『嗜好品の謎、嗜好品の秘密――高校生からの歴史学・日本語学・社会学入門』（風間書房、2018年）、「みじめなものたちの明日―『風と共に去りぬ』における労働・パターナリズム・所有」『アメリカン・レイバー―合衆国における労働の文化表象』（彩流社、2017年）など。

下河辺　美知子（しもこうべ　みちこ）
アメリカ文学・文化、精神分析批評。東京女子大学大学院文学研究科（文学修士）。単著『グローバリゼーションと惑星的想像力』（みすず書房）、『トラウマの声を聞く』（みすず書房）、『歴史とトラウマ』（作品社）、編著書『アメリカン・テロル』、『アメリカン・ヴァイオレンス』、『アメリカン・レイバー』（すべて彩流社）、論文 "Inland / Oceanic Imagination in Melville's *Redburn*: Expansion and Memory in the Political Climate of America"（*The Japanese Journal of American Studies*, no. 29, 2018, pp. 3-21）など。

日比野　啓（ひびの　けい）
アメリカ演劇、演劇理論・批評。東京大学大学院人文科学研究科（文学修士）、The Graduate School of The City University of New York（M. Phil.）。編著書『戦後ミュージカルの展開』（森話社、2017年）、共著『文化現象としての恋愛とイデオロギー』（風間書房、2017年）など。

庄司　宏子（しょうじ　ひろこ）
アメリカ文学。お茶の水女子大学大学院博士課程人間文化研究科比較文化学専攻単位取得退学。博士（学術）（お茶の水女子大学）。単著『アメリカスの文学的想像力――カリブからアメリカへ』（彩流社、2015年）、編著書『国民国家と文学――植民地主義からグローバリゼーションまで』（作品社、2019年）、共著『憑依する英語圏テクスト――亡霊・血・まぼろし』（音羽書房鶴見書店、2018年）など。

正岡　和恵（まさおか　かずえ）
イギリス・ルネサンス期の文学。東京大学大学院人文科学研究科（文学修士）。共著『シェイクスピアを教える』（風間書房、2013年）、翻訳アン・ブレア『情報爆発』（中央公論新社、2018年、共訳）、ロザリー・コリー『シェイクスピアの生ける芸術』（白水社、2016年）、フランシス・イェイツ『ジョン・フローリオ』（中央公論新社、2012年、共訳）など。

Ralph, Barnaby James（らるふ、ばーなびー・じぇいむず）
英語圏文学・演劇、音楽学。Queensland Conservatorium, Griffith University（Master of Music), University of Queensland（Ph. D.), University of New England（Master of Arts). 共編著書 *London and Literature, 1603-1901*（Cambridge Scholars Publishing, 2016)、論文 "Four Men in a Boat: Dryden, D'Avenant, Shadwell, Locke and *The Tempest*"（*Poetica*, vol. 84, 2015)、"'To Circle Round One Centre of Pain': Oscar Wilde, Thomas Hardy, and the Human Condition"（*Oscar Wilde Studies*, vol. 16, 2017）など。

遠藤　不比人（えんどう　ふひと）
近現代イギリス文学・文化、批評理論。慶應義塾大学大学院文学研究科（文学修士）、一橋大学大学院言語社会研究科。博士（学術）。単著『死の欲動とモダニズム――イギリス戦間期の文学と精神分析』（慶應義塾大学出版会、2012年）、『情動とモダニティ――英米文学／精神分析／批評理論』（彩流社、2017年）、編著書『日本表象の地政学――海洋、原爆、冷戦、ポップカルチャー』（彩流社、2014年）、翻訳トッド・デュフレーヌ『〈死の欲動〉と現代思想』（みすず書房、2010年）など。

小林　英里（こばやし　えり）
イギリス文学、英語圏カリブ文学。お茶の水女子大学大学院人間文化研究科比較文化学専攻修了（人文科学博士）。単著『*Women and Mimicry*―ジーン・リース小説研究』（ふくろう出版、2011年）、共著『国民国家と文学』（作品社、2019年）、『路と異界の英語圏文学』（大阪教育図書、2018年）、『二十一世紀の英語文学』（金星堂、2017年）、『英文学と他者』（金星堂、2014年）など。

田辺　春美（たなべ　はるみ）
英語学、英語史。東京大学大学院人文科学研究科（文学修士）。共編著書 *Linguistic Variation in the Ancrene Wisse, Katherine Group and Wooing Group: Essays Celebrating the Completion of the Parallel Text Edition* (Peter Lang, 2018)、共編書 *Sawles Warde and the Wooing Group: Parallel Texts with Wordlists and Notes* (Peter Lang, 2015) など。

平山　真奈美（ひらやま　まなみ）
言語学（音声学、音韻論）。University of Toronto, School of Graduate Studies, Department of Linguistics (Ph.D.)。共著『音声学』朝倉日英対照言語学シリーズ2（朝倉出版、2012年）、『大人の英語発音講座』(NHK 出版、2003年)。共著論文 "Onset *Cy* and High Vowel Devoicing in Japanese" (*Journal of Japanese Linguistics*, vol. 34, no. 1, 2018, pp. 103-26) など。

森住　史（もりずみ　ふみ）
社会言語学、翻訳・通訳理論。国際基督教大学教育学研究科（教育学博士）。単著『英文メールの A to Z ―フォーマルな表現からフレンドリーなひと言まで』(NHK 出版、2012年)、論文 "Turning the clock back to the Meiji Era? : Japan's English education policy" (*Educational Studies*, vol. 58, 2015, pp. 119-28)、*Asahi Weekly*「森住史の英語のアレコレ Q&A」コラム連載（2012年―現在）など。国際基督教大学教育学研究所研究員。

成蹊大学人文叢書16
Facets of English
―英語英米文学研究の現在―
二〇一九年三月二九日　初版第一刷発行
編者　成蹊大学文学部学会
責任編集　日比野啓
発行者　風間敬子
発行所　株式会社　風間書房
101-0051　東京都千代田区神田神保町一―三四
電話　〇三―三二九一―五七二九
FAX　〇三―三二九一―五七五七
振替　〇〇一一〇―五―一八五三
印刷・製本　太平印刷社

 NDC 分類：930
ISBN 978-4-7599-2282-0　Printed in Japan